L'appel du renard

Aloha Shifters : Les Joyaux du cœur

Anna Lowe

Contents

Chapitre 1

Jake leva le poing et l'abattit contre l'énorme porte au bout de l'allée privée. Il recula ensuite et croisa les bras en attendant, les yeux sur les motifs tourbillonnants gravés dans le bois. Au début, il crut qu'il s'agissait d'un lézard doté de dents, mais il repéra ensuite les ailes.

Protégeant ses yeux du soleil tropical, il vérifia à nouveau. Un dragon ?

Il avait entendu des rumeurs à propos de l'unité OD-X des forces spéciales ; des rumeurs sur leurs exploits et leurs pouvoirs incroyables qui proviendraient d'un côté pas vraiment humain. Il n'avait jamais cru à ces balivernes, convaincu pour en avoir été témoin des capacités exceptionnelles du corps humain en mode survie.

Il regarda dans les yeux le dragon sculpté. Des héros, il y croyait volontiers. Mais des héros surnaturels ? Non. Il n'avait jamais cru à ces sornettes.

Pourtant, l'espace d'un instant, il se permit de douter. Bien sûr, en ce moment, il était difficile d'être certain de quoi que ce soit. Ses yeux balayèrent les buissons épais qui longeaient la ruelle paisible et ses mains cherchèrent par automatisme l'arme qu'il ne portait plus. Il poussa un juron et fit rouler ses épaules à plusieurs reprises. Putain, cela faisait presque deux mois qu'il était aux États-Unis. Ce n'était pas une zone de guerre. Alors, pourquoi ses nerfs étaient-ils toujours sur le qui-vive ?

Peut-être parce que l'énorme portail en bois semblait lui hurler : « Privé ! », « Danger ! » et « Défense d'entrer ! » Ou peut-être parce qu'il était plus habitué à franchir des barrières et à escalader des clôtures qu'à attendre sagement qu'on lui ouvre.

Il frappa trois fois de plus et lança :

— Ohé !

Rien. Pas de réponse. Seulement les grillons.

Soudain, les buissons s'agitèrent. Un chaton calicot apparut au sommet du portail et le regarda en ronronnant. Jake ricana. C'était donc ça, les animaux sauvages qu'étaient censés incarner les habitants de ce domaine reculé ?

— Salut, petit gars, dit-il en tendant la main.

Le chaton renifla en remuant sa queue tricolore.

— Laisse-moi deviner. Tu es le chef de la sécurité, plaisanta Jake. Pas étonnant qu'ils aient besoin d'aide, dans le coin.

La boule de poils émit un miaulement plaintif, incitant Jake à la caresser. Ses poils étaient épais et luisants de santé, contrairement à ceux de certains animaux errants à qui il avait donné ses restes à manger dans les régions du globe déchirées par la guerre.

— Tu crois que je suis au bon endroit ?

Le chaton ferma les yeux et reprit ses ronronnements sous la main de Jake, qui restait concentré sur le portail. Aucune plaque ne portait l'inscription « Koa Point », toutefois les lieux correspondaient à la description que lui avait fournie son ami, Boone Hawthorne. Bien sûr, c'était difficile de savoir quand ce dernier plaisantait et quand il était sérieux. Peut-être qu'il s'était fichu de lui en évoquant une propriété en bord de mer.

Un vrombissement se fit soudain entendre au-dessus de sa tête et Jake s'accroupit, les bras tendus et les poings serrés, prêt à passer à l'action. Le chaton effrayé sauta dans les buissons.

— Merde.

Ce n'était qu'une caméra de sécurité, pas un groupe de rebelles surgissant des fourrés pour braquer leurs armes sur lui. Son rythme cardiaque n'avait aucune raison de s'accélérer ni la sueur de perler sur son front.

— *Bonjour*, gronda une voix sèche. *Qui est là ?*

Jake jeta un coup d'œil à l'interphone dissimulé derrière d'énormes feuilles.

— McBride, je viens prendre mon service.

Le grognement se changea en ricanement amical qui ne pouvait être que celui de Boone Hawthorne.

— *Jake ! Tu nous as trouvés.*

— Évidemment.

— *Eh bien, allez, entre.*

Un déclic retentit et la porte coulissa lentement sur le côté.

— *Je te retrouve en bas.*

Jake ajusta son sac à dos sur son épaule et avança d'un pas, se demandant à quoi s'attendre. Le chaton réapparut et s'enroula entre ses jambes, ralentissant sa progression.

— Tu habites ici, toi aussi ? demanda-t-il.

Une seconde plus tard, il franchit la haie épaisse et lâcha un sifflement :

— Waouh. Tu en as de la chance, minou.

Ce dernier leva vers lui des yeux écarquillés, avec l'innocence de celui qui ignore totalement comment vit la majorité de la population mondiale.

Un bosquet s'ouvrait sur une pelouse impeccable d'un vert luxuriant, longée de parterres de fleurs exotiques. L'allée immaculée contournait des groupes d'arbres imposants dont les feuilles bruissaient dans la brise marine. Le paysage n'avait rien de commun avec ce qu'il avait connu dans son enfance au Colorado, et encore moins avec ce qu'il avait vu au cours des quatre missions successives qui l'avaient conduit dans des endroits reculés du globe.

— Jake !

Un homme aux cheveux blond roux apparut, les pieds et le torse nus, seulement vêtu d'un paréo coloré.

Pas de doute, c'était bien Boone Hawthorne. Jake ne l'avait vu qu'en treillis, et même en tenue militaire, son côté surfeur des pays chauds transparaissait. Mais enfin, que faisait-il sur un domaine aussi luxueux ?

— Putain, Boone. Tu as hérité de plusieurs millions ou tu as braqué une banque ?

Son ami sourit en le gratifiant d'une accolade entre anciens camarades.

— Pas d'héritage ni de hold-up. Mes hommes et moi, on a simplement décroché le plus beau contrat de gardiennage de toutes les îles.

Pour une fois, Boone ne plaisantait pas. Le garage que Jake avait repéré depuis le précédent virage pouvait accueillir au moins une dizaine de voitures, et une Ferrari rouge à la carrosserie étincelante était garée devant l'un des box.

Quand le chaton se frotta au paréo de Boone, il le souleva dans ses bras et le caressa avec le menton.

— Je vois que Keiki s'est déjà présentée.

Il s'arrêta alors pour donner une nouvelle tape sur l'épaule de Jake.

— Je n'en reviens pas que tu sois là. C'est un vrai plaisir de te voir, mon vieux.

— À moi aussi, ça me fait plaisir, répondit Jake en souriant.

Cela faisait presque un an et demi qu'il n'avait pas vu Boone, depuis les trois missions sur lesquelles leurs unités avaient coopéré. Mais il se sentait tout de suite comme au bon vieux temps. Et surtout, c'était agréable de voir quelqu'un à qui il n'aurait rien à apprendre ; par exemple, pourquoi une trousse à pharmacie devait toujours rester propre ou pourquoi son équipement était si bien rangé et soigneusement plié… ou encore, pourquoi il se réveillait parfois avec des sueurs froides.

— Les gars seront contents de te voir, ajouta Boone.

— Toute ton unité est ici ?

— Oui. Hunter, Cruz… quand il n'est pas quelque part avec sa compagne prédesti…, commença Boone avant de bredouiller. Enfin, sa copine, je veux dire. Kai et Silas aussi sont ici.

Jake le suivit en essayant de tout admirer au passage : des palmiers oscillant dans la brise, de l'eau turquoise qui se jetait sur ce qui ressemblait à une plage privée. Boone ne plaisantait pas, c'était vraiment « charmant ». En plus, toute l'unité était encore réunie. Jake était en contact avec plusieurs de ses propres camarades, mais chacun avait pris un chemin différent. Il aurait pu le supporter s'ils étaient tous partis poursuivre leur propre définition du bonheur, cependant ce n'était pas le cas. Junger avait perdu la vie dans un accident d'escalade et Chalsmith dans un accident de voiture, tous deux au cours des dernières semaines. Jake avait mal au cœur en pensant à tous les risques auxquels ils s'étaient exposés dans les zones de guerre pour mourir bêtement après leur retour. Hoover, un autre membre de son unité, avait même envisagé de réintégrer l'armée pour vivre moins dangereusement.

Jake, en revanche, avait tiré un trait sur la vie de soldat après son retour au pays. Il était rentré chez lui, avait offert à sa mère sa croix pour service rendu à la nation et s'était mis à chercher du travail. De toutes les personnes qu'il avait contactées, Boone Hawthorne, celui qu'il imaginait pourtant plus du genre à mener une vie de bohème sur une plage, avait été le premier à répondre.

— Je suis désolé pour tes gars, murmura-t-il comme s'il avait lu dans ses pensées.

— Oui, merci, dit Jake avant de se racler la gorge. Et merci de m'avoir répondu pour le boulot.

— Ton timing était parfait.

Boone désigna le domaine autour de lui.

— On était à la recherche d'agents de sécurité supplémentaires quand tu m'as contacté, et d'un commun accord, on a décidé que tu serais parfait. On s'est dit que Maui te plairait aussi.

L'île avait l'air géniale et la mission lui convenait, d'autant plus qu'il ne parvenait jamais à faire taire son côté hyperactif. Peut-être que quelques mois ici lui permettraient de se calmer. Et qui sait ? Cela pourrait même l'aider à oublier la femme qu'il n'arrivait pas à chasser de son esprit.

Vous êtes faits l'un pour l'autre, disait une petite voix dans sa tête. *C'est elle, ton destin.*

Il donna un coup de pied dans l'herbe. Cela remontait à près de dix-huit mois, mais son cerveau ne cessait de repasser en boucle ces souvenirs précis.

Des souvenirs de la femme la plus formidable et la plus saine d'esprit qu'il ait jamais rencontrée. Des cheveux blond roux, des yeux bruns perçants mouchetés d'orangé, des lèvres fines au langage franc. On ne pourrait pas qualifier de « menue » une personne à la présence aussi affirmée, et les tatouages sur ses bras ne faisaient qu'accentuer cette impression. Tous les hommes avec qui elle avait travaillé ne disaient pas d'elle qu'elle mesurait « un mètre soixante », mais plutôt « deux mètres moins quarante ». Ella laissait rarement transparaître son côté féminin, néanmoins lorsqu'ils s'étaient retrouvés seuls tous les deux, elle lui avait tout donné, le temps d'une nuit torride inoubliable.

Un oiseau noir au bec jaune plongea en piqué au-dessus de sa tête ; aussitôt, les souvenirs d'Ella disparurent avec le passage du volatile narquois, laissant Jake cligner des paupières en regardant le ciel.

À présent, Boone désignait l'océan tout en parlant, mais il ne l'écoutait pas.

— Là-bas... plage privée... héliport...

Jake secoua la tête en achevant de se persuader qu'il n'était pas amoureux. Cette nuit torride n'était pas synonyme d'éternité. C'était sûrement l'une de ces idées fixes que la guerre lui avait causées. Maintenant qu'il était libre comme l'air, qu'il n'était plus tenu d'obéir aux ordres de qui que ce soit, il allait oublier Ella et reprendre sa vie simple et agréable de célibataire. Comme dans le poème, il serait le capitaine de son propre destin. Pas de complications, et surtout, aucune attache.

— Voici la salle commune, l'*akule hale,* lui dit Boone en indiquant un bâtiment au toit de chaume, ouvert sur les côtés, où se trouvaient plusieurs hommes. Tu te souviens de Hunter, n'est-ce pas ?

Jake saisit la main que Hunter lui tendait et la serra avec chaleur. Comment aurait-il pu oublier ce géant à l'allure de bûcheron ?

— C'est un plaisir de te revoir.

Ils se saluèrent jusqu'à ce qu'une petite créature orange bondisse entre eux, déclenchant l'hilarité de Hunter.

— Holà, Keiki, souffla-t-il au chaton qui se percha joyeusement sur son épaule en ronronnant.

— Un vrai tigre, dis donc, plaisanta Jake.

— Oh, elle aimerait bien, répondit Boone en riant.

Quelqu'un gloussa derrière eux. Hunter haussa un sourcil touffu et même le chaton sembla réagir par un clin d'œil.

Jake regarda autour de lui. Qui était-ce donc ?

— Salut.

Une blonde avenante s'avança avec un sourire chaleureux.

— Je m'appelle Nina. Enchantée de faire ta connaissance.

Jake remua les lèvres sans trop savoir quoi dire lorsque Boone passa un bras autour de la taille de la jeune femme... une taille particulièrement bombée. Apparemment, Boone s'était trouvé une jolie femme et il était le futur père d'un enfant qui ne devait pas être très loin de naître. Une preuve de plus que la vie suivait son cours, en dépit de l'impression qu'il avait eue pendant son déploiement à l'étranger.

— Tu vas bientôt rencontrer les jumeaux, commenta Boone avec un grand sourire.

— Félicitations, répondit Jake, encore sous le choc.

Il n'aurait jamais cru cela de lui.

— Tu connais Kai. Et voici Tessa, continua ce dernier.

— Salut, lança une magnifique rousse.

Jake lui serra la main et reçut un coup d'épaule de la part de Kai, qui souriait. Jake aussi. Tant de visages familiers, et tous en bonne santé, à l'évidence. Tous posés et casés, de ce qu'il voyait.

— Alors, qui d'autre connais-tu ? Oh... Cruz.

Boone désigna un épais bosquet d'arbres, de l'autre côté de la propriété.

— Il doit rôder quelque part dans le coin... ou surfer avec Jody.

Les sourcils de Jake remontèrent sur son front. Cruz était un gars bourru, du genre misanthrope. Il l'imaginait parfaitement « rôder » quelque part. Mais faire du surf ? Pas du tout.

— Silas et Cassandra rentrent de New York dans une semaine, conclut Boone en regardant autour de lui. Voilà, je crois que c'est tout.

Hunter poussa un grognement, un authentique grognement, et Boone s'empressa d'ajouter :

— Et Dawn ! Tu la rencontreras ce soir.

Jake sentit son pouls s'accélérer. Si tous les hommes de l'unité OD-X étaient ici, avec un peu de chance, Ella aussi.

Non, voyons. Il avait entendu dire qu'elle était en Arizona, et c'était très bien comme ça. Il essayait de l'oublier, pas de jeter de l'huile sur le feu.

— Alors, qu'est-ce que tu deviens ? s'enquit Boone.

L'esprit de Jake se vida. Les dernières semaines n'avaient été qu'un flou sinistre et son seul véritable désir, son obsession, pourrait-on dire, était de retrouver Ella. Ce qu'il n'était pas près de faire. Ils avaient décidé que leur aventure ne durerait qu'une seule et unique nuit. Pourquoi ? Pour un tas de bonnes raisons qu'il n'avait aucune envie d'expliquer à son cœur. Il avait été hébergé chez des amis le temps de trouver un job, quelque chose comme ce qu'il avait fait dans sa jeunesse, dans le ranch familial au Colorado. Malheureusement, ce n'était plus une option maintenant que son frère aîné en avait hérité et embauché tous les ouvriers dont il avait besoin.

— Je ne sais pas trop, répondit-il en regardant ses pieds.

— Oui, murmura Kai. J'ai connu ça.

Pendant une minute, chacun resta silencieux, le regard dans le vague, perdu dans ses propres pensées. Ce ne fut qu'à l'approche des femmes que tous les hommes se ressaisirent et levèrent les yeux.

— Je te rassure, ça finit par passer, lui dit Kai lorsque Tessa lui effleura l'épaule.

Jake oscilla d'un pied sur l'autre, prêt à changer de sujet. Il regarda autour de lui tout en comptant dans sa tête. Ces hommes, et ces femmes constituaient une force redoutable à eux seuls. Pourquoi avaient-ils besoin d'une personne supplémentaire pour surveiller les lieux ?

— Vous pouvez me parler du job ?

À ces mots, Boone éclata de rire.

— On passe directement au boulot ? Quand je vous disais qu'il serait parfait.

Kai hocha la tête en signe d'approbation.

— C'est une mission de sécurité assez simple, garder un œil sur le domaine et les propriétés adjacentes. Presque ennuyeux, je dois avouer, en comparaison avec ce dont tu dois avoir l'habitude.

— Ennuyeux, c'est tout ce qu'il me faut, plaisanta Jake. Qui est le propriétaire de cet endroit ?

— Disons que c'est un homme très secret.

Boone échangea un regard complice avec Kai. Hunter dissimula un petit sourire tandis que Tessa se tournait rapidement vers la cuisine. Jake se demanda ce qu'il y avait de drôle. À moins qu'il se fasse des idées ?

— Exactement. Un homme très privé que les affaires occupent dans le monde entier, ajouta Kai. La vie est plutôt calme dans le coin, la plupart du temps. Mais il a aussi des ennemis, alors...

Sa voix se changea en un grognement menaçant avant de s'éteindre.

La brise marine se remit légèrement à souffler et Boone, plus grave qu'à son habitude, retrouva tout son sérieux en serrant Nina contre lui. Kai frémit et un étrange sentiment de menace flotta dans l'atmosphère.

Jake jeta un regard circulaire. Il avait déjà été témoin de cela auparavant, l'impression qu'il se tramait quelque chose de dangereux parmi ce groupe d'hommes. Kai, Boone et Hunter étaient tous de grands gaillards, costauds et imposants. Ils intimidaient même les soldats les plus aguerris par la puissance et la menace sombre qui gravitait autour d'eux. Il se dégageait de ces hommes une impression de secret lourdement gardé. Jake ignorait ce dont il s'agissait, cependant il était convaincu que ses amis étaient des soldats fiables et honorables, reconnus pour leur capacité à accomplir les missions les plus difficiles. Il en avait vu la preuve de ses propres yeux.

Un instant plus tard, ce moment de flottement passa et Kai reprit :

— Bref, il ne faut surtout pas se laisser bercer par ce faux sentiment de sécurité.

Jake faillit rire aux éclats.

— Aucun problème. Quel est le programme ?

— Des rotations de huit heures à partager entre tous... sauf Boone. Pour le moment, il est trop concentré sur l'univers des bébés pour nous être utile. Cela dit, depuis quand est-il utile à quelque chose ? railla Kai.

— C'est ça, répondit le principal intéressé avec un soupir las. Parce que te sauver les miches à Nangarhar, ça comptait pour du beurre ?

Kai agita la main comme si ce n'était rien et il continua :

— Alors, nous tous, sauf le futur papa, nous assurerons les patrouilles. Oh, en plus d'une autre nouvelle recrue.

Jake pencha la tête. Une nouvelle recrue ?

— Je sais ce que tu penses, dit Kai en riant. On sait combien la confiance, c'est important. Voilà pourquoi nous t'avons engagé, toi, et une seule autre personne. Tu devrais te sentir honoré, mon vieux.

— Tu es le mec parfait pour ce job, et elle aussi. Même si ce n'est pas un mec, pour le coup, précisa Boone en souriant.

Jake se figea.

« Elle ? »

Des pas précipités se firent entendre derrière lui, et aussitôt, toutes sortes d'alarmes se déclenchèrent dans sa tête. Son cœur se mit à battre la chamade dans l'un de ces moments de type « Oh, merde » qu'il avait si souvent connus au combat... ou plus précisément, dans la fraction de seconde précédant la détonation d'un explosif et le coup de théâtre final.

— Quand on parle du loup, lança Tessa à quelqu'un au loin. Le déjeuner est prêt. Tu vas rencontrer Jake.

La foulée régulière s'interrompit brusquement.

— Rencontrer qui ?

— Oh, mais tu le connais, non ? fit Boone en tapant sur l'épaule de son ami tout en faisant signe à son interlocutrice d'approcher.

Jake se tourna lentement, la langue sèche. Ce n'était pas réel, ce n'était pas possible.

Pourtant, s'il avait appris une chose lors de sa formation de *ranger*, c'était que l'impossible pouvait vous tomber dessus à tout moment.

— Ella ! s'exclama Jake, les joues en feu et le cœur au galop.

— Jake, répondit-elle sur un ton tout aussi circonspect.

Ses yeux fascinants, bruns cerclés d'orange foncé, lançaient comme de petits feux d'artifice. Ils irradiaient presque. Mais le visage d'Ella restait de marbre, sa posture rigide.

Jake tendit la main et ils se saluèrent, raides comme des automates.

Un flot d'images torrides déferla dans son esprit : quand elle avait abandonné son rôle de dure à cuire pour l'embrasser, ses doigts dansant sur ses vêtements et le délestant de ses cinq kilos d'équipement de combat avant de le déshabiller jusqu'à le mettre nu, puis le laissant faire la même chose avec elle, et...

« Rien que pour un soir », avait-elle insisté.

« Rien que pour un soir », avait-il accepté sans hésiter.

Le premier round s'était avéré aussi sensuel que passionné, alors qu'ils laissaient libre cours au désir qui s'était accumulé entre eux pendant une semaine ardente... le temps que leurs unités se réunissent pour une mission commune. Le deuxième round, en revanche, avait été plus langoureux et tendre, laissant à Jake un étrange sentiment de paix. Les rounds trois et quatre étaient flous, cependant il se souvenait nettement de l'après. Ella l'avait regardé fixement, comme terrassée par une vérité écrasante, et il avait immédiatement eu le sentiment que quelque chose d'incontrôlable se mettait en branle.

Juste après cette nuit-là, leurs unités s'étaient séparées. Ils s'étaient croisés à deux reprises par la suite, et chaque fois, le cœur de Jake avait failli s'emballer. Le regard d'Ella s'était éclairé, mais par deux fois, elle avait affiché un masque impénétrable et l'avait à nouveau ignoré.

Tant mieux. Parfait, même. Lui non plus, il ne voulait pas d'elle.

Alors, pourquoi retenait-il son souffle en cet instant ? Pourquoi occupait-elle encore ses rêves ?

— Ça me fait plaisir de te voir, dit-il en l'accueillant.

Seigneur, quelle femme. Toujours aussi vive et dure. Peut-être même plus, maintenant qu'elle le fusillait du regard. Elle semblait vouloir lui dire : « Ne me cherche pas », avec une hostilité qu'exprimait également le tatouage menaçant tout autour de son avant-bras. Elle avait gardé le même physique tonique et musclé, les mêmes cheveux blonds cuivrés, même si elle avait laissé tomber le chignon. Sa queue de cheval souple, qui se balançait au rythme de sa démarche, l'hypnotisait. Les mèches seraient-elles aussi soyeuses qu'autrefois s'il y passait les doigts ? Refléteraient-elles autant la lumière si, à nouveau, elle chevauchait ses hanches comme une cowgirl ?

— À moi aussi, ça me fait plaisir, dit Ella en articulant d'un ton froid et tranchant.

Pendant une seconde, ils restèrent immobiles, à se tenir la main, les yeux dans les yeux. Le frottement discret des feuilles de palmier s'estompa, tout comme le grondement lointain des vagues contre les rochers. Il n'y avait plus qu'Ella dans son univers, jusqu'à ce qu'elle retire sa main, recule d'un pas et cligne des paupières.

— Tu te souviens de Jake, n'est-ce pas ? dit alors Boone.

Ella hocha sèchement la tête.

— Oui, je me souviens très bien de lui.

Chapitre 2

Ella forçait ses mains à ne pas trembler tout en se dirigeant vers la cuisine de la salle commune. Extérieurement, elle était restée parfaitement calme, mais à l'intérieur...

C'est lui ! C'est lui ! scandait sa renarde en sautillant.

Ses joues s'embrasèrent et elle se mordit la lèvre alors que les émotions refoulées revenaient en force. L'angoisse d'avoir quitté Jake après leur nuit d'amour n'avait jamais vraiment disparu. Elle l'avait simplement dissimulée derrière une barrière mentale. Tourner le dos à son compagnon prédestiné, c'était la chose la plus difficile qu'elle ait jamais faite. Pire encore que sa formation de *rangers*, et que la mission spéciale d'assistance la plus compliquée qu'elle ait accomplie aux côtés l'unité d'élite des métamorphes de Silas. Plus dur que...

Elle frappa à plusieurs reprises les poings contre ses hanches. Elle avait fait son devoir, et pour une bonne raison. La question qui se posait, c'était : que faisait Jake ici ? Boone avait dit qu'il trouverait quelqu'un pour les patrouilles à Koa Point, mais elle ignorait que c'était *lui*.

Jake McBride. Un solide cow-boy d'un mètre quatre-vingt-cinq devenu soldat, aux cheveux brun chocolat et aux yeux bleus sincères. Des yeux qui voyaient jusqu'au fond de son âme et lui donnaient envie de faire des sauts périlleux chaque fois qu'il souriait, étirant la cicatrice légère sur sa lèvre supérieure.

Elle glissa une tasse dans la machine à café et appuya sur le bouton pour un double expresso. La vapeur siffla et elle ferma les yeux.

C'était impensable. Elle avait répondu à l'appel à l'aide de ses amis métamorphes et se trouvait à Maui pour quelques semaines le temps qu'une force de sécurité permanente soit engagée. Les métamorphes de Koa Point étaient impatients de passer plus de temps avec leurs compagnes respectives, cependant la menace omniprésente d'une attaque ennemie planait sur la meute comme un nuage noir. Drax, leur ennemi juré, avait récemment été éliminé, mais Moira, une dragonne vengeresse, était toujours en liberté... tout comme la Pierre de Voûte, la dernière d'une collection de pierres précieuses aux pouvoirs magiques.

Boone se tourna vers Jake.

— Comme je l'ai dit, tu m'as contacté au moment parfait. Nous avons vraiment besoin d'une personne de confiance.

Ella fit de son mieux pour ne pas marmonner. Boone voulait qu'elle travaille aux côtés du seul homme qu'elle devait à tout prix éviter ?

— Oui, une sacrée chance, poursuivit Boone. En plus, je ne consulte quasiment plus cette adresse e-mail. Je me demande pourquoi je l'ai fait.

— C'était peut-être le destin, commenta Nina, toujours aussi optimiste.

Ella se renfrogna devant sa tasse de café. Si c'était vrai, le destin avait décidé de la torturer. Sinon, pourquoi l'aurait-il mise en relation avec un humain qu'elle ne pouvait pas s'autoriser à aimer ? Elle avait déjà dû supporter de revoir Jake plusieurs fois après leur nuit ensemble, la fameuse nuit qu'elle s'était octroyée pour arrêter de penser constamment à lui. Et maintenant, voilà que le destin le ramenait de nouveau vers elle.

Bien sûr que le destin nous le ramène ! s'écria sa renarde. *C'est notre compagnon !*

Le café était brûlant, mais elle le sirota quand même.

On ne peut pas l'aimer.

Comment pourrait-on ne pas l'aimer ? demanda sa renarde.

Elle ravala un soupir. Les yeux bleu clair de Jake et son sourire tout en retenue l'avaient conquise dès le début. Le respect avait été instantané, sans prétention. Jake n'avait pas son pareil pour passer en un clin d'œil du soldat intransigeant au brave type consciencieux, comme lorsqu'il s'accroupissait pour mettre les enfants à l'aise. Il était capable de rire des repas les plus infects, de la literie la plus inconfortable et de la météo la plus exécrable. Elle aimait aussi la nostalgie dans son regard chaque fois qu'il parlait de chez lui.

Il n'avait jamais rien exigé d'elle, toujours dans le don le plus altruiste de tout ce qui comptait vraiment, comme le respect, le temps, l'espace.

— Vous êtes parfaits pour le poste, tous les deux, déclara Boone.

Oui, parfaits, soupira sa renarde.

Ils étaient parfaits, dans tous les sens du terme, sauf un. Jake était un humain, et elle, une métamorphe. Une renarde qui aimait rôder à l'aube et au crépuscule, en humant la brise fraîche. Qu'en penserait Jake ?

Ella regarda tous les couples heureux autour d'elle en essayant de ne pas froncer les sourcils. Les mâles métamorphes avaient la vie facile. Peu importe que leur compagne soit humaine ou métamorphe, la morsure d'union les liait à jamais. Leurs partenaires devenaient alors capables de se transformer, et voilà. Le bonheur éternel.

Le métabolisme de l'homme moyen, en revanche, résistait au changement déclenché par une morsure d'union. Plus il était fort, plus son corps combattait la transformation comme s'il s'agissait d'une maladie. Il risquait plus de mourir que de changer... ou bien, il devenait fou à lier.

Ella tritura la chaîne en argent autour de son cou et fit la grimace lorsqu'un souvenir souffla dans son esprit. Une voix d'homme, grave et déterminée.

« Je peux y arriver. Je sais que je vais m'en sortir. L'amour me permettra de traverser cette épreuve. »

Ella secoua la tête, regrettant de ne pas pouvoir remonter le temps et le prévenir ; Brian, l'homme que sa mère aimait. Le père biologique d'Ella était un autre renard du désert, aussi appelé fennec, qui s'était mis en couple avec elle alors qu'ils étaient trop jeunes, tous les deux. Il était parti avant même de connaître l'existence de sa fille, et sa mère l'avait élevée seule. Cela lui avait très bien convenu, mais sa vie s'était embellie à l'arrivée de Brian. Le plus doux et le plus gentil des humains, qui avait pris Ella sous son aile, la considérant comme sa propre fille.

« Notre amour vaincra », avait répété sa mère sans relâche tout en pressant un gant humide sur son front fiévreux, sous le regard terrifié et impuissant de la petite Ella.

« Ne t'inquiète pas, ma chérie », lui avait dit Brian. « Le destin a voulu que ta mère et moi devenions compagne et compagnon. Il nous aidera à traverser cette épreuve. »

Ella leva les yeux vers l'horizon. Le destin ne respectait pas toujours sa part du marché et l'amour n'en sortait pas vainqueur à chaque fois. Brian était mort dans d'atroces souffrances et sa mère avait succombé au chagrin peu de temps après, laissant Ella toute seule.

Elle caressa son collier en argent, un vieux cadeau de Brian à sa mère. Si elle aimait Jake, elle devait lui résister. C'était mieux pour tous les deux.

À quoi nous sert un agent de sécurité humain ?

Elle lança cette protestation dans l'esprit de ses amis, comme en étaient capables tous les métamorphes étroitement liés.

Jake est idéal, répondit Kai. *Cet homme a les meilleurs yeux et les meilleures oreilles de tous les humains que je connaisse. Tu sais très bien qu'il est doué.*

La renarde en elle s'enflamma à cette insinuation involontaire. Oh, oui, elle savait très bien combien Jake était « doué ».

Tant que nous n'aurons pas trouvé d'autres métamorphes en qui avoir confiance, il nous sera d'une aide précieuse pour patrouiller dans la région, dit Kai.

Ses yeux se tournèrent vers l'endroit où Jake se tenait, à l'ombre de l'*akule hale*. Un observateur extérieur ne verrait qu'un soldat au corps affûté ou un cow-boy costaud, néanmoins Ella voyait au-delà, tout comme il avait toujours eu une sorte de vision aux rayons X lui permettant de voir clair dans ce qu'elle était réellement. Il n'était pas qu'un simple soldat d'élite. Il avait également une âme passionnée, brûlante, aussi soigneusement dissimulée que la sienne.

J'ai envie de lui, gémit sa renarde. *Besoin de lui.*

S'il faisait nuit, elle se serait transformée, aurait levé son museau fin et hurlé son chagrin à la lune. Mais on était en plein jour à Hawaï, pas à minuit comme dans son désert. Et si elle tenait vraiment à Jake, elle le protégerait... pour cela, elle devait garder ses distances.

— Nous avons une grande maison où tu peux séjourner, proposa Boone à Jake en lui faisant signe par-dessus son épaule. À la plantation de Koakea... sur la propriété voisine.

La mâchoire d'Ella se décrocha et elle faillit agiter frénétiquement les deux mains vers Boone pour lui faire signe que non.

— Koakea ? murmura Jake.

— Ça veut dire « koa blanc »... c'est un type d'arbre, expliqua Boone.

— Attends, lâcha Ella.

Elle était déjà logée à Koakea.

— Ça ne va pas le faire, ajouta-t-elle.

Boone pencha la tête et Hunter arqua un sourcil broussailleux. Jake posa sur elle un regard dénué de jugement et de protestation. Il attendait simplement de l'écouter.

— Qu'est-ce qui ne va pas le faire ? demanda Boone.

Jake et moi sous le même toit, faillit-elle répondre. Elle finirait par céder au désir, comme elle l'avait déjà fait une fois, et cela ne ferait que rendre plus difficile son combat contre le destin.

— Je pense qu'il serait plus à l'aise dans la dépendance.

Boone haussa les épaules.

— C'est toi qui as dit qu'il valait mieux que le service de sécurité garde une certaine distance, non ?

Elle serra sa tasse plus fort tout en se mordant la langue. La plupart du temps, Boone ne prêtait attention à rien d'autre qu'aux besoins de sa compagne et aux préparatifs de dernière minute pour ses jumeaux, qui devaient naître d'un jour à l'autre. Pourquoi s'était-il rappelé ce qu'elle avait dit ?

— La maison de la plantation me paraît plus logique, intervint Hunter. C'est plus proche du côté moins surveillé de la propriété.

Elle avait envie de taper du pied et de crier. Les autres la connaissaient mieux que quiconque, alors pourquoi ne percevaient-ils pas sa détresse ? Hunter, Kai et elle avaient grandi ensemble, dans un foyer d'accueil dirigé par une métamorphe hibou du nom de Georgia Mae. Les deux étaient comme des frères pour elle... des frères *hānai*, comme on le disait dans la tradition hawaïenne.

Des frères qu'elle était parfois tentée de frapper aux tibias.

— La plantation est restée à l'abandon pendant si longtemps qu'on a rencontré quelques problèmes avec des squatteurs et des promoteurs immobiliers, expliqua Kai à Jake. Alors, on tient à y établir une présence.

Ella leva les yeux au ciel. C'était elle qui l'avait souligné à son arrivée, deux semaines plus tôt. Certes, c'était surtout une excuse pour prendre un peu de distance avec les autres. Les hommes de Koa Point étaient de merveilleux camarades, et les femmes qu'ils avaient choisies étaient toutes formidables, des compagnes dignes de ce nom ; toutefois c'était difficile pour elle d'être une intruse dans une communauté de métamorphes tellement amoureux qu'ils avaient parfois du mal à y voir clair. Ils avaient eu raison de faire appel à une aide extérieure pour la sécurité, et il était logique que les renforts soient hébergés à Koakea.

Sauf, naturellement, si ce renfort était Jake.

Elle croisa les bras en serrant les dents.

— Le toit fuit.

Kai se renfrogna.

— Tu as dit que c'était trois fois rien.

— C'était pour être polie, grommela-t-elle.

Les yeux de Jake s'illuminèrent lorsqu'il comprit que c'était là-bas qu'elle séjournait, elle aussi. Décidément, il avait toujours su lire en elle mieux que quiconque.

Boone ricana.

— Ha ha. Ella, polie.

Elle lui décocha un regard noir.

— Il n'y a pas l'eau courante.

— Ça ne fait rien, dit Jake en haussant les épaules.

— Nous avons installé des toilettes sèches très sophistiquées, expliqua Boone.

— Tu as dit que tu avais connu pire, renchérit Kai. Avec douche solaire et tout...

Putain, mais personne ne comprenait le message ?

Heureusement, Tessa sembla être la première à saisir.

— Peut-être que Jake serait plus à l'aise dans la dépendance, en effet.

Ella n'était pas du genre à faire des câlins, mais elle aurait pu étouffer Tessa tant elle se sentait reconnaissante en cet instant.

Jake se contenta de hausser les épaules.

— Je suis sûr que j'ai vu pire.

Et voilà, c'était reparti avec ses messages contradictoires. Sa poignée de main plutôt froide lui avait laissé entendre qu'il aurait préféré ne pas la voir, lui non plus. Mais en voyant sa pomme d'Adam tressauter lorsqu'il avait dégluti, elle avait perçu un message bien différent, du genre : « On devrait peut-être essayer encore une fois. »

— Je suis convaincu que tu as connu pire, répondit Boone. Tu te souviens de la nuit que nous avons passée dans ce canyon ?

Ella passa les mains dans ses cheveux. Ce n'était pas du tout le sujet.

Hunter caressa le chaton sous le menton.

— En plus, vous pourrez mieux coordonner vos gardes, tous les deux.

Oui, compte sur nous pour nous coordonner, acquiesça sa renarde dans un ronronnement de plaisir.

Ella avait envie de crier. Ce qu'elle avait envie de coordonner, c'était sa fuite loin de cette situation inextricable.

— Ella aimerait peut-être un peu d'intimité, insista Tessa sur un ton impassible.

Ella avait envie de l'embrasser sur les deux joues la prochaine fois qu'elle en aurait l'occasion.

Mais Boone se contenta d'agiter les mains.

— Ella n'a pas besoin d'intimité. D'ailleurs, elle a toujours insisté pour dire qu'il était plus pratique de partager des baraquements à plusieurs.

— C'est vrai, confirma Kai.

— Ouais, renchérit Hunter.

Ella fit la grimace. Oui, clairement, elle allait les frapper dans les tibias, ces deux-là.

— Oui, enfin, dans l'armée. Là, c'est ce qu'on appelle la vie civile. Vous voulez que je cuisine le genre de trucs que vous mangiez à l'époque, pour vous rappeler le bon vieux temps ? proposa Tessa.

— Non, putain ! s'exclamèrent Boone et Kai en même temps.

— Non, punaise, s'empressa d'ajouter Hunter, toujours aussi poli.

Nina caressa son ventre rebondi et lança aux deux premiers un coup d'œil dissuasif qui semblait signifier : « Surveillez votre langage en présence des bébés. »

— Désolé, chérie, dit Boone. Mais on aime la cuisine de Tessa. Non, on *adore* la cuisine de Tessa.

Il se tourna vers Jake en hochant gravement la tête.

— Attends un peu de goûter son steak.

— Ou ses pancakes au miel et à la noix de coco... fit Hunter en se léchant les lèvres.

Le visage de Kai prit un air songeur.

— Ou encore, son *laulau* grillé...

Tessa leva la main pour leur imposer le silence.

— Bref, tout ça pour dire que vous vivez différemment, maintenant. Peut-être qu'Ella apprécierait d'avoir un peu d'intimité pour une fois.

— Non, insista Boone, aussitôt appuyé par les autres qui hochèrent la tête. On connaît Ella. Elle n'a pas besoin d'un traitement spécial. D'ailleurs, elle a horreur de ça. Pas vrai ?

Ella ouvrit la bouche, puis la referma. L'ennui d'avoir prouvé sa valeur à ces hommes pendant toutes ces années, c'était les situations comme celle-ci. Ils la voyaient comme l'un des leurs. Ils devaient même penser qu'elle pissait debout comme eux. Et il ne leur viendrait jamais à l'esprit qu'elle puisse tomber éperdument amoureuse.

Putain, elle était foutue.

— Moi, tout me va, proposa Jake.

Tout te va, c'est vrai, même le treillis, réagit sa renarde sur un ton rêveur.

— Vous séjournerez tous les deux à la maison de la plantation, décréta Kai sur un ton péremptoire.

En l'absence de Silas, Kai était le plus haut gradé des métamorphes de Koa Point.

— C'est le plus logique. Et puis, on pourrait avoir besoin de la maison des invités pour ce mec avec qui Silas essayait de négocier.

Ella se renfrogna. Elle avait entendu dire que « ce mec » était un lion métamorphe. Ou un tigre, peut-être ? Elle ne s'en souvenait jamais. Un haut gradé dans le monde des métamorphes félins avec lequel Silas souhaitait établir un pacte de paix après les récentes échauffourées impliquant un mélange de lion et de vampire. Elle aurait aimé que Silas soit là pour clarifier la situation, mais Cassandra et lui étaient à New York, à la recherche de la dernière Pierre d'Esprit.

— Rien ne pose problème à Jake, déclara Boone en lui assenant une tape dans le dos. On peut compter sur lui.

— Ravi de vous aider, répondit-il, conciliant comme à son habitude.

Ella était tentée de lâcher le morceau. « J'aime Jake. J'ai besoin de lui. Mais si nous devenons trop proches, je ne pourrai pas lui résister comme avant. C'est mon compagnon prédestiné. »

Mais elle ne pouvait pas se permettre un tel aveu. Les hommes se moqueraient d'elle gentiment en disant qu'elle n'aimait que son M16. Quant aux femmes, elles lui feraient un clin d'œil en lui suggérant de bien profiter de la nuit. Jake ne connaissait rien aux métamorphes ni au processus d'union. Si elle lui en parlait, il prendrait ses jambes à son cou. Ou pire, il décréterait qu'il était assez fort pour tout affronter et se ferait tuer pour l'honneur.

Elle garda donc le silence et finit par capituler :

— Ça me va.

Pourtant, ça n'allait pas, et elle le savait pertinemment. Elle devait absolument trouver un moyen de se tirer de ce pétrin.

Chapitre 3

Jake martelait l'asphalte de la grande route au bord de laquelle il effectuait son jogging du soir. Il ne profitait pas du coucher de soleil autant que la semaine passée, sa première sur Maui. Le travail lui plaisait et les gens étaient sympathiques. Mais Ella... Putain, cette femme rendait son corps complètement dingue de désir.

D'où l'importance de ses séances de course à pied ; il espérait qu'elles lui feraient passer son envie. Mais c'était inefficace. Peut-être devait-il repenser le plan « essayer de l'oublier » et opter pour « essayer de l'oublier en cédant à la tentation ». Mais ils se consumeraient sûrement en l'espace de quelques jours. Une alchimie aussi intense ne pouvait tout de même pas durer éternellement, si ?

Une voix basse et rocailleuse ricana quelque part dans sa tête.

Tu veux parier ?

Une Ferrari rouge passa en trombe sur la voie opposée et le conducteur agita la main par le toit ouvrant en lui criant :

— Putain, ralentis, vieux !

Jake secoua la tête. Il n'y avait que Boone pour dépasser la limite de vitesse dans sa voiture de sport et crier à un coureur de ralentir.

— Peut-être que tu..., commença Jake avant de s'interrompre lorsqu'un véhicule de police apparut à sa poursuite, gyrophares allumés.

L'agent Dawn Meli, la partenaire de Hunter, salua Jake en passant.

Ce dernier sourit en chuchotant :

— Peu importe.

D'après ce qu'il avait entendu, Dawn collait des contraventions à Boone presque chaque semaine.

Il reprit sa course, et au bout de trois pas seulement, son esprit était de retour sur Ella. Pour les hommes de son unité, elle était peut-être comme eux. Mais pour lui... Elle rassemblait en elle tout ce qu'il avait toujours voulu chez un camarade de l'armée et tout ce dont il avait toujours rêvé chez une femme.

À l'évidence, son intérêt pour elle n'avait pas faibli, pas plus au cours de la semaine passée que durant l'année et demie qui s'était écoulée. Il n'avait pas touché d'autre femme, et ce n'étaient pas les propositions qui avaient manqué. Ce qu'il n'arrivait pas à comprendre, c'était l'attitude d'Ella. On aurait dit que son cerveau s'embrouillait chaque fois qu'ils se rapprochaient l'un de l'autre, propageant des décharges d'énergie sensuelle dans son corps jusqu'à ce qu'elle soit incapable de réfléchir correctement. Était-elle tentée, elle aussi, par le frisson d'une addiction en attente d'être satisfaite ?

Un camion passa sur la voie en direction du sud et Jake redoubla de vitesse sur les trois derniers kilomètres de son trajet. En temps normal, il parvenait à faire abstraction de tout quand il était dans sa zone d'effort, mais ces derniers temps, Ella ne quittait jamais son esprit.

Elle l'évitait depuis une semaine. Un comportement inhabituel pour cette femme plutôt du genre à remonter les bretelles d'un homme si elle le surprenait en train de lui reluquer les fesses ou de se relâcher au travail. Chaque fois qu'ils occupaient tous les deux le même espace, elle se montrait froide, distante et strictement professionnelle.

Tout compte fait, elle n'était peut-être pas intéressée.

Mais de temps à autre, il croisait son regard avant qu'ils ne s'éloignent l'un de l'autre et il comprenait. « Les yeux ne mentent pas », comme disait sa mère chaque fois qu'elle le surprenait, lui ou l'un de ses frères, en train de préparer une bêtise. Et les yeux d'Ella, aussi difficile qu'il soit de les croiser ces derniers temps, étincelaient lorsqu'il y parvenait. Donc, oui. Il était convaincu qu'elle ressentait la même chose que lui, et tout aussi intensément.

Mais alors, pourquoi ouvrait-elle parfois la bouche comme pour dire : « Jake, j'ai quelque chose à te dire », avant de la refermer et de battre en retraite ? Pourquoi levait-elle les yeux après avoir caressé Keiki, partageant un grand sourire avec lui avant de faire une grimace comme si elle se souvenait brusquement de quelque chose de terrible à son sujet ?

— Holà ! Attention !

Il s'écarta vers le fossé lorsqu'une voiture passa un peu trop près de lui à son goût. Il se retourna pour mieux la regarder au moment où elle accélérait en revenant au centre de sa voie avant de disparaître dans un virage.

Encore un touriste trop distrait par le coucher de soleil pour regarder la route, songea-t-il.

Ses pieds avalaient le bitume tandis que ses bras bougeaient avec régularité. Il était satisfait que les quelques blessures subies au fil des ans n'aient pas laissé de séquelles permanentes. Il pensait à la soirée à venir et à sa nouvelle mission.

Jusqu'à présent, tout se passait bien, du moins, en ce qui concernait le travail. Kai les avait tous les deux affectés au service de nuit, de vingt-deux à six heures le matin. Il couvrait le périmètre de la plantation tandis qu'Ella patrouillait aux limites du domaine principal. En fin de compte, c'était un horaire de patrouille ordinaire, comme il en avait déjà effectué si souvent. Au moins, c'était mille fois mieux qu'au Moyen-Orient, même s'il était confronté tous les jours à la tentation d'Ella. Au fond, il y avait une familiarité presque rassurante dans cette routine. Marcher en silence dans l'obscurité des broussailles, tous les sens en éveil... S'arrêter pour guetter les bruits inhabituels... Faire les cent pas tout le long de la plantation en s'assurant que tout le monde était en sécurité.

La nouveauté de cette mission, c'était que les hommes de Koa Point organisaient eux-mêmes leurs propres patrouilles, qui alternaient selon un calendrier qu'ils refusaient de partager. Sans compter qu'ils étaient attentifs aux moindres détails, comme en zone de guerre où une négligence risquait d'entraîner la mort. Comme ils insistaient pour enquêter sur le moindre soupçon, Jake leur avait signalé les traces de pas qu'il avait découvertes la première nuit.

— Et ces empreintes de loup ? avait-il demandé.

Hunter avait balayé sa remarque après un rapide coup d'œil.

— Juste un gros chien. Tu vois cette fente entre les orteils ? Il rôde souvent dans le coin. Pas de quoi s'inquiéter.

Jake avait regardé les traces en plissant les yeux. Il aurait pu jurer que c'était un loup. Il avait également repéré deux autres paires d'empreintes de chien, que Hunter lui avait confirmées.

— S'il y en a d'autres, par contre, tu nous en parles tout de suite. Compris ?

Jake avait hoché la tête.

— Compris.

C'était curieux, mais après tout, si Hunter se fichait de la présence de gros chiens dans les environs, il n'allait pas s'en formaliser lui non plus. À part les deux adolescents qui cherchaient un endroit tranquille pour se peloter et qu'il avait renvoyés le premier soir, même s'il en était désolé, rien de remarque n'était arrivé. À bien des égards, son quotidien lui rappelait sa vie militaire régulière et bien structurée, et cela lui convenait parfaitement. Son extrême concentration était un atout dans ce métier, ce qui lui permettait de chasser ce sentiment déroutant semblable à celui d'un poisson hors de l'eau qu'il avait si souvent éprouvé ces dernières semaines.

— Tout va bien ? Tu trouves tes marques ? avait demandé Tessa. Tu as besoin de quelque chose ?

— J'ai tout ce que je veux, avait-il répondu.

Ella mise à part, il avait absolument tout. Mais il brûlait d'envie de lui parler, ne serait-ce qu'une fois, pour tirer les choses au clair.

Et il brûlait aussi d'autres désirs, bien sûr.

Sans considérer cette histoire avec elle, c'était l'une des missions les plus tranquilles qu'il ait jamais effectuées. Tout le temps qu'il ne passait pas à rattraper son sommeil en retard ou à courir sur les chemins, il le consacrait à exercer des compétences typiques du monde civil : des choses aussi simples en apparence que rester assis en plein air sans surveiller constamment les environs à la recherche d'éventuels éclaireurs ennemis. Il avait trouvé un tas de vieux puzzles poussiéreux dans un coin de sa chambre et s'était mis à les reconstituer sous le porche. Les puzzles occupaient son esprit sans trop l'accaparer... la thérapie idéale, en somme. L'agencement n'avait pas grande importance, seule comptait la satisfaction de voir les pièces s'emboîter à la perfection et former un tout harmonieux au lieu d'un fatras de pièces hétéroclites. Ce qui en disait long sur son état d'esprit, sans doute, mais il préférait ne pas s'y attarder.

Il consulta sa montre en abordant le dernier virage de sa course, accélérant le rythme avant la dernière ligne droite. À présent, il était concentré à l'extrême, les jambes emportées dans un mouvement régulier. Il se sentait bien...

Soudain, sa foulée vacilla lorsqu'il se retourna pour regarder par-dessus son épaule, alerté par son sixième sens.

— Qu'est-ce que... ? marmonna-t-il alors qu'une voiture arrivait à toute vitesse.

Il courait au bord de la route, en face des voitures pour garder un œil sur chaque passage, tournant le dos aux véhicules qui arrivaient dans le même sens que lui sur l'autre voie. Mais cette berline blanche ne restait pas de l'autre côté. Elle venait d'accélérer, franchissant la ligne centrale pour foncer droit sur lui.

— Hé! hurla-t-il en faisant signe au conducteur. Faites attention!

Mais la voiture fonçait toujours sur lui comme pour l'écraser.

Il prit alors conscience que ce véhicule le visait délibérément. Le moteur rugit, les pneus crissèrent et il vit la calandre qui lui souriait comme un requin affamé. Il attendit une seconde de plus et plongea sur le côté de la route.

Biiiip! La voiture passa en klaxonnant à quelques centimètres de ses talons.

Jake traversa un buisson en bordure de route et atterrit par terre dans un roulé-boulé. Une fraction de seconde plus tard, il se releva et se tourna vers la route, juste à temps pour voir disparaître la voiture.

— C'était quoi, ça, putain?

Il tendit l'oreille pendant une longue minute, bougeant à peine à l'exception de sa poitrine qui se soulevait et s'abaissait au rythme effréné de sa respiration. Tout ce qu'il avait aperçu, c'était la silhouette d'un homme de grande stature aux cheveux longs et clairsemés. Ce type l'avait-il frôlé avec la simple intention de lui faire une farce ?

Lentement, Jake se baissa pour épousseter ses jambes. Il avait de nombreuses éraflures et quelques égratignures qui saignaient, mais rien de bien méchant. Une douche suffirait à tout arranger. Le souvenir de la voiture fonçant droit sur lui, en revanche, lui restait douloureusement en mémoire.

— Connard.

Il se rapprocha de la route et se remit à courir, sans cesser de regarder autour de lui, l'oreille tendue au cas où ce timbré ferait un nouveau passage. Il était presque certain que c'était la même berline blanche qui était passée tout à l'heure. Cela dit, ces voitures de location se ressemblaient toutes. Deux minutes plus tard, il s'arrêta au croisement de la route privée menant au domaine de Koa Point et de la plantation, observant la voie avec un œil de lynx. Il s'engagea sur le chemin à petites foulées, trottinant pour terminer son jogging tranquillement. Son cœur battait toujours à tout rompre et son esprit tournait à plein régime. Qui ferait une chose pareille ?

Il ralentit et termina par une marche lente en approchant de la maison, encore troublé par ce qui venait de se passer. Tout à coup, fusant de nulle part, la voix d'Ella l'arrêta net. Elle avait son intonation de militaire, stricte et professionnelle.

— McBride. Réunion ce soir à vingt heures.

Il leva les yeux pour la découvrir debout sur le porche de la vaste demeure ancienne de la plantation. La maison était deux fois plus vaste que celle de son ranch familial, accentuée sur sa longueur par une terrasse offrant une vue imprenable de tous les côtés sur l'océan. Mais le toit s'affaissait par endroits, le plancher était pourri et la plupart des pièces entièrement vides.

Il hocha la tête.

— Vingt heures, ce soir. Tu as une idée de ce que ça peut être ?

Ella secoua la tête, sa queue de cheval oscillant des deux côtés. Les derniers rayons de soleil s'y accrochèrent en scintillant. Putain, il adorait ça. Une petite touche féminine, en dépit de tous ses efforts pour paraître forte.

— Silas et Cassandra sont de retour. C'est l'occasion d'une réunion.

Il avait l'impression que c'était une bonne nouvelle, mais les épaules d'Ella étaient tendues, lui donnant la nette impression qu'il s'était passé quelque chose... quelque chose de plus que le simple retour de leur commandant et de sa fiancée.

Ces derniers temps, il s'était rendu compte que tout le monde s'inquiétait des affaires dont Silas s'occupait à New York. Comme s'il ne s'agissait pas de simples affaires, mais d'un sujet infiniment plus important, en rapport avec les ennemis qu'ils avaient évoqués et leur besoin de surveillance permanente sur le domaine. Il avait croisé Boone et Kai en train de discuter des recherches de Silas... ou avaient-ils parlé d'enquête ? Quoi qu'il en soit, ils s'étaient tus en le voyant approcher et il s'était gardé de poser la moindre question. En tout cas, il se passait quelque chose.

— Oula, fit soudain Ella, les yeux écarquillés en découvrant ses jambes éraflées. Qu'est-ce qui s'est passé ?

— Rien.

Il se dirigea vers son côté de la maison. Ella lui avait attribué l'aile nord lorsqu'il avait emménagé, aussi loin que possible de ses quartiers, dans l'aile sud.

À présent, elle l'entraînait vers la lumière, examinant ses coudes ensanglantés.

— Comment ça, rien ?

— C'est superficiel.

Elle haussa un sourcil en demandant :

— C'est arrivé quand... ?

Quand un taré a essayé de me renverser, faillit-il répondre.

Au lieu de quoi, il se contenta de dire :

— J'ai dérapé sur la route.

— C'est ça, répondit-elle, perplexe. Jake McBride a perdu l'équilibre. Une maladresse. C'est pour ça qu'ils t'ont récompensé pour service rendu à la nation ?

Il se sentit gonfler de fierté. Ainsi, Ella savait qu'il avait été décoré. Il n'avait jamais agi dans l'espoir d'obtenir des médailles, uniquement pour mettre son unité en sécurité et faire son travail.

— J'avais la tête ailleurs, c'est tout

Elle ricana encore plus fort.

— C'est ça, je vais te croire.

Puis elle désigna l'une des chaises du porche.

— Laisse-moi jeter un coup d'œil.

— Ce n'est rien. À peine quelques égratignures.

— Assieds-toi, ordonna-t-elle en le bousculant. Et dis-moi ce qui s'est vraiment passé.

Il s'assit sur la chaise grinçante du porche sans cesser de protester. Elle s'agenouilla, prit l'une des serviettes en papier lestées d'une pierre sur la table de jardin et entreprit de tamponner son tibia ensanglanté.

— Je courais... Aïe.

Il fit la grimace lorsqu'elle arracha une épine qui dépassait d'une plaie ouverte. C'était agréable qu'elle s'occupe de lui... vraiment très agréable, pour être honnête.

— Ne fais pas l'enfant. Allez, reste assis.

Il se tint immobile, charmé qu'elle soit si proche. La lumière du soleil couchant se reflétait dans ses cheveux, leur donnant cet éclat cuivré qu'il entrevoyait par moments. Il prit une profonde inspiration, se délectant de son parfum floral léger. Un parfum qui lui rappelait les plaines intactes et les montagnes de plus de mille mètres d'altitude. En un mot, son foyer.

Ella posa une main sur son genou et la remonta pour vérifier sa cuisse. Le sang redoubla de vitesse dans ses veines et les douleurs s'estompèrent, remplacées par une douce chaleur.

Oh, bon sang. Ça recommençait. Cette force invisible... Ce trou noir qui l'aspirait dès qu'il était trop proche d'Ella.

— Alors, dis-moi...

Lorsqu'elle leva les yeux, elle marqua une pause, troublée par son regard. Le rose de ses joues la trahissait aussi. Ses lèvres brillaient et ses yeux étincelaient ; un jeu de lumière, certainement, mais... *waouh !* Elle se pencha plus près et Jake s'embrasa, avide et impatient. Un baiser. Ce qu'il donnerait pour un baiser.

Ils se rapprochèrent, concentrés sur les lèvres l'un de l'autre...

— Merde, chuchota Ella en se redressant d'un coup sec.

Jake cligna des paupières à plusieurs reprises et se leva sans réfléchir, faisant grincer sa chaise.

— Ella. Attends.

Mais elle n'attendit pas. Elle recula de deux pas tremblants tout en bredouillant.

— Qu'y a-t-il ? demanda-t-il, soudain lassé par leurs enfantillages.

Elle baissa les yeux au sol.

— Je te l'ai dit, il y a une réunion organisée par Kai à vingt heures.

Il secoua la tête.

— Non, je veux dire, entre nous.

Sa joue droite tressauta nerveusement et elle fronça les sourcils, les yeux rivés sur une planche pourrie.

— Quoi, nous ?

— Nous, *nous*. L'autre nuit. Cette seule fois où nous...

Ses joues virèrent au rouge et ses yeux se posèrent partout sauf sur les siens.

— Il ne s'est rien passé.

Elle aurait tout aussi bien pu lui planter son gros couteau Bowie dans les tripes et le tordre plusieurs fois.

— Il ne s'est rien passé ?

Ella tourna les talons pour s'éloigner, mais il la suivit en sentant son propre visage s'empourprer.

— Il ne s'est rien passé ?!

Sa voix monta dans les aigus, mais c'était plus fort que lui. Il lui attrapa la main.

— Cette nuit-là a été l'une des seules bonnes choses qui me sont arrivées pendant tout notre déploiement à la guerre. Et tu prétends qu'il ne s'est rien passé ?

Les paupières d'Ella frémirent et elle recula vers le mur.

— On avait dit qu'on se limiterait à une seule nuit.

Il la suivit, déterminé à ne pas la laisser s'enfuir cette fois.

— J'ai essayé, Ella. Tu as essayé. Mais c'est toujours là.

Il désigna les quelques centimètres qui séparaient leurs corps.

— On dirait que quelque chose nous a conduits à ce moment et je ne sais absolument pas ce dont il s'agit.

Ses yeux brillaient d'émotions qu'il ne pouvait pas déchiffrer. Enfin, deux mots franchirent les lèvres d'Ella :

— Le destin.

Cela paraissait étrangement sinistre, en accord avec la détresse qu'elle affichait.

— Quoi qu'il en soit, j'en ai assez de me battre. Tu ne crois pas qu'on devrait s'accorder une autre chance ?

La lueur qu'il perçut dans ses yeux voulait dire « oui », il en était persuadé. Il fit un petit pas sous le porche jusqu'à ce qu'Ella soit presque plaquée contre le mur extérieur de la maison. Il lui laissait suffisamment d'espace pour s'éloigner si elle y tenait. Mais elle n'en fit rien, se contentant de le regarder froidement. Ou plutôt, on aurait dit qu'elle regardait *à travers* lui, comme si elle voulait reprocher à quelqu'un ou à quelque chose d'autre ce qui s'était passé entre eux à l'époque.

— Dis quelque chose. N'importe quoi, grogna-t-il. Mais ne me dis pas que ça n'est jamais arrivé. Au pire, tu peux le regretter...

Immédiatement, elle secoua la tête.

— Je n'ai jamais dit que je le regrettais.

— Alors, quoi ? Qu'est-ce qui nous en empêche ?

— Des choses que tu ne peux pas comprendre.

— Explique toujours.

Une fois de plus, elle s'obstina :

— Je ne peux pas.

Jake pencha la tête pour la dévisager. Il n'avait jamais vu Ella si troublée ou désemparée. Elle n'était pas du genre à perdre ses moyens. Impossible ne faisait pas partie de son vocabulaire.

Il s'approcha jusqu'à ce que ses lèvres se retrouvent à quelques centimètres des siennes. Un seul, peut-être.

— S'il te plaît, dis-moi, Ella, chuchota-t-il. Dis-moi que tu n'es pas intéressée. Dis-moi que tu ne veux pas de moi.

— Si, je te veux.

C'était dingue combien quelques mots pouvaient faire chavirer le cœur d'un homme, en dépit de ses efforts pour le garder sous contrôle.

— Alors, pourquoi me repousses-tu en permanence ?

Elle ne répondit pas, néanmoins elle ne se déroba pas non plus. Au contraire. Elle lui agrippa la chemise pour l'attirer contre d'elle. Il se rapprocha en passant les bras sur ses épaules, attiré par la gravité de leurs corps chaque fois qu'ils étaient aussi proches.

Ses lèvres remuèrent, mais aucun son n'en sortit. À moins qu'il soit devenu sourd, car tout ce qu'il entendait, c'était un rugissement à ses oreilles. Ses bras glissèrent autour de la taille d'Ella et les yeux de cette dernière irradièrent, exprimant un combat intérieur qu'il ressentait, lui aussi.

Embrasse-la, lui dit une petite voix au fond de son esprit.

Il en avait envie. Tellement.

Le rugissement s'amplifia, comme un tsunami déferlant sur le rivage.

Elle aussi, elle en a envie, insista la voix. *Tellement.*

Ella l'attira plus près jusqu'à se retrouver plaquée par son corps contre le mur. C'était son initiative, comme si elle voulait capituler sans savoir comment s'y prendre.

Son pouls s'emballa et ses terminaisons nerveuses l'inondèrent d'informations, le noyant sous les sensations. La fermeté de son étreinte. La chaleur de sa poitrine. Son parfum de rose des sables. L'envie ardente de la serrer dans ses bras, étouffée par la crainte de se laisser dépasser par les événements.

Peu à peu, toutes les données s'évanouirent sauf une et il ne ressentit plus que le tendre coussin de ses lèvres lorsqu'elle l'embrassa. À cet instant, le tourbillon dans son âme disparut, laissant en lui un profond sentiment de paix.

Ella passa les doigts dans ses cheveux, le guidant exactement dans l'angle qu'elle recherchait, ses lèvres toujours sur les siennes. Elle l'embrassait, le touchait, essoufflée comme lui.

Il prit sa lèvre inférieure entre les siennes et exerça une pression délicate avant de la laisser goûter sa bouche à son tour.

C'était si bon. Exactement comme un retour à la maison après une longue absence, comme s'il obtenait en même temps tout ce qu'il avait toujours désiré. Il la rapprocha et l'embrassa plus fougueusement encore, pestant contre sa propre faiblesse alors même qu'il en voulait plus. Aucune autre femme ne lui avait jamais fait cet effet avec un seul baiser.

— On ne devrait pas, souffla-t-elle sans toutefois s'éloigner.

— Je suis d'accord, répondit-il entre deux baisers avant de plonger dans le suivant.

Ses mains remontèrent le long de ses côtes alors que tout son corps se rapprochait du sien.

Une minute plus tard, cependant, Ella recula, sa poitrine palpitant. Le front posé contre son torse, elle parla dans sa chemise :

— Il ne faut pas que ça recommence.

Elle avait chuchoté sans le lâcher pour autant. Renonçant à savoir pourquoi, Jake chercha à la retenir.

— Jake…

Il la regarda, troublé de ne même pas savoir quoi dire. « Pourquoi on s'arrête ? » Ou, plutôt : « Tu as raison. On ne peut pas continuer ». Quel que soit le pouvoir à l'œuvre entre eux… Le destin, le désir à l'état brut… c'était plus qu'addictif et il s'en voulait d'abandonner sa maîtrise de soi.

— On devrait peut-être…, commença Ella.

Merde, il avait laissé son téléphone près du puzzle, sur la table du porche, et maintenant sa sonnerie les interrompait.

« Tu veux répondre ? », sembla-t-elle lui demander par son regard.

Jake secoua la tête. Pas vraiment, et surtout pas maintenant.

— Écoute…

Mais le téléphone insista et Ella lui donna une bourrade.

— Tu devrais peut-être décrocher.

Jake alla chercher son fichu appareil et balaya du regard les buissons environnants à la recherche d'un rocher contre lequel il pourrait l'écraser. Putain, mais qui l'appelait maintenant ?

— Fait chier, Hoover...

Il décrocha après avoir jeté un coup d'œil au numéro. C'était toujours agréable de reprendre contact avec ses camarades de l'armée, mais Hoover appelait constamment pour partager avec lui des théories fumeuses ou ronchonner contre la vie civile.

— Pas maintenant...

— *Manny est mort.*

La voix qui lui parvint à l'autre bout de la ligne était chevrotante, apeurée.

Jake s'immobilisa.

— Quoi ?

Non loin de là, Ella leva les yeux. Il se détourna, le visage soudain livide.

— Putain, vieux. Que s'est-il passé ?

— *Une balle dans la tête,* répondit Hoover. *Calibre 45.*

Jake avait le regard dans le vide, à présent. Il était tenté de repousser la table et de rugir avec fureur. Un autre ami proche, mort à son tour. Pire encore, le troisième membre de leur unité à perdre la vie au cours de ces dernières semaines. Comment était-ce possible ? Ils avaient servi ensemble pendant des années et survécu à d'innombrables tensions... et maintenant, voilà.

Il cramponnait le téléphone si fort qu'il fut étonné de ne pas le briser dans sa poigne.

— Pourquoi ? Qui ?

— *La police pense que c'est un vol qui a mal tourné, mais je ne crois pas à cette version,* chuchota Hoover avant de reprendre d'une voix plus forte. *Je te le dis, mec, quelqu'un est en train de nous éliminer, un par un.*

Jake se figea en repensant à la berline blanche qui lui avait foncé dessus. Ce n'était peut-être pas une farce. C'était peut-être la réalité. Oh, merde. Si Hoover ne se faisait pas de fausses idées, alors cela pourrait être lié à l'accident d'escalade de Junger et à la sortie de route de Chalsmith. À moins que la paranoïa de son camarade ne déteigne sur lui ?

— *Réfléchis, vieux*, reprit Hoover d'une voix rauque, en mode théorie du complot. *Cette patrouille qui est tombée. L'embuscade de juin dernier.*

L'estomac de Jake se retourna, comme toujours quand il repensait à ce funeste jour. Mais qu'est-ce que cette embuscade avait à voir là-dedans ?

Boum ! Il n'oublierait jamais la puissance et le retentissement de cette explosion. Six hommes avaient péri, ce jour-là.

« On aurait dû en faire partie », lui avait dit Hoover plus tard.

Jake n'avait pas répondu, les yeux rivés au sol, parce que son camarade avait raison. Leur véhicule avait été échangé à la dernière minute contre un autre dans le convoi. C'était donc eux qui auraient dû être réduits en miettes.

« Franchement, je suis bien content d'être en vie », avait commenté Manny.

Cette terrible soirée avait conduit à une discussion qui leur avait permis de prendre un nouveau départ. Chaque membre de l'unité s'était juré de tirer le meilleur parti de sa seconde chance, dès la fin de leur service. Junger avait décidé de gravir le plus haut sommet d'Alaska. Manny avait ouvert un atelier de carrosserie automobile avec son père. Chalsmith avait négocié avec son ex pour passer plus de temps avec ses enfants. Quant à Jake...

Jake avait raconté des histoires, comme quoi il avait l'intention de visiter les cinquante États, même si, en réalité, il espérait secrètement retrouver Ella et voir s'ils pouvaient vivre plus qu'une aventure d'un soir.

« Le destin », avait-elle chuchoté.

Est-ce que cela existait vraiment ?

— *Je te le dis, mec. Quelqu'un nous traque*, reprit Hoover.

Jake s'agrippa à la rambarde du porche. Était-ce possible ?

Ella s'approcha et lui toucha l'épaule en articulant silencieusement :

— Tout va bien ?

Il pinça les lèvres alors que des images envahissaient son esprit. Il revoyait Manny rire aux éclats, faire une blague, lire et relire des lettres du pays. Jake laissa tomber son menton sur sa poitrine et ferma les yeux. Rien n'allait bien. Manny était un bon gars, quelqu'un de bien.

Ella garda la main sur son épaule. Une seconde plus tard, il posa la sienne par-dessus. Ce contact le réconforta. Deux contre le reste du monde, c'était toujours mieux qu'un.

— *L'un de nous est le prochain*, continua Hoover. *Et je jure que ce ne sera pas moi.*

Jake baissa les yeux sur ses jambes éraflées et se renfrogna.

— Tu veux que ce soit moi ?

— *Désolé, mec*, reprit-il en revenant sur ses mots. *Je ne voulais pas dire ça comme ça. Ce ne sera ni toi ni moi. Je veux retrouver cette ordure, mais ça va prendre du temps. Si c'est ce salopard de LeBonn, comme je le soupçonne...*

À ces mots, Jake fit la grimace. Il n'avait aucune idée de qui pouvait être ce LeBonn, mais il ne connaissait Hoover que trop bien. Au fond, c'était un type bien. Mais comme un doberman en manque d'exercice, il était survolté et aboyait constamment. Il frôlait la paranoïa maladive. Fallait-il vraiment prendre ses paroles au sérieux ?

À nouveau, il entendit le crissement des pneus et le klaxon assourdissant alors qu'il se remémorait l'incident avec la berline blanche.

Ella lui serra l'épaule et il se sentit un peu mieux.

— *On se reparle bientôt*, lui dit Hoover.

Jake hocha la tête. En cet instant, la façon dont Manny était mort n'avait pas d'importance. Il était simplement triste qu'un autre de ses amis ait disparu. Il avait besoin de temps pour encaisser la nouvelle avant de décider s'il devait suivre Hoover dans une autre de ses folles croisades... ou lui faire entendre raison.

— À bientôt. Prends soin de toi, mec.

— *Oui. Toi aussi.*

Jake laissa tomber le téléphone sur le puzzle et le regarda fixement. La prochaine fois que Hoover appellerait, serait-ce pour lui annoncer une autre mauvaise nouvelle ? Qui voudrait anéantir une unité entière qui n'avait rien fait de mal ?

Une voiture klaxonna sur la route, au loin, et il redressa brusquement la tête.

Les yeux d'Ella suivirent les siens.

— C'est ce virage dangereux. Beaucoup de conducteurs le sous-estiment.

Jake fronça les sourcils. Pouvait-on parler de mauvaise estimation quand on franchissait les deux voies pour manquer de faucher un joggeur sur le bas-côté opposé ?

La main qu'il se passa dans les cheveux en ressortit humide de sueur. Manny était mort. Hoover était parano. Et lui, il était dans un sale état, trop fébrile, trop à cran. Prêt à croire les idées folles de son camarade. Il devrait peut-être garder ses distances avec Ella, qui méritait un homme bien meilleur que lui à tous points de vue.

— Tu vas bien ? demanda-t-elle, la main sur son épaule.

— Ça va.

Il se racla la gorge en faisant mine de regarder sa montre.

— C'est presque l'heure de la réunion. On ferait mieux d'y aller.

— Jake, chuchota Ella.

À présent, c'était elle qui s'accrochait et lui qui se dérobait.

Mais c'était mieux ainsi et il le savait. Il descendit du porche de l'autre côté de la grande maison vide, bien décidé à ne pas regarder en arrière.

Chapitre 4

Ella s'efforça de retrouver une respiration régulière tandis qu'elle suivait Jake sur le chemin sinueux de Koa Point. Pas de questions, pas de contact physique et pas de paroles de réconfort, alors qu'il était évident qu'il en avait besoin. Même après une douche et du temps pour se rafraîchir, Jake était aussi fermé que... que...

Que tu l'as été avec lui ? grogna sa renarde.

Merde. La vérité était douloureuse, cuisante même. Si elle pouvait revenir en arrière...

Alors, reviens en arrière. Dis quelque chose, insista sa renarde.

Qu'était-elle censée dire ? « J'ai été affreuse avec toi parce que tu es mon compagnon et je ne veux pas que tu meures aussi tragiquement que celui de ma mère ? »

Pauvre Brian. Pauvre Jake. Ella donna un coup de pied à une branche cassée. Ça la tuait de le voir si tendu et fermé. Elle devait pourtant rester forte et résister à l'appel de son compagnon.

Non ! Non ! Non ! Il a besoin de nous, et nous aussi, nous avons besoin de lui, gémit sa renarde. *Dis quelque chose !*

— Ça va ? fit-elle à mi-voix.

— Oui.

S'il était comme elle... alors c'était tout le contraire. Cet homme devait vraiment souffrir intérieurement. C'était bien normal, si son ami venait de mourir. Elle l'avait compris. Mais elle avait laissé passer sa chance de lui en dire plus, parce qu'ils étaient presque à portée de voix des autres.

Une longue enfilade de torches tiki conduisait à l'*akule hale* de Koa Point. Il y en avait plus qu'en temps normal, sans doute pour accueillir chaleureusement Silas, l'alpha de Koa Point. Il se tenait au milieu de son groupe d'amis. Ce n'était pas le plus grand ni le plus musclé, toutefois il dégageait une puissance de dragon qui forçait le respect même du plus intraitable des hommes.

Jake s'approcha néanmoins de lui, pas intimidé le moins du monde.

Il ferait un formidable métamorphe, soupira la renarde d'Ella.

— Jake. Ella. Quel plaisir de vous avoir ici, déclara Silas alors qu'ils se serraient la main.

— Tout le plaisir est pour nous, répondit Jake.

Ella regarda un moment le sourire de Silas. Il était vraiment rayonnant. Elle était tellement concentrée sur Jake qu'elle n'avait pas remarqué combien il semblait heureux. Naturellement et sincèrement joyeux. Presque détendu, si tant est qu'un dragon puisse l'être.

— Je vous présente Cassandra, ma c... ma fiancée, leur annonça-t-il.

Ella décocha un coup de coude dans les côtes de Silas ; alpha ou pas, il ne pouvait pas se permettre de commettre une erreur. C'était déjà assez grave que Boone ait failli lâcher les termes de « compagne prédestinée » devant Jake la semaine passée. Les humains n'avaient aucune idée de ce que cela signifiait, et elle n'avait pas l'intention de le lui expliquer.

Silas s'en rendit à peine compte. Cassandra et lui se souriaient comme deux adolescents transis et Ella ne put s'empêcher de s'émerveiller qu'un autre membre de son unité soit tombé amoureux.

— Merci beaucoup d'être venu, Jake, dit Cassandra.

— Vous avez fait bon voyage ? s'enquit ce dernier avec sa politesse habituelle.

Vous avez trouvé la Pierre de Voûte ? demanda Boone à Cassandra.

Ella faillit le faire taire, mais elle se rappela que seuls les métamorphes pouvaient entendre les pensées des autres. Décidément, Jake s'intégrait si bien dans le groupe qu'elle en oubliait presque qu'il était humain.

Tu peux même oublier totalement, tenta sa renarde.

Elle ne pouvait pas se permettre d'oublier ce détail. Jamais.

Pas de Pierre d'Esprit, déplora Cassandra dans la tête de ses compagnons métamorphes. Elle ne semblait toutefois pas se laisser abattre, car un instant plus tard, les tourtereaux échangèrent un autre sourire complice et elle reprit à voix haute :

— Le voyage s'est très bien passé.

Mais son sourire vacilla lorsqu'elle ajouta :

— Si ce n'est que nous avons rencontré un petit accroc dans nos plans.

Silas hocha la tête avec lassitude alors que tout le monde se penchait vers eux. Pendant une longue minute, on n'entendit que le chant des grillons dans la nuit.

— Vous ne vous mariez plus ? lança Boone, le plaisantin de service, pour alléger l'atmosphère.

— C'est ça, essayez toujours de nous en empêcher, répondit Cassandra en riant.

Silas l'embrassa sur la main et Ella en resta abasourdie, incapable d'en croire ses yeux. Ça alors ! Le puissant commandant qui montrait ses émotions… en public ?

Elle jeta un coup d'œil alentour et fronça les sourcils en constatant que tout le monde arborait la même mine réjouie… tout le monde, sauf elle, bien sûr.

— Alors, quel est cet accroc ?

Jake hocha la tête, son attention rivée sur Silas. Concentré sur son travail, comme toujours. Cet homme était un protecteur naturel. Il fonctionnait en équipe. Le soldat dans toute sa splendeur.

Si seulement il était aussi métamorphe.

— On voulait que ça reste modeste. Une petite cérémonie rien que pour nous, ici à Koa Point, expliqua Silas. Malheureusement, la nouvelle de nos fiançailles s'est ébruitée et la presse a commencé à nous harceler.

Cassandra ajouta avec un sourire en coin :

— Les gens sont absolument fans de Silas. Ce doit être son côté hyper sociable.

Tout le monde éclata de rire, même le principal intéressé.

— C'est surtout à cause de mon héritage, je le crains.

— Ne me dites pas que vous allez faire un mariage en grande pompe comme les célébrités ? Pitié, commenta Kai, provoquant des ricanements et des soupirs agacés.

— Pas question, le rassura Cassandra en secouant la tête. Nous voulons un petit mariage privé. Mais il vaut mieux donner quelque chose à la presse plutôt que de la laisser propager des mensonges. Alors, nous avons décidé d'organiser une grande réception au Kapa'akea Resort, un jour avant le mariage, qui se déroulera en toute intimité sur le domaine. Comme ça, nous gardons la main au lieu de laisser la presse mettre son nez partout.

Jake hocha la tête d'un air pensif.

— C'est l'immense complexe près de la route principale ?

— L'établissement chic avec le terrain de polo, répondit Ella.

— Leur penthouse est plutôt sympa, commenta Boone en regardant Nina avec un sourire.

Hunter se frotta la barbe.

— Et la sécurité ?

— C'est vrai, ça, et Moira ? demanda Boone.

Ella se renfrogna, tout comme le reste du groupe. Même Jake, qui ne connaissait pas Moira, se rendit compte que les autres avaient perdu leur bonne humeur. Ses sourcils froncèrent, ce qui lui donnait un air sinistre. Ella aurait aimé pouvoir lui donner tous les détails par transmission de pensées.

Moira est l'ex de Silas. Elle a soif de vengeance. C'est l'un des dragons les plus dangereux qui soient.

Putain. Comment pourrait-elle lui donner ce genre d'explications ? Jake resterait bouche bée à la mention d'un dragon et il ne comprendrait jamais la dynamique primitive du monde des métamorphes.

Cassandra prit la main de Silas pour tenter de l'apaiser.

— Je ne pense pas que Moira se rajoutera à l'équation, mais on ne sait jamais. Ce ne serait pas son premier coup en douce.

— La sécurité à Kapa'akea ne devrait pas poser de problèmes, si ? s'enquit Ella.

Tout le monde fit la grimace.

— Un intrus a déjà réussi à entrer. Ça pourrait se reproduire, dit Kai. Reste à savoir comment l'empêcher, cette fois-ci.

— En doublant la sécurité ? proposa Nina.

Silas secoua la tête.

— Le mariage des Vanderpelt avait toute la sécurité du monde, mais ça n'a pas empêché cette surprise de dernière minute.

— Vous craignez un sabotage de l'intérieur ? demanda Tessa.

— Justement, je préfère éviter de craindre ce genre de désagrément, répondit Silas. C'est pour ça que nous avons mis au point un plan spécial.

Ella fut intriguée par le regard intense qu'il posa sur elle avant de continuer vers Jake, qui avait l'air tout aussi déboussolé. Avaient-ils un rôle à jouer dans ce plan, tous les deux ?

Jake ne posa aucune question. Il ne pouvait pas se le permettre, pas devant un supérieur. Même Ella hésita. Ils avaient beau ne plus être dans l'armée, le grade restait primordial, sans compter que Silas leur avait déjà sauvé la vie à tous... et plusieurs fois, même.

— C'est une grande faveur que je vous demande, reprit ce dernier en alternant entre eux deux. Mais je pense que c'est le seul moyen.

Jake hocha la tête, exactement comme il l'avait fait avant de partir pour l'une des missions communes que leurs unités avaient exécutées. Quoi que Silas lui demande, Jake le ferait. Descendre au bout d'une corde depuis un hélicoptère ? Aucun problème. Foncer en solo derrière les lignes ennemies pour faire diversion, même au péril de sa vie ? Jake serait prêt à le faire.

— On a besoin d'un homme à l'intérieur, observa Kai.

Ella cligna des yeux. Pour cela, il fallait se mêler à la foule de cet hôtel haut de gamme et il y avait deux problèmes. Primo, Jake ne semblait pas très à l'aise avec les foules, ces derniers temps. Secundo, il était plutôt du genre jean et rangers. Il risquait de faire tache dans un établissement chic.

— Nous avons besoin de quelqu'un que les gens du coin ne reconnaîtraient pas, expliqua Silas.

Ella le regarda avec méfiance.

— À quoi penses-tu, exactement ?

— Jake et toi..., commença Silas.

À ces mots, la renarde d'Ella se mit à frétiller.

— Vous serez infiltrés dans le complexe..., poursuivit-il.

— En tant que personnel de restauration ? demanda-t-elle en fronçant les sourcils.

Silas lui sourit.

— Non, beaucoup plus simple que ça. Vous vous ferez passer pour des clients.

Ella croisa les bras et arqua un sourcil, visiblement perplexe.

— Des clients ? Par exemple, de lointains cousins venus assister au mariage ?

— Non, répondit Silas en souriant de plus belle. Pour les gens, il faut que votre séjour n'ait aucun rapport avec notre réception.

— Alors, qu'est-ce qu'on ferait là-bas ?

Elle se doutait que Jake avait le même pressentiment à ce sujet, mais il hocha résolument la tête en signe d'obéissance à Silas. L'instant d'après, Kai répondait à sa question :

— Vous seriez un couple en voyage de noces, bien sûr. M. et Mme Jacob McBride, annonça Kai, manifestement content de lui.

— Monsieur et madame *quoi ?* se récria Ella.

— Imaginez, reprit Boone en remuant les sourcils d'un air suggestif. Room service. Draps de soie. Lit king-size.

Jake avait l'air atterré et Ella non plus n'en croyait pas ses oreilles. Mais enfin, personne ne comprenait le sous-entendu ?

Apparemment non, car Kai poursuivit comme s'il avait déjà tout prévu :

— C'est parfait. Personne ne fera le lien entre vous deux et la réception. Vous pouvez vous y installer quelques jours à l'avance pour garder un œil sur tout ce qui vous paraîtrait suspect.

Kai pensait vraiment qu'elle allait pouvoir résister à Jake pendant plusieurs jours ? La semaine dernière avait déjà été une véritable torture, mais faire semblant d'être mariée avec lui, ce serait l'enfer.

Un enfer délicieux, murmura sa renarde en battant joyeusement de la queue.

— L'astuce, quand on invente une histoire de couverture, c'est de coller au plus près de la vérité, reprit Kai. Vous vous êtes rencontrés à l'étranger et vous êtes tombés follement amoureux...

Ella échangea un regard avec Jake et déglutit. Ce n'était pas très loin de la vérité, pour l'instant.

— Vous vous êtes retrouvés par hasard quelques mois après avoir quitté le service et vous avez décidé que la vie était trop courte pour ne pas vous marier...

Elle fronça les sourcils, alors que Jake acquiesçait comme si c'était exactement ce qu'il avait en tête.

— Et voilà la raison de votre voyage de noces, conclut Kai.

Ella leva les mains pour l'interrompre :

— Mais qui va croire que nous pouvons nous permettre un hôtel aussi luxueux ?

Silas sourit.

— Disons que tu as trouvé un généreux bienfaiteur avec un faible pour les héros de guerre.

Ella tanguait d'un pied sur l'autre, cherchant une excuse pour rejeter ce plan absolument dingue.

Putain ! finit-elle par hurler dans l'esprit de ses amis de sorte que tout le monde sauf Jake puisse l'entendre. *Je ne peux pas faire ça. Jake ne peut pas faire ça. C'est trop.*

Voyons, Ella, dit Boone en inclinant la tête vers Jake. *Tu l'aimes bien. Ça ne peut pas être si difficile.*

Non, je ne l'aime pas ! Qu'est-ce qui t'a mis une telle idée en tête ?

Les hommes échangèrent des coups d'œil complices et Hunter haussa les épaules d'un air contrit.

Tu parles dans ton sommeil. Enfin, de temps en temps, et comme on partageait les mêmes baraquements... Disons qu'une fois ou deux...

Plus que ça, rectifia Boone. *Il était toujours question de Jake.*

Ses joues virèrent au rouge.

N'essayez pas de jouer les entremetteurs, s'énerva-t-elle.

Kai sourit.

Pourquoi pas ? Vous iriez très bien ensemble.

C'est ça. Une métamorphe et un humain ! Je pourrais le tuer par la simple morsure d'union.

Tout le monde se figea, les yeux hagards.

Qui a parlé d'union ? lança Kai.

Ella resta pétrifiée. Oh, merde. Qu'avait-elle dit ? Elle regarda Jake. Visiblement intrigué, il semblait comprendre qu'il se passait quelque chose.

— Écoutez..., commença-t-il, interrompant le silence gênant qui traînait en longueur. Je me ferai un plaisir de vous aider, mais on pourrait sans doute trouver un meilleur plan.

— Oui, peut-être, dit alors Tessa, venant une fois de plus à la rescousse.

Ella aurait dû se sentir soulagée, mais elle était abattue. C'était un rêve qui avait failli se réaliser, mais qui s'était envolé.

Eh bien, peut-être..., commença sa renarde, renonçant à baisser les bras.

Peut-être quoi ?

Ella se renfrogna alors que tout le monde attendait sa réaction. Elle était venue à Maui pour aider ses amis, elle ne pouvait tout de même pas refuser. L'idée d'avoir des yeux supplémentaires à l'intérieur de l'hôtel était cohérente. Et puis, qui soupçonnerait un couple de jeunes mariés ?

Elle devait aussi penser à Jake. Un homme comme lui avait besoin d'un défi, d'une mission, d'une équipe à laquelle s'intégrer et d'épreuves à surmonter. Il avait besoin de cette mission pour retrouver son équilibre.

Notre compagnon a besoin de notre aide, dit sa renarde.

Si elle acceptait cette mission complètement folle...

Oui ! Oui ! l'encouragea sa renarde.

Et si elle trouvait un moyen de le rejeter en douceur ou de lui révéler tous ses défauts qui les rendaient incompatibles...

Non ! Non !

Alors elle pourrait aider Jake à retrouver le bon état d'esprit pour continuer dans la vie civile.

Elle pinça les lèvres. Était-elle folle ou serait-elle capable de résister assez longtemps pour l'aider ?

Dans le pire des cas, elle lui expliquerait ce qu'étaient les métamorphes. La perspective qu'elle puisse se transformer en renarde avec des moustaches, quatre pattes et une queue dégoûterait forcément Jake. Sinon, elle allait devoir trouver autre chose. La vérité, par exemple.

Elle déglutit en imaginant une telle conversation.

« J'ai envie de toi, Jake, mais l'union pourrait te tuer, alors tu seras mieux avec quelqu'un d'autre. »

Ella prit une profonde inspiration tout en se donnant l'ordre d'annuler la mission avant même d'avoir commencé. Mais Silas la regardait en tapant du pied et les yeux de Jake étaient fixés sur elle, comme s'il attendait le jugement de la cour martiale.

Elle répéta sa réponse une ou deux fois dans sa tête.

Non. Pas du tout. C'est mort.

Mais tout ce qu'elle parvint à dire, ce fut :

— Ce n'est pas l'un de tes meilleurs plans, Kai.

Jake laissa échapper un souffle frémissant et se pencha légèrement vers elle.

— Si quelqu'un peut le faire, c'est bien toi.

Ella aurait aimé que Kai réfléchisse à tout ce qui était en jeu. Mais la sécurité de Silas aussi était menacée, et il faisait partie de son unité. Un soldat ne tournait pas le dos à son unité, quoi qu'il arrive.

Elle regarda Jake.

— Je crois que tu ne sais pas dans quoi tu t'embarques.

Il haussa les épaules et son ébauche de sourire fit flageoler ses genoux.

— Si tu es partante, alors moi aussi.

Toutes les alarmes de son cerveau sonnaient désespérément, mais sa renarde intérieure se contenta de ronronner avec délice.

Elle hésita encore une seconde, cherchant en elle la force de refuser. Mais les seules paroles qui lui vinrent furent :

— Très bien, alors. Il faut croire qu'on est d'accord.

Elle espérait seulement ne pas sceller son destin par ces mots.

— Merci beaucoup, dit Cassandra en l'étreignant avec effusion. Je sais que c'est un grand service qu'on te demande.

Tu n'as pas idée.

— Alors, les prochaines étapes..., commença Kai en réfléchissant.

Silas énuméra sur ses doigts :

— Ils auront besoin d'un certificat de mariage.

Aussitôt, Ella tourna la tête vers lui.

— Euh, une contrefaçon fera l'affaire.

Mais Silas refusa tout net :

— Il faut que ce soit irréfutable. Vous pourrez toujours divorcer après.

À ces mots, Jake perdit son sourire.

— Divorcer ?

— Vous pouvez vous marier à Oahu, Ella risque moins d'être reconnue là-bas, ensuite vous prendrez l'avion pour votre voyage de noces à Maui. Il faut que ce soit très spontané.

— Ça, pour être spontané, on peut le dire, grommela Ella.

Tessa avait l'air sceptique.

— Ça pourrait marcher, mais ils auront besoin de coaching si on veut que ce soit crédible.

Boone éclata de rire.

— Ella aura besoin de *beaucoup* de coaching. De toute façon, je n'arrive pas à l'imaginer en robe blanche.

— C'est drôle, parce que moi, je t'imagine très bien ! rétorqua-t-elle.

Cela dit, Boone avait tout à fait raison. Elle n'avait pas porté de robe depuis l'âge de dix ans.

Il posa les deux mains sur le sarong enroulé autour de sa taille et lui fit un clin d'œil.

— Les vrais hommes n'ont aucun problème à porter des jupes.

— C'est peut-être toi qui devrais épouser Jake.

À la seconde où Ella prononça ces mots, sa renarde grogna.

Personne n'aura Jake, sauf moi.

Elle leva les yeux au ciel. Son animal prenait vraiment ce projet absurde trop au sérieux.

— Il est mignon, plaisanta Boone en passant un bras autour de Nina. Mais je ne suis plus le célibataire libre comme l'air que j'étais avant. Il vaut mieux que l'heureux couple, ce soit vous.

Qui sait ? ajouta-t-il en haussant les sourcils vers Ella, projetant une autre pensée dans son esprit. *Tu pourrais même t'amuser.*

— Il faut absolument les coacher, intervint Nina, dont le regard alternait entre Ella et Jake. Vous savez, histoire qu'ils soient plus chaleureux l'un avec l'autre.

Ella croisa les bras sur sa poitrine. Elle restait dure comme l'acier, avec la tête froide et un sens pratique exacerbé, de peur de céder à son autre personnalité en présence de Jake et de se mettre à panteler comme une renarde en chaleur.

Kai tapa dans ses mains.

— Allez-y, montrez-nous l'heureux couple que vous êtes !

Les sourcils froncés, Ella fit un pas de plus vers Jake qui posa un bras raide sur ses épaules. Elle se trémoussa et se renfrogna comme si elle avait horreur de ce rapprochement, pourtant un bonheur chaud déferla dans ses veines et elle se surprit à se presser contre lui. Putain, c'était tellement agréable, comme une lumière chassant la solitude de son âme, comme l'espoir, le bien-être et...

Elle se ressaisit. Oh là, elle devait vraiment faire attention.

Tessa n'avait pas l'air convaincue.

— Ils vont avoir besoin de beaucoup de coaching.

— Hé, protesta Ella.

Cassandra se tapota les lèvres en réfléchissant :

— Des vêtements différents, ça pourrait être utile.

Ella baissa les yeux. Quoi ? Elle portait son pantalon militaire habituel et un débardeur kaki. Des mèches de cheveux s'étaient échappées de sa queue de cheval et sa peau était recouverte de la poussière d'une longue journée. Comme d'habitude. Une tenue parfaitement normale. Jake aussi était très bien...

Vraiment très bien, susurra sa renarde.

Avec ce t-shirt vert olive tendu sur son torse. Ses cheveux bruns, un peu plus longs qu'à l'armée, lui allaient à merveille. Le renflement de ses biceps pesait un peu sur son épaule et sa hanche la réchauffait le long des côtes.

— Il faut tout reprendre, soupira Dawn.

— Hé! s'écria-t-elle en même temps que Jake.

Kai agita la main d'un air désinvolte.

— Nous allons trouver une solution. Contentez-vous de jouer vos rôles, tous les deux.

Dawn sourit.

— Ne vous inquiétez pas. Je connais exactement la personne qu'il vous faut. En tant que coach, je veux dire.

Ella se mordit la lèvre. Pour le coup, elle commençait sérieusement à s'inquiéter.

Chapitre 5

La personne parfaite pour ce travail, comme Ella l'apprit peu de temps après, était Lily, l'amie de Dawn, une fille de la région à la personnalité exubérante.

— Oh, comme c'est merveilleux ! s'extasia Lily, tôt le lendemain matin.

Son *mu'umu'u* flottait dans le vent alors qu'ils se dirigeaient vers l'hélicoptère de Kai, penchés sur le tarmac.

— Tout cela est si palpitant.

Ella gardait les lèvres pincées. Même si elle avait participé à des dizaines de missions en hélicoptère ou en rappel par le passé, celle-ci semblait la plus dangereuse de toutes.

Pourtant, tout se déroula en un clin d'œil. Le vol pour Oahu. Le trajet en taxi jusqu'à la mairie. Elle faillit reculer sur le parvis quand Jake la poussa avec un sourire mystérieux. Aimait-il cette idée de mariage blanc ? Cela lui déplaisait-il, au contraire ? Ou la vérité se situait-elle quelque part entre les deux ?

— Ella Louise Kitt, voulez-vous prendre pour époux Jacob Michael McBride... ? prononça le fonctionnaire sur un ton monocorde.

Elle cligna des yeux à plusieurs reprises. Comment avait-elle bien pu accepter ? « Jusqu'à ce que la mort vous sépare » était une perspective vraiment très tentante avec cet homme au regard adorable et aux lèvres trop douces.

Mais la main de Jake était chaude et réconfortante autour de la sienne, et quand il l'embrassa, ils restèrent un peu trop longtemps l'un contre l'autre.

— Je vous déclare unis par les liens du mariage.

— Oh, putain, lâcha-t-elle une demi-heure plus tard, encore sous le choc. Je suis mariée.

Mariée à Jake. Sa renarde remua la queue.

Ne t'inquiète pas. Tout ira bien.

— Ne t'inquiète pas, chantonna Lily, tout sourire.

Ella fit la grimace. Elle n'était jamais plus stressée que lorsqu'on lui disait de ne pas s'inquiéter.

— J'ai tout prévu, ajouta Lily. Nous allons faire du shopping, toutes les deux...

Je déteste le shopping, grogna Ella en s'adressant à Kai, qui se contenta de lui sourire.

— Pendant que Kai et Jake feront leur truc de leur côté, termina Lily.

Ella n'avait aucune idée de ce qu'était ce « truc » en question, mais les hommes partirent dans une direction tandis que Lily et elle s'éloignaient de l'autre.

— On va se régaler, gloussa Lily en la traînant vers un magasin, sur l'avenue Kalakaua de Honolulu, avec la carte platine de Silas dans la main.

Ella faisait grise mine. Se régaler, dans l'une des boutiques les plus chères d'Oahu ? À la rigueur, si elle avait été du genre jeune fille coquette, elle aurait peut-être envisagé de passer un bon moment, mais ça ne lui ressemblait pas. Elle aimait les vêtements pratiques. Les nuances terreuses. Des poches pour ranger son matériel de combat et d'autres choses essentielles, comme son couteau suisse, des barres de céréales et des grenades.

— Mesdames, nous avons besoin d'aide ! annonça Lily à la seconde où elles entrèrent dans le magasin.

Trois vendeuses fondirent sur Ella comme des sauterelles et la torture commença.

— Pas question. Certainement pas, dit-elle en faisant signe à la vendeuse qui brandissait une tenue à paillettes sans bretelles.

En la voyant, Lily s'exclama :

— Mais si, c'est tout à fait toi.

Ella se ferma. Cette robe ne lui ressemblait pas du tout et cela n'avait rien de drôle. Le pire, c'était la lingerie assortie. Elle resta bouche bée devant le prix.

— C'est normal que moins il y a de tissu, plus c'est cher ?

— C'est la mode, fit Lily en soupirant. De toute façon, je trouve que la robe avec manches conviendra mieux. Tu sais, pour couvrir les tatouages.

Ella regarda les motifs intriqués sur le haut de ses bras. L'une des spirales était un hommage subtil à sa mère et à Brian, qui lui rappelait tous les jours de ne jamais, jamais oublier. L'autre, elle l'avait fait faire en même temps que le reste de son unité, lors d'un court séjour à Bangkok.

— Qu'est-ce qui ne va pas avec mes tatouages ?

Lily se tourna vers les vendeuses comme si elle n'avait rien entendu.

— Peut-être quelque chose de vert ?

Les femmes se dispersèrent. Quand elles réapparurent, l'une d'elles amenait des chaussures vertes qui auraient pu convenir à Dorothy du *Magicien d'Oz*. Une autre employée lui apportait une robe sans manches avec un décolleté plongeant qu'Ella ne porterait jamais de la vie et une troisième agitait une autre en soie moulante avec de minuscules boutons.

— Cassandra pourrait mettre ce genre de choses, mais pas moi, dit Ella en désignant le dragon brodé sur un côté du tissu.

— Ne sois pas bête. Tu as la silhouette idéale pour cette robe.

Ella avait la silhouette idéale pour courir dans des paysages rocailleux ou ramper sous des fils de fer barbelés, mais certainement pas pour cette robe.

— Je la remplirais à peine.

— N'importe quoi. Oh ! Regarde-moi ça !

Les yeux de Lily s'écarquillèrent devant l'article suivant, un pull en mousseline rose à côté duquel le bustier lui paraissait tout de suite beaucoup plus acceptable. Puis elle consulta sa montre.

— Tant de tenues et si peu de temps. Mesdames, nous allons tout prendre.

— Quoi ? s'écria Ella.

Lily se contenta d'agiter la main tandis que les vendeuses s'empressaient d'emballer au moins la moitié du magasin.

— Ajoutez quelques tenues décontractées aussi. Oh, et cet adorable bikini.

— Cet adorable quoi ? bafouilla Ella.

Lily sourit comme pour dire qu'elle trouvait ça follement joli.

— Nous passerons les chercher dans une heure environ.

Ella jeta un œil vers la porte de derrière. Elle n'avait jamais été du genre à fuir devant un défi, mais tout de même ! Elle en avait déjà par-dessus la tête avec celui-ci.

— Viens, viens, reprit Lily, lui saisissant la main en gloussant. On doit se dépêcher. Il faut bientôt retrouver les hommes à l'aéroport...

Lily parlait des « hommes » comme si c'était une espèce différente et fascinante, alors qu'Ella avait passé toute sa vie dans des domaines à majorité masculine. Pas la peine d'en faire tout un foin !

— On n'a presque plus de temps et tu n'es même pas encore coiffée.

Ella porta une main à sa tête.

— Qu'est-ce qui ne va pas avec mes cheveux ?

Lily semblait vouloir dire : « Par où commencer ? », mais elle se contenta de lui assurer :

— Fais-moi confiance.

Ella serra les dents. « Fais-moi confiance » arrivait juste après « Ne t'inquiète pas ».

Deux heures plus tard, elles s'entassaient dans un taxi avec un nombre incroyable de bagages ; un monospace, une berline aurait été trop petite. Elles prirent la direction de l'aéroport.

— Ce serait tellement plus facile pour Kai de nous ramener, grommela Ella.

Cela dit, l'hélicoptère ne décollerait jamais avec le poids des nouvelles valises « Pour lui » et « Pour elle » que Lily avait choisies en plus de tout le reste.

— Ou d'annuler carrément ce voyage de noces.

Lily se mit à taper joyeusement dans ses mains.

— Tu vois ? Tu l'intègres déjà à ton vocabulaire. C'est génial.

« Loin de là », voulait-elle aboyer.

— En plus, ça fait partie de ta couverture, ajouta Lily.

Elle n'avait pas tort. Pour un quelconque observateur sur l'île de Maui, Jake et elle devaient ressembler à un couple de jeunes mariés à bord d'un avion de ligne. Ainsi, à leur arrivée au Kapa'akea Resort, tout paraîtrait absolument normal.

— Ohé, Kai ! lança Lily dans le hall de l'aéroport.

— Salut.

Il s'approcha pour aider le chauffeur à décharger les valises et les sacs. Lorsqu'il se retourna et découvrit Ella, il ouvrit de grands yeux étonnés.

— Putain, Ella. C'est vraiment toi ?

Cette dernière fronça les sourcils en grommelant :

— Je n'en suis plus très sûre.

— Voyons, c'est comme ça qu'on parle à l'heureuse mariée ? le houspilla Lily.

Kai la dévisagea avant de se ressaisir :

— Non. Oui. Désolé. Je voulais dire… Waouh, Ella. Tu es splendide.

Elle leva les yeux au ciel.

— Et je frappe fort, aussi. Ne l'oublie pas avant d'ouvrir à nouveau ta grande gueule.

Kai se tourna légèrement pour protéger son entrejambe des coups de pied éventuels. Il la connaissait trop bien.

— Maintenant, il ne nous manque plus que le marié fringant, commenta Lily en regardant autour d'elle.

Ella fit la grimace. Lily avait raté sa vocation, dans la vie. Elle aurait pu présenter une émission de télé-réalité avec un titre du genre « Mariés malgré eux » ou « Noces surprises ».

— Il est en route, dit Kai en donnant à Ella une pichenette sur le bras. Waouh. C'est vraiment toi.

— Attention, tronche de castor, marmonna-t-elle en reprenant le surnom que Hunter et elle donnaient à Kai lorsqu'ils étaient enfants.

— Ah, le voilà, se récria Lily.

Ella se retourna avec un soupir. Bon, l'heure était venue de faire semblant qu'elle était…

— Jake ? s'exclama-t-elle.

En le voyant arriver, elle se figea et son cerveau cessa tout net de fonctionner.

Miam miam, commenta sa renarde en agitant la queue.

Ce n'était peut-être pas Jake. Peut-être qu'il avait un frère jumeau qui exerçait comme mannequin pour des parfums de luxe ou des costumes Armani. Mais elle reconnut la petite cicatrice sur sa lèvre supérieure. Ça alors, c'était vraiment lui.

Le Jake qu'elle connaissait était toujours beau, comme un parfait G.I. Joe à l'américaine. Mais ce nouveau Jake était d'une beauté à tomber. Ses favoris étaient parfaitement entretenus et présentaient une ligne nette qui soulignait les reliefs de ses pommettes. Quant à son costume… waouh ! Soit Kai avait réussi à lui obtenir du sur-mesure en un temps record, soit Jake était l'un de ces hommes aux proportions parfaites, capables d'enfiler n'importe quel vêtement comme une seconde peau.

Parfait, murmura sa renarde.

La coupe de sa veste mettait en valeur son corps fuselé et le pantalon laissait entrevoir sa musculature. Ses yeux bleu clair étaient plus brillants que jamais en contraste avec le tissu bleu marine et il avait troqué ses rangers pour des mocassins en cuir qui luisaient dans la lumière.

Jake s'arrêta à son tour pour l'admirer. Ella aurait aimé enfoncer les mains dans ses poches, mais la robe de couleur cuivre que Lily lui avait imposée dans la dernière boutique n'en avait aucune. Le coiffeur avait insisté pour lui faire deux shampooings et un brushing, laissant ses cheveux lâches, si bien qu'ils ondulaient chaque fois qu'elle bougeait la tête. Ça l'horripilait, mais cette coiffure semblait au goût de Jake.

— Ella, murmura-t-il.

Elle était incapable de bouger, incapable de parler. La seule partie de son cerveau qui fonctionnait encore était celle qui ne connaissait ni le danger, ni les limites, ni les regrets.

Lily lui décocha un coup de coude.

— Allez, vas-y. Joue ton rôle. Tu n'as pas oublié le voyage de noces ?

Les pensées se bousculaient dans la tête d'Ella. Elle se disait qu'il serait infiniment agréable de passer toute une vie de bonheur conjugal avec Jake, d'arrêter de se retenir et de se laisser aller à la forme d'amour la plus pure et la plus profonde qui soit ; le genre que le destin réservait avec parcimonie à quelques privilégiés qui avaient la chance de connaître une vie joyeuse et épanouie. Elle entrevoyait des choses qu'elle ne s'était jamais autorisée à imaginer auparavant. Par exemple, de longues promenades au coucher du soleil avec Jake... Pas à Maui, mais en Arizona, où les rochers rouges et ocres flamboyaient dans les couleurs du crépuscule. Mieux encore, courir sous sa forme de renarde ou se blottir à minuit pour contempler les étoiles, réchauffée contre le corps de Jake. Oui, ce serait parfait... une vie dans le désert, où la progression lente des saisons et l'absence d'urgences confondaient les minutes et les heures en longues périodes de sérénité précieuse.

Ses lèvres frémirent et ses pieds bougèrent. Avant qu'elle s'en rende compte, elle était juste en face de lui. Elle leva le menton, très haut, car aussi près l'un de l'autre, leur différence de taille était plus flagrante, et lui effleura la joue.

— Tu es belle, dit-il en la regardant dans les yeux.

— Toi aussi, tu es beau, murmura-t-elle.

Il passa les bras autour de sa taille comme si c'était la position la plus naturelle du monde et ils restèrent là, en silence, à se dévisager.

— Pas mal pour un début, souffla Kai, quelque part derrière eux.

Ella l'entendit à peine. La vérité, c'était qu'il ne s'agissait pas d'un jeu d'acteurs. C'était sincère.

— Maintenant, embrassez-vous ! lança Lily d'une voix haut perchée que la moitié de l'aéroport entendit certainement. Un baiser !

Ella aurait dû refuser, mais son cerveau était réduit en bouillie. Alors...

Elle s'approcha, les yeux fermés, et embrassa Jake qui la rejoignait à mi-chemin. À la seconde où leurs lèvres s'unirent, elle s'agrippa à sa chemise... *waouh*, quel baiser !

Elle en oublia de respirer et le monde extérieur disparut autour d'elle. Tout à coup, elle se retrouva dans un tunnel de lumière aveuglante, emportée par une explosion de saveurs franches et terreuses qui, si elles lui parurent nouvelles dans un premier temps, ne tardèrent pas à devenir ses parfums préférés au monde. C'était le genre de baiser qui emplissait son esprit d'un tourbillon d'idées folles, comme l'envie soudaine de s'accrocher à ce certificat de mariage et de le concrétiser par un amour éternel.

Mais ce n'était pas réel et ses paupières frémirent, chassant un brusque afflux de larmes.

Jake s'attarda quelques secondes de plus qu'elle dans ce baiser. Quand il rouvrit les yeux, sa poitrine se gonfla d'une profonde inspiration.

Ella se mordit la lèvre. Quoi qu'il arrive dans les prochains jours, elle s'était juré de ne jamais, au grand jamais, lui faire de mal. Elle ne voulait plus l'ignorer comme elle avait essayé de le faire, dernièrement. Finies les réparties cinglantes et les réponses monosyllabiques. Elle donnerait à Jake toute la chaleur et le respect qu'il méritait, et d'une manière ou d'une autre, elle lui ferait comprendre que l'idée d'être ensemble était impossible.

Sa renarde gémit intérieurement.

Mais moi, je veux qu'on soit ensemble. Pour toujours.

Elle avala de travers. Jake et elle, ensemble pour toujours, c'était inconcevable. Mais cette semaine qu'on leur offrait et qu'elle n'aurait jamais pensé avoir ? Elle pouvait y déverser une vie entière d'amour et de vie. La difficulté, ce serait de trouver la force de le laisser partir à la fin.

— Pas mal, commenta Kai en ricanant.

Ella ignora celui qu'elle considérait comme son grand frère et serra Jake dans ses bras avec détermination. Elle n'était peut-être pas en mesure de lui expliquer le serment qu'elle venait de se faire en secret, cependant elle pouvait lui montrer qu'elle tenait à lui. Il semblait vouloir la même chose, car il lui rendit son étreinte passionnée, lui caressant les cheveux comme à l'occasion de cette nuit magique qu'ils avaient partagée, il y a longtemps.

— Il est temps d'embarquer, leur dit Kai.

Lentement et avec précaution, Ella s'éloigna de Jake en essayant de se concentrer sur les prochaines étapes.

Lily lui donna un petit coup sur le bras.

— N'oubliez pas de continuer à vous tenir la main.

Curieusement, Ella n'avait pas besoin qu'on le lui dise deux fois.

Lorsque Kai poussa le chariot à bagages vers le comptoir d'enregistrement, Jake leva les yeux, surpris.

— En classe affaires ?

— Quand Silas fait quelque chose, il le fait avec style, répondit Kai avec un sourire. Et puis, c'est une mission difficile.

Ses yeux pétillaient. Avait-il seulement conscience que cela pourrait bien être tout le contraire ?

Lily sourit à l'agent de la compagnie aérienne.

— Ah, les jeunes mariés en voyage de noces ! N'est-ce pas merveilleux ?

— Si, tout à fait, convint l'homme derrière le comptoir en vérifiant leurs pièces d'identité. Monsieur McBride et Madame...

Il fronça les sourcils.

— Madame Kitt ?

— Elle garde son nom de jeune fille, grogna Jake comme pour lui demander si ça lui posait un problème.

Il ferait un excellent métamorphe, roucoula sa renarde alors que l'agent avait un mouvement de recul instinctif.

Ella resserra sa main autour de celle de Jake. Il l'avait toujours acceptée telle qu'elle était, la laissant être elle-même. Un vrai prince charmant, et elle était censée y renoncer ? Comment ?

Elle regarda autour d'eux dans le hall. Des hommes d'affaires s'activaient et des couples flânaient, main dans la main. Une fillette lâcha sa mère pour se jeter dans les bras d'un couple plus âgé en criant : « Mamie ! Papi ! » Une nouvelle fournée de touristes se dirigeait vers un autocar, impatients de quitter leurs tracas du quotidien pour explorer une nouvelle destination.

La poitrine d'Ella palpitait. C'était peut-être ce dont elle et Jake avaient besoin, eux aussi : laisser le passé derrière eux, abandonner leurs anciens rôles pour partir en exploration. Peut-être même, se réinventer et trouver autre chose en eux que l'insensibilité militaire de rigueur.

— L'embarquement se fera à la porte 56, annonça l'agent au sol. Je vous souhaite un excellent vol.

Lily le remercia avec un sourire radieux :

— *Mahalo.*

Kai et Lily les accompagnèrent ensuite jusqu'au contrôle de sécurité.

— Vous êtes prêts ? demanda-t-il.

— Oui.

Jake attendit qu'Ella acquiesce avant de lui prendre la main.

— Prête, répondit-elle en essayant de paraître professionnelle.

Elle échoua lamentablement, trop émue pour se ressaisir. Pouvait-elle trouver quelque chose chez Jake qui ne soit pas parfaitement adorable ?

Kai sourit avant de désigner la porte :

— Bon, allez-y. Amusez-vous bien, les enfants.

Chapitre 6

Oh, je sens qu'on va bien s'amuser, murmura la renarde d'Ella.

Elle prit une profonde inspiration. Pitié, quelle torture.

Oui, mais la meilleure forme de torture.

— Bon voyage de noces !

Lily salua Ella et Jake avec une larme à l'œil. Presque comme si c'était un véritable voyage de noces et qu'elle était la mère de la mariée.

Les yeux d'Ella s'embuèrent lorsqu'elle songea à Georgia Mae. La gentille métamorphe hibou leur avait donné un foyer stable et aimant, à Hunter, Kai et elle, quand sa mère était morte de chagrin. Au fil des ans, elle avait souvent pensé à la générosité de Georgia, mais elle ne s'était jamais vraiment demandé ce que la femme ressentirait lorsque les gamins grandiraient et franchiraient des étapes importantes de la vie. Comme celle du mariage, par exemple. Même si c'était une imposture, Ella était songeuse. Georgia Mae approuverait-elle cet homme et cette folle aventure ?

Elle entrecroisa ses doigts avec ceux de Jake alors qu'ils passaient le poste de sécurité, enfin tranquilles. En un sens, c'était un peu comme dans l'armée, une fois qu'une équipe était envoyée en mission, ils en devenaient les seuls responsables. À l'exception d'une liste d'instructions griffonnée par Lily, comme si Ella avait besoin qu'on lui dise comment se comportait une femme amoureuse, Jake et elle se retrouvèrent seuls dans la nature.

Seuls… sans interdits, murmura sa renarde.

Elle essaya de chasser cette pensée. Certaines choses devaient rester interdites. Mais tant qu'elle pouvait éviter la dangereuse morsure d'union, elle pouvait bien venir à bout de la semaine qui les attendait, non ?

Et peut-être même profiter d'un bon moment, ajouta sa renarde en remuant sensuellement la queue.

— Tu as déjà pris un vol en classe affaires ? murmura Jake.

— Non, répondit-elle en comptant les rangées jusqu'à leurs sièges.

Une fois qu'ils furent installés, elle sortit les notes de Lily.

— Qu'est-ce que c'est ? demanda-t-il de cette voix douce et grave qui lui donnait le frisson jusqu'au bout des orteils.

— Les ordres.

Elle désigna le premier élément de la liste avec son index.

— Numéro un. Comportement câlin dans l'avion et en public à tout moment.

Elle fronça les sourcils en voyant les traits avec lesquels Lily avait souligné « à tout moment ».

— Tu nous crois capables d'être câlins ?

Jake répondit avec un petit sourire :

— On ne nous a pas appris ça à la formation des *rangers*.

Non, clairement pas. Ella secoua la tête avant de poser confortablement sa joue sur l'épaule de Jake. Il passa un bras autour d'elle, laissant ses doigts jouer négligemment sur son vêtement.

— C'est une belle robe.

Un moment plus tard, il ajouta :

— Chérie.

Elle lui enfonça son coude dans les côtes et il ricana lorsqu'elle protesta mollement.

Le vol était trop court pour que l'hôtesse de l'air ait le temps de les dorloter, heureusement. Ils n'eurent droit qu'à du champagne offert dans de vraies coupes, rien que ça, ainsi que des applaudissements gênants de la part de tous les passagers de l'avion.

— Vive les mariés ! les acclama-t-on.

Ella prit une profonde inspiration avant d'entrechoquer sa flûte avec celle de Jake.

— À nous, murmura Jake d'un ton grave.

— À nous, répondit-elle en se persuadant qu'elle ne faisait que jouer la comédie.

Il désigna le papier.

— Qu'y a-t-il d'autre sur cette liste ?

Elle passa en revue les deux lignes suivantes, lisant à mi-voix :

— Promenade au clair de lune sur la plage.

— Ça n'a pas l'air si difficile.

En effet, bien trop facile, même.

— Deux pailles dans le même cocktail.

— Ça aussi, c'est facile.

Il y avait aussi : « S'allonger dans le sable avec la tête sur ses genoux », suivi par « Se prélasser au bord de la piscine main dans la main ». Ella leva les yeux de la liste.

— Écoute, Jake. Il faut qu'on parle de...

Il lui coupa la parole en posant légèrement un doigt sur ses lèvres avant de jeter un œil autour de lui pour lui faire comprendre qu'on risquait de les entendre.

— Je sais. On a beaucoup de choses à se dire. Mais pas ici. Pas maintenant.

Il reprit d'une voix plus forte :

— Waouh. Je n'en reviens pas que nous allions vraiment à Maui.

— Moi non plus, ajouta-t-elle, jouant le jeu du mieux possible.

Elle n'était pas du genre à glousser ni à jouer avec ses cheveux comme le suggérait la liste de Lily, mais après tout, elle pouvait faire un effort.

Elle regarda par le hublot. Ils devaient vraiment discuter. Mais pour l'instant...

Alors que l'avion décollait, elle admira l'océan. Elle s'était rendue à Maui pour donner un coup de main à Koa Point à quelques reprises ces derniers mois, mais cette fois, elle essayait de découvrir le paysage avec des yeux de jeune fille amoureuse. Jake aussi, visiblement, penché tout contre elle. Il sentait délicieusement bon. Le cuir, l'épicéa et une petite touche de lavande.

Tellement bon, soupira sa renarde.

Aussitôt, elle se reprit. C'était une mission, pas un véritable voyage de noces.

Une fois de plus, elle baissa la voix :

— Que t'a dit Kai ?

Jake sortit une feuille bien pliée de sa poche. Ella dissimula un sourire. C'était l'une de ses petites manies, dont les autres s'étaient moqués gentiment, un soir dans un campement du désert.

Il la déplia et la pencha vers elle.

— Dis donc, c'est très différent, murmura-t-elle.

La liste de Kai était aux antipodes de celle de Lily, avec des points comme : « Vérification des faiblesses du périmètre », « Calcul des positions éventuelles de tireurs embusqués » et « Inspection des antécédents de tous les clients ».

Jake écarta le papier.

— Pour ce soir, on pourrait se concentrer sur la liste de Lily.

Une seconde plus tard, il s'empressa d'ajouter :

— Je veux dire, tant qu'on est en public.

Il rougit et elle sentit ses propres joues se réchauffer à l'idée de ce qu'un couple de jeunes mariés pourrait faire une fois seuls dans la suite nuptiale, à l'occasion de leur nuit de noces.

Ella expira en essayant de se rafraîchir.

— En public. Bien sûr.

Ils assurèrent leurs rôles sans démériter pendant le vol de courte durée vers Maui, ainsi qu'en attendant leur nombre ahurissant de bagages dans le hall des arrivées. Ella fit la grimace quand les premiers sacs apparurent. Elle ne pouvait en accrocher aucun à sa cuisse ni dans le dos, comme elle en avait l'habitude lors des missions en territoire ennemi. Et leur contenu ne pouvait pas tenir dans les poches vides de son treillis. C'était sans doute une bonne chose, étant donné que ce pantalon était enfoui quelque part au fond de ses bagages.

— Hé, je peux la prendre, souffla-t-elle alors que Jake retirait d'une main la plus grosse valise du tapis roulant. Attends une minute.

Elle posa les mains sur ses hanches tandis qu'il la hissait sur leur chariot.

— Tu n'as pas fait tout ce cinéma du gentleman impatient d'aider madame, quand on était dans l'armée. Pourquoi maintenant ?

Il haussa les épaules et la devança pour récupérer le bagage suivant.

— Parce qu'à ce moment-là, ça aurait pu affecter la façon dont les autres te voyaient.

Il déposa la valise à côté du reste et désigna le hall autour d'eux.

— Ici, personne ne regardera et ne jugera ce qu'une « fille » peut ou ne peut pas faire, répondit-elle en mimant des guillemets.

— Au moins, permets-moi de faire ce que ma mère m'a appris, dit-il avant d'afficher un sourire en coin. Enfin, ce qu'elle a essayé de m'inculquer. Pas sûr qu'elle ait réussi.

Oh, si, elle avait parfaitement réussi. Le cœur d'Ella faillit fondre à ces mots. Elle devait constamment se battre pour prouver qu'elle était l'un des leurs ; pas tant au sein de l'unité d'élite de métamorphes à laquelle elle appartenait, mais parmi les autres soldats avec lesquels ils étaient entrés en contact au fil des missions. Certains hommes avaient fait leur possible pour la rabaisser, tandis que d'autres lui avaient naïvement proposé leur aide, prouvant ainsi qu'ils la prenaient pour une incapable. Mais Jake avait compris et respecté sa dignité sans un mot.

— Tu veux pousser le chariot ? proposa-t-il.

Elle rit en le bousculant.

— Non, vas-y, McBride.

— Très bien, madame.

Il sourit alors qu'ils s'éloignaient dans le hall des arrivées, avant d'agiter la main vers un Hawaïen imposant. Il portait un écriteau sans doute préparé par Lily sur lequel on pouvait lire en grosses lettres avec une nuée de petits cœurs roses : « Monsieur et Madame McBride. Joyeux voyage de noces ! »

— Monsieur et madame McBride ? leur demanda le grand *kanaka.*

Jake secoua la tête, gentiment, mais fermement ; pas tout à fait oui, pas tout à fait non.

— Monsieur McBride et madame Kitt.

En riant, le chauffeur agita la main comme si c'était du pareil au même.

— *Aloha i Maui.*

Il les conduisit jusqu'à une limousine si longue qu'elle en était ridicule et commença à charger leurs bagages dans le coffre. Jake lui donna un coup de main, tout comme Ella, qui saisit immédiatement la plus grande valise.

— Vous avez une sacrée force pour une créature aussi petite, commenta le chauffeur en ricanant.

Ella était sur le point de riposter quand Jake grogna :

— Elle n'est pas petite.

L'homme leva les deux mains et recula en riant.

— Je ne m'en plains pas, l'ami. Elle peut charger tous les bagages qu'elle veut.

Ce fut exactement ce qu'elle fit, et quelques minutes plus tard, ils roulaient dans le centre de Maui, reprenant la route qu'ils avaient empruntée le matin même. Mais au lieu de continuer jusqu'au bout de Honoapi'ilani Highway, à Koa Point, le chauffeur tourna à gauche, franchissant l'énorme portail du Kapa'akea Resort.

Jake laissa échapper un sifflement admiratif tandis qu'ils passaient devant les terrains de polo et de golf. Lorsqu'ils entrèrent dans le hall à la décoration somptueuse, Ella tourna la tête dans toutes les directions, commençant sa surveillance sans attendre. Elle compta les entrées, les personnes et les escaliers, se rappelant d'explorer chaque couloir sinueux. Deux hommes s'attardaient près des fenêtres, l'un avec un journal et l'autre sur son ordinateur portable. Le restaurant était à droite, l'accueil à gauche. Un serveur se précipitait vers le bar avec un plateau rempli de boissons et...

Elle grimaça lorsqu'il se prit les pieds dans un pli du tapis. Le fracas d'une dizaine de verres volant en éclats retentit dans le hall et tout le monde leva les yeux.

— Hé ! s'écria Ella lorsqu'un poids lourd la précipita brutalement vers le sol. Qu'est-ce que... ?

Elle s'interrompit en prenant conscience qu'elle se trouvait dans les bras de Jake, à deux doigts de heurter le tapis.

— Jake...

Il se ressaisit au dernier moment, se retenant de justesse de la plaquer au sol pour la protéger de son corps. Il avait les yeux hagards, comme s'il s'agissait d'un tir ennemi et non d'un plateau chargé de verres. Une veine saillait dans son cou. Putain ! À présent, tout le monde avait détourné le regard du serveur pour les dévisager avec curiosité.

— Oh, misère. Ces talons.

Elle examina ostensiblement ses chaussures.

— Merci de m'avoir rattrapée, mon chéri.

Aussitôt, les autres invités se détournèrent, souriant avec indulgence au mignon petit couple d'amoureux. C'était préférable aux regards de pitié, du genre : « Mais qu'est-ce qui lui prend, à ce type ? »

— Quelle maladroite, dit-elle en se raccrochant à son bras.

Elle se redressa et exerça une pression sur sa main, murmurant du bout des lèvres.

— Ce n'est pas grave. Je sais ce que c'est.

Les yeux bleus de Jake étaient envahis de honte, mais aussi reconnaissants, et elle se précipita vers le bureau d'accueil, impatiente de laisser ce moment gênant derrière eux.

— Nous sommes ravis d'accueillir un autre couple en lune de miel dans notre établissement, déclara la réceptionniste.

Ella caressa le bras de Jake, comme pour lui faire comprendre que tout allait bien se passer.

Jake était raide et immobile, mais à mesure qu'ils réalisaient les formalités d'inscription, il commença à se détendre.

Je l'avais dit, murmura sa renarde. *Notre compagnon a besoin de nous.*

Ella prit une profonde inspiration. Elle avait vu Tessa calmer Kai d'une manière similaire et Dawn apaiser le regard anxieux de Hunter. L'effet qu'une compagne prédestinée pouvait exercer sur son partenaire était impressionnant.

Elle se mordit la lèvre, à nouveau frappée de plein fouet par leur incompatibilité. Tessa et Dawn n'avaient jamais risqué de tuer les hommes qu'elles aimaient en accomplissant le rituel d'union. Jake, en revanche...

— Vous trouverez une bouteille de champagne au frais dans votre chambre, leur dit la réceptionniste, le regard brillant.

Ella ferma les yeux en essayant de ne pas imaginer un lit king size couvert de pétales de rose, dans une suite avec vue sur l'océan où tout était un appel au sexe.

Ce n'était peut-être pas une si bonne idée, tout compte fait.

— Au nom de tout le personnel du Kapa'akea Resort, nous vous souhaitons une fabuleuse lune de miel. Si nous pouvons faire quoi que ce soit pour rendre votre séjour plus agréable, n'hésitez pas à nous le faire savoir.

Ella jeta un coup d'œil vers la sortie, mais il était trop tard pour revenir sur ce plan insensé.

Voyant qu'elle ne réagissait pas, Jake prit la clé de leur chambre.

— Merci.

La réceptionniste appela un groom :

— Toby, les bagages, s'il te plaît.

Toby était l'un de ces jeunes gens tout frais sortis de l'université et qui ne semblaient pas encore trop savoir quoi faire de leur vie. Qui n'avaient jamais tenu d'arme ni regardé un ennemi redoutable dans les yeux. Mais il était difficile de lui reprocher son innocence de petit chiot, et dès qu'il commença à leur faire la conversation, Jake en oublia définitivement l'incident du hall.

— En fait, je suis voiturier, mais je fais des extras en tant que groom, leur expliqua Toby alors que l'ascenseur passait d'un étage à l'autre. Disons que je monte dans la société.

Sa plaisanterie le fit pouffer et il demanda :

— Vous avez compris ?

— Oui, répondit Ella avec un rictus.

— Alors comme ça, vous êtes en voyage de noces ? Nous avons beaucoup de mariages ici. Vous auriez dû voir l'un des derniers. Regina Vanderpelt. Son nom vous dit quelque chose, j'imagine.

Ella soupira. En effet, elle avait entendu parler de l'événement.

— Le mariage le plus dingue, d'autant plus que la mariée a tout annulé à la dernière minute. Enfin, au moins, j'ai pu monter dans une Rolls-Royce !

L'ascenseur émit un tintement et s'arrêta à l'avant-dernier étage.

— Et voilà.

Toby désigna une porte dorée au bout du couloir, puis il glissa sa clé magnétique devant le lecteur et ouvrit en grand.

— Bienvenue dans la suite nuptiale. Passez un bon séjour !

Ella fit quelques pas avant de se figer. La suite était à couper le souffle, mais ce qui accélérait les battements de son cœur, c'était le lit dans la chambre de droite.

King size, avec des draps de soie couleur ivoire parsemés de pétales de rose. En effet. Une ode à l'érotisme !

— Qu'est-ce que tu en penses ? demanda Jake.

Ella garda la bouche soigneusement fermée, toutefois sa renarde ronronnait à l'intérieur. *J'adore !*

Chapitre 7

« Ce n'est pas grave. Je sais ce que c'est. »

Jake réfléchissait aux paroles d'Ella alors qu'il dressait un lit de fortune sur le canapé ; c'était à contre-emploi du principe de la suite nuptiale, mais il était trop fébrile pour y penser. Il était obsédé par les paroles d'Ella.

« Je sais ce que c'est. »

Qu'Ella comprenne vraiment, voilà qui était surprenant. Il avait suffi qu'elle lui murmure quelques mots et il avait cessé de se dire qu'il était cinglé pour laisser à la place un infime espoir s'insinuer dans son âme. Il commençait à se persuader que ce n'était pas si insensé de craquer encore, de temps à autre. Que peut-être, seulement peut-être...

— Tu es sûr que tu ne veux pas le lit ? demanda soudain Ella, interrompant le fil de ses pensées.

Il leva les yeux. Si, il avait très envie de choisir le lit, mais seulement si elle y dormait aussi. En l'occurrence, elle lui proposait d'échanger, pas de l'y rejoindre.

Elle était devant la porte de la chambre, en chemise de nuit jaune qui lui arrivait à mi-cuisses. Un look qu'il ne lui connaissait pas.

Il frotta un pouce contre son torse nu tandis qu'elle faisait tourner une mèche de ses longs cheveux autour de son doigt. Il n'était peut-être pas le seul à découvrir qui il était vraiment, en ce moment. En tout cas, si pour envisager un retour à la vie civile, il devait surmonter ses pires réflexes, il avait encore une longue et lente ascension devant lui. Alors, même si par miracle, Ella l'invitait à partager son lit, il ferait mieux de refuser. Il était encore trop nerveux, trop déstabilisé. Trop susceptible de se réveiller en sueur après un terrible cauchemar.

— Le canapé, ça me va très bien. Je te remercie.

Il y jeta un drap en se demandant si Ella était gênée qu'il ne porte qu'un caleçon. Ou encore mieux, si elle aimait le voir dans cette tenue autant qu'il aimait sa chemise de nuit légère.

— Bon, alors, bonne nuit, McBride, dit-elle avant d'éteindre.

— Bonne nuit, Kitt.

Heureusement, sa voix ne trahissait pas son état d'excitation.

Il se glissa dans son lit improvisé et fixa le plafond du regard, se préparant à ce qui allait arriver dès qu'il s'endormirait. Des explosions. Des cris. Des visages ensanglantés. Tout cela suivi par l'image du corps sans vie de Manny, quelque part dans son garage.

La voix tourmentée de Hoover lui revint à l'esprit.

« Je te le dis, mec, quelqu'un est en train de nous éliminer, un par un. »

Hoover avait toujours été du genre parano, mais avec le décès de Manny, ça faisait trois morts consécutives parmi les membres de son ancienne unité. L'accident de Chalsmith n'avait pas semblé suspect à l'époque, pas plus que celui de Junger. Mais une balle dans la tête en plein jour et une voiture meurtrière roulant à vive allure sur la route de Maui... Hoover avait peut-être raison.

L'un de nous est le prochain et je jure que ce ne sera pas moi.

Jake roula sur le côté, essayant de se changer les idées en écoutant le bruit de fond de l'océan. Ella avait laissé les portes du balcon ouvertes et la brise marine flottait à l'intérieur, agitant tout doucement les rideaux.

Il ferma et ouvrit les yeux à plusieurs reprises pour essayer de savoir si les cauchemars étaient proches de la surface. Ces derniers jours, ils avaient mis plus de temps que d'habitude à déferler dans sa tête, comme s'ils avaient du mal à le retrouver sur cette île au milieu du Pacifique. Il regarda les étoiles pendant quelques minutes, puis ferma à nouveau les paupières, espérant avoir quelques heures de sommeil réparateur avant que les images horribles ne commencent.

Et le plus étrange se produisit. Cette nuit-là, il dormit. Tout simplement. Pas le moindre cauchemar. Il dormit du sommeil du juste, sans fantasmes débridés mettant Ella en scène. Une bonne nuit de sommeil, rien de plus, rien de moins. Il le comprit en rouvrant les yeux pour constater que l'aube était arrivée.

Il cligna des paupières plusieurs fois et se tourna en entendant quelque chose. C'était Ella, qui passait d'un pas tranquille pour rejoindre le balcon, où elle s'installa pour contempler la vue. Ses cheveux étaient ébouriffés, son visage encore marqué par les plis de l'oreiller, et elle était pieds nus sur le sol carrelé. Un seul mot surgit dans son esprit.

Jolie.

Et même, *très* jolie.

Quand il l'avait rencontrée, il avait tout de suite été attiré par sa beauté. Une beauté hors du commun et discrète, qu'aucun homme ne pouvait manquer. Mais il n'avait jamais considéré Ella comme une « jolie fille », un terme qui revêtait une connotation trop féminine et insouciante.

Et maintenant qu'elle était là, devant lui... Waouh ! Peut-être encore un peu trop pensive, mais loin de la princesse guerrière dont il avait l'habitude.

— Bien dormi ? murmura-t-il en se redressant sur un coude.

Elle se retourna et ouvrit la bouche pour répondre, mais elle resta immobile pendant un moment. Ses yeux parcoururent tout son corps avant de revenir sur son visage, puis elle hocha rapidement la tête.

— Très bien. Et toi ?

Il acquiesça avec désinvolture, comme si une bonne nuit de sommeil n'avait rien d'exceptionnel pour lui. Peut-être que l'air iodé y était pour quelque chose. Quoi qu'il en soit, il allait devoir reconsidérer ses projets de ranch et de campagne.

Les narines d'Ella frémirent, et soudain, une autre pensée le frappa. La qualité de son sommeil n'avait peut-être rien à voir avec Maui, mais avec sa proximité.

— Je reviens tout de suite.

Il se dirigea vers la salle de bain avant de trahir son bonheur. Après une longue douche songeuse, il s'empressa de s'habiller en prenant conscience qu'Ella n'était pas encore passée par la salle de bain. Mais elle ne semblait pas pressée lorsqu'il la rejoignit sur le balcon.

— Bon, dit-elle. On devrait commencer à travailler sur ces listes.

— Bonne idée, marmonna-t-il en s'efforçant de ne pas reluquer ses longues jambes lisses.

Elle retourna à l'intérieur et revint avec deux tasses de café et les deux listes, qu'elle posa sur la table basse de l'extérieur. Il s'installa à côté d'elle sur le sofa, intensément conscient de leurs cuisses l'une contre l'autre.

— Bon, alors... le petit déjeuner d'abord, dit-elle avec une grimace. Tu sais, comme un couple en vacances.

Il fronça les sourcils comme si cette idée ne l'enchantait guère non plus.

Sur la liste, elle tapota la mention des antécédents de tous les clients.

— Je pourrais aller faire un tour au restaurant et laisser traîner mes oreilles après le petit déjeuner, pendant que tu iras parler à Toby.

Il haussa un sourcil.

— Le groom ? Il n'a pas l'air au courant de grand-chose.

— Peut-être, mais il voit tout le monde circuler. On ne sait jamais. Voyons ce que nous pouvons tirer du personnel le plus bavard, histoire de savoir s'il se passe quelque chose. Tu sais, comportement suspect, clients de dernière minute, réservations anonymes, ce genre de trucs.

Soudain, elle fronça les sourcils et regarda à nouveau la liste de Lily.

— Il faut aussi aller à la plage.

— Merde.

Elle lui donna une tape sur l'épaule.

— Oh, ça pourrait être pire, reprit-il. Tu te souviens du camp de base à Zaranj ?

Son rire était une douce musique à ses oreilles et elle tendit sa tasse pour trinquer.

— C'est vrai. À ce moment-là, on aurait tout donné pour être ici à la place.

Il entrechoqua sa tasse contre la sienne, savourant cet instant à mi-chemin entre camaraderie entre soldats en exercice et flottement sensuel entre un homme et une femme. Il s'écoula une longue minute avant qu'Ella se lève, s'étire et se dirige vers la salle de bain.

— Bon, je dois me préparer.

Jake essaya, de toutes ses forces, de ne pas l'imaginer nue sous la douche. Il essaya aussi de ne pas l'imaginer la tête en arrière, en train de se passer du shampooing dans les cheveux, ou mieux encore, en train de le laisser faire. Pour tout dire, il valait mieux qu'il ne pense pas du tout à elle, mais c'était perdu d'avance.

Il regarda un bateau de pêche à l'horizon, mais comme ce n'était pas suffisant pour lui changer les idées, il déchira un prospectus de location de voitures en petits morceaux, qu'il entreprit de réassembler comme les pièces d'un puzzle. Il s'y employa à plusieurs reprises, de manière un peu trop compulsive à son goût, mais que pouvait-il faire d'autre ?

Quand Ella ressortit de la douche, il évita de lever les yeux. Cela dit, il n'aurait pas vu grand-chose derrière la porte à demi fermée de la chambre. Mais ses oreilles perçurent un froissement de tissu et le bruit de ses pas sur le sol. Le parfum léger du shampooing vint lui chatouiller les narines, déclenchant de nouveaux fantasmes.

— Prête, dit-elle en poussant la porte.

Pendant une seconde, il resta bouche bée. Il n'avait encore jamais vu Ella vêtue d'un short et d'un t-shirt à motifs floraux. Une seconde plus tard, il afficha une expression résolument neutre pour éviter de se trahir. Mais... waouh ! Le short révélait une grande partie de ses jambes et les tons bleus rendaient ses yeux cuivrés deux fois plus étincelants.

— Prêt, répondit-il à mi-voix.

— Je ferais mieux d'arranger ça, dit-elle en retournant vers le lit pour froisser les draps et donner l'impression qu'un couple en voyage de noces y avait passé la nuit, anéantissant ses fantasmes.

Le boulot, McBride. Il soupira, retirant le drap du canapé. *Ce n'est que pour le boulot.*

Heureusement, le « boulot » consistait à glisser une main autour de sa taille à la seconde où ils franchirent la porte.

— Amoureux transis, dit-il en guise d'explication.

— Amoureux transis, répéta Ella sur un ton parfaitement détaché.

Son corps chaud et confortable ne quitta pas son côté tandis qu'ils descendaient prendre leur petit déjeuner, tout comme ses yeux rivés aux siens. Leur numéro de couple amoureux fonctionnait à merveille, et même un peu trop bien. Ses doigts jouaient avec les siens tandis qu'ils prenaient leur temps pour déguster le café et les croissants, et elle ne tressaillit même pas quand leurs jambes se heurtèrent sous la table. Chaque fois que la situation menaçait de basculer du confort agréable à la sensualité plus torride, comme lorsque sa main quittait sa position nonchalante sur son genou pour remonter le long de sa cuisse, Ella reculait en silence. Et chaque fois, c'était avec un éclat dans le regard et un marmonnement qui lui donnaient l'impression qu'elle en voulait à quelqu'un de lui avoir imposé cette épreuve.

— Bon, va chercher Toby, lui ordonna-t-elle enfin.

En un clin d'œil, le paisible voyage de noces céda la place au travail de détective privé.

Il s'avéra que Toby était tout aussi bavard que la veille au soir, mais rien de ce qu'il avait à dire ne lui parut pertinent.

— Quelque chose ? chuchota Ella quand Jake la retrouva dans la roseraie une heure plus tard.

— Rien. Et toi ?

— Rien, dit-elle en soupirant. Bon, il est temps d'aller à la plage.

Ils se mirent en maillot ; pour elle, il s'agissait d'un bikini turquoise qui faillit faire dégringoler sa mâchoire sur le sol. Ils passèrent ensuite une heure à paresser sur des chaises longues non loin du bar de la plage. Ils formaient un couple intrigant, elle avec ses tatouages et lui avec ses jambes éraflées... Mais personne ne semblait s'en soucier. Une heure passa. Ils n'avaient toujours pas obtenu d'informations cruciales, mais au moins, ils avaient coché le cocktail à deux pailles sur la liste de Lily. Ensuite, ils firent une longue promenade en admirant le paysage comme s'ils le découvraient pour la première fois, profitant de l'exercice pour vérifier les points faibles des murs d'enceinte.

— Qu'est-ce que c'est ? demanda Ella.

Jake suivit son regard vers une berline blanche qui sortait du parking un peu trop rapidement. Impossible de distinguer un véhicule de location d'un autre, mais ils ressemblaient tous à de potentielles machines à tuer.

« Quelqu'un est en train de nous éliminer... »

Il devrait peut-être contacter Hoover, tout compte fait.

— Rien, répondit-il, chassant sa paranoïa.

Quatre autres journées s'écoulèrent ainsi, entre détente et analyse attentive des lieux. Les jours étaient rythmés et organisés par les tâches figurant sur leurs listes respectives. Les nuits, en revanche, étaient calmes. Très calmes. Chacun respectait scrupuleusement les limites de son lit. Par moments, le simulacre de couple heureux fonctionnait si bien qu'il en oubliait que c'était une comédie. Ella aussi, et ils finissaient par se rapprocher, se toucher, se regarder dans les yeux. Or chaque fois que Jake était persuadé qu'elle allait s'ouvrir à lui, s'ouvrir pour de bon, elle réagissait en clignant des yeux, en se dérobant ou en ressortant la liste de Kai tout en bredouillant.

— Il faut chercher les emplacements possibles de tireurs embusqués, annonça-t-elle, l'envoyant dans une direction tandis qu'elle partait dans l'autre.

Il commençait à se demander si Ella ne souffrait pas, elle aussi, d'une forme de syndrome post-traumatique avec une double personnalité. Mais peut-être marchait-elle sur la même corde raide que lui, alternant entre des phases du type « J'ai besoin de toi dans ma vie » à « Tu mérites mieux que moi ».

— Merde, souffla-t-elle en consultant son téléphone après le petit déjeuner du quatrième jour.

Jake leva les yeux.

— Tout va bien ?

Elle s'empressa de hocher la tête, répondant d'une voix étouffée :

— Hunter était censé s'occuper de quelque chose aujourd'hui, mais je dois y aller à sa place.

— Où ça ?

Ses yeux dérivèrent de l'autre côté du complexe hôtelier tentaculaire, concentrés sur un point éloigné.

— À Pu'u Pu'eo, dit-elle sur un ton mélancolique.

— Pu'u-*quoi* ?

Elle fit un vague signe de la main.

— L'endroit où j'ai grandi. Où nous avons tous grandi, en fait, Hunter, Kai et moi, dit-elle avant de triturer sa serviette. Georgia Mae nous a légué la propriété. Nous n'avons jamais voulu nous en séparer, mais la végétation est trop dense... Aucun de nous n'a le temps de s'en occuper et ça nous fait mal de voir cet endroit négligé comme ça. Alors, nous avons accepté de vendre, et l'agent immobilier vient d'appeler avec une offre intéressante.

Après un soupir, elle ajouta :

— J'imagine que c'est la meilleure décision, mais... enfin, tu vois.

Ce sentiment douloureux quand venait le moment de laisser le passé derrière soi ? Oui, il ne le voyait que trop bien.

Elle se renfrogna devant le téléphone.

— L'agent immobilier a envoyé quelqu'un pour la visite, cet après-midi, mais ils ne pourront presque pas entrer dans la propriété à cause du jardin trop envahi. Hunter n'a pas le temps d'aller dégager un chemin et Kai doit passer la majeure partie de la journée ici, à installer les agents de sécurité supplémentaires qui doivent arriver. En bref, il ne reste que moi.

Aussitôt, il la corrigea :

— Il ne reste que nous.

La reconnaissance sur son visage raviva ses fantasmes et il sourit.

— Sérieusement ? fit-elle, le visage rayonnant.

Jake se retint de lui dire qu'il irait jusqu'au bout du monde pour elle.

— Bien sûr. Ça pourrait même être amusant.

— Amusant ? fit-elle en haussant les sourcils. Tu devrais voir le terrain, McBride. Ce sera un travail difficile. Pas du farniente au bord de la piscine. Tu crois pouvoir gérer ?

— Oui, je crois bien, répondit-il avec un sourire.

Chapitre 8

Sans trop savoir pourquoi, Jake se sentait comme un prisonnier enfin libéré lorsqu'ils prirent la route. Peut-être parce que les hôtels haut de gamme comme le Kapa'akea Resort ne lui correspondaient pas vraiment. Il appréciait de porter ses rangers et non des mocassins, et Ella semblait se réjouir aussi de ce changement de décor. En un rien de temps, ils enfilèrent des vêtements confortables, louèrent une Jeep et s'en allèrent.

— En fin de compte, ça colle avec le plan, commenta Ella en démarrant le moteur pour s'engager dans la longue allée bordée de palmiers. Ça passera pour une excursion d'une journée à Haleakala ou à Hana, et Kai surveille les lieux puisqu'il installe les agents de sécurité supplémentaires.

— Il ne faut surtout pas que les gars voient cette Jeep, plaisanta Jake alors qu'ils tournaient à droite sur la route principale.

La voiture était rose vif, ce qui ne manquait pas de lui rappeler qu'il ne s'agissait pas d'une mission militaire dans un coin éloigné du monde. La côte défilait sur sa droite comme une véritable publicité de voyage. Le soleil réchauffait son visage et le vent lui ébouriffait les cheveux. On aurait dit une journée de permission lors d'un déploiement interminable.

— Je croyais qu'il y avait de gros rouleaux par ici.

Il désigna une bande de sable où les touristes titubaient sur des planches de surf, dans de petites vagues.

Ella éclata de rire.

— À cette époque de l'année, toute l'action se passe du côté de Hana.

— Tu as grandi à Maui, non ?

Elle acquiesça, un signe de tête rapide.

— J'ai déménagé ici après la mort de ma mère.

Il prit une grande inspiration. Merde.

— Je suis désolé.

Ella agita la main comme si de rien n'était, mais son visage se crispa. Elle joua avec son collier, faisant scintiller l'argent au soleil, et il se demanda s'il avait appartenu à sa mère, autrefois.

— Maui était un cadre idéal pour y vivre son enfance. Mais au fond...

— Au fond, quoi ? demanda-t-il après quelques secondes de silence.

— Comprends-moi, j'ai adoré vivre ici et j'ai vraiment aimé Georgia Mae, ma mère adoptive. Mais quelque chose me ramenait toujours dans le Sud-Ouest des États-Unis. Il y a quelque chose qui me parle dans ses paysages. Sa rudesse. Son silence.

Il hocha la tête. Oui, il comprenait exactement ce qu'elle voulait dire.

— Quand les autres filles décoraient leur chambre avec des licornes ou des posters de boys bands, moi je collais partout des photos du Sud-Ouest.

Elle détacha une main du volant pour dessiner des formes dans l'air.

— Les canyons. Les plateaux. Les habitations troglodytes. Ce genre de choses.

Il hocha la tête. Maui était magnifique, en effet, mais il préférait l'Ouest américain, lui aussi. Tout ce ciel, cet espace. Des étendues suffisantes pour permettre à un homme de se perdre dans ses pensées, et peut-être même de se retrouver.

— C'est là que tu vis depuis ton retour aux États-Unis ? demanda-t-il.

— Oui. Dans l'Arizona. Je suis née là-bas. Je me suis trouvé un bon job dans un ranch.

Sa voix prit des accents nostalgiques et elle sembla soudain moins concentrée sur la route.

— Un ranch immense, avec du bétail, des chèvres. De grands espaces... Tu serais bien, là-bas.

Jake commençait à peine à hocher la tête quand Ella rectifia tout à coup :

— Je veux dire, moi, j'y suis bien.

Il l'observa du coin de l'œil. Est-ce qu'une part de son âme souhaitait qu'il fasse partie de sa vie ? S'il était honnête avec lui-même, il devait admettre qu'il commençait lui aussi à lui trouver une place dans son existence.

La route s'éloigna de la côte et Ella changea de sujet.

— Tu viens du Colorado, c'est ça ? Tu as déjà pensé à y retourner ?

Jake pinça les lèvres.

— J'y suis retourné.

Ella ne dit rien et il crut qu'ils allaient en rester là, mais quelque chose le poussa à s'expliquer. Après tout, Ella n'était pas comme les autres. Elle le comprenait, réellement. Alors, il marqua une pause avant de continuer :

— Mon frère aîné a repris le ranch familial. Papa est mort pendant mon absence et ma mère a déménagé à Tucson, où habite sa sœur.

Ella pencha la tête et le regarda d'un air de dire : « Que s'est-il passé ? »

— J'ai cru que tout serait comme avant que je parte.

Le paysage devint flou alors qu'il regardait à l'horizon.

— Mon frère et sa femme ont repris la maison principale. Elle a tout redécoré. Il était temps, c'est sûr, mais... fit-il avant d'agiter la main d'un air évasif. Enfin bref, c'est leur maison, maintenant. Tant mieux, il faut croire. Ça me force à tourner la page.

Il décida de ne pas préciser qu'il n'avait aucune idée de ce qu'il allait faire ensuite.

— J'étais chez des amis lorsque Boone m'a appelé pour cette mission. Mais un jour, quand j'en aurai l'occasion, ça me plairait de travailler dans un ranch.

Ils roulèrent en silence pendant les quinze minutes suivantes, puis Ella déclencha le clignotant et se gara sur un parking. Il y avait plusieurs commerces, une quincaillerie, un magasin de pneus et de lubrifiants, et un *food truck* à l'abri de quelques pins de Norfolk.

— Je dois acheter deux ou trois choses, annonça Ella en quittant la voiture. Oh, ce serait bien d'emporter des sandwiches. Il n'y a rien à proximité de la propriété.

Il hocha la tête.

— Je m'occupe des sandwiches. Poulet avec moutarde forte pour toi ?

Elle ouvrit grand les yeux.

Eh oui. Il avait envie de lui dire qu'il avait été attentif pour mieux la connaître.

Après réflexion, il était tout de même étonné par tous les détails dont il était capable de se souvenir. Elle buvait son café noir avec du sucre et aimait ses toasts bien grillés. Sa façon de croiser sa jambe droite sur la gauche et d'incliner la tête en triturant ses cheveux. Il savait même de quel côté elle préférait dormir ; à gauche. Toutes les petites choses qu'il n'avait pas eu le temps d'apprendre à son sujet jusqu'à présent, il les mémorisait avidement.

Il se racla la gorge. Merde, soit il avait une obsession malsaine, soit il était fou amoureux de cette fille.

— Poulet à la moutarde, ce serait parfait, répondit Ella doucement.

Frottant sa ranger sur l'asphalte d'un air gêné, il hocha la tête.

— Très bien.

Elle disparut dans la quincaillerie et il se dirigea vers le fourgon-restaurant. Il y avait un homme dans la file d'attente, et à l'ombre non loin de là, une femme d'un certain âge vendait toute une collection éclectique de marchandises : des colliers de perles jusqu'aux magnets pour le frigo et autres bibelots.

— Je lis les lignes de la main et les cartes de tarot. Envie de connaître votre avenir ?

Jake grimaça. Il n'était pas sûr d'aimer ce qu'il découvrirait, cependant son regard se posa sur une petite boîte en bois et il ne put résister à l'envie de s'en approcher pour l'examiner de plus près.

— C'est une antiquité, lui dit la femme.

Ce qui signifiait certainement qu'il ne pouvait pas se l'offrir, mais qu'à cela ne tienne. Il avait déjà pris la boîte en bois et l'avait retournée dans ses mains. Elle n'était pas beaucoup plus grande qu'un étui à cigares, mais plus haute et incrustée de différentes essences de bois.

— C'est de l'os de baleine, expliqua-t-elle en désignant l'objet. De la qualité.

Il tira délicatement sur un bouton gravé, mais rien ne se produisit et la femme gloussa.

— C'est une boîte à énigmes. On ne peut pas l'ouvrir comme ça, il faut d'abord la déchiffrer.

Voilà qui piquait sa curiosité.

Le couvercle était orné de différents carreaux : certains en teck, d'autres en hêtre, en acajou, avec quelques carrés en ivoire... comme un casse-tête chinois. Repérant un espace libre, il fit glisser la pièce d'ivoire vers la gauche, dans une nouvelle colonne.

— Qu'est-ce qu'il y a dedans ? demanda-t-il en soupesant la boîte.

La femme à la peau cuivrée lui adressa un sourire mélancolique.

— Le destin.

Ses yeux dérivèrent vers les portes de la quincaillerie, où il aperçut Ella entre les rayonnages. Le destin. Quel serait le sien ?

— Qu'est-ce que vous prendrez ? lança soudain l'homme du *food truck*, attirant l'attention de Jake.

— Un sandwich au poulet à la moutarde forte et un autre au rosbif.

Il tapa du pied et jeta un nouveau coup d'œil dans la quincaillerie. Ella était dans l'une des allées, où elle essayait différentes machettes, passant le pouce sur leurs lames. Elle exécuta même quelques mouvements, effrayant un client plus âgé dans le rayon voisin.

Jake ricana. C'était tout elle. Une guerrière. Un garçon manqué. Et pourtant, elle faisait aussi une jeune mariée parfaite.

Alors qu'il payait et attendait les sandwiches, ses yeux retournèrent vers le casse-tête en bois.

— Tu es prêt ? demanda soudain Ella en traversant le parking à grandes enjambées.

— Prêt, répondit-il alors que ses yeux retournaient pourtant vers l'étal de la commerçante.

— Qu'est-ce qu'il y a ? demanda-t-elle en avançant d'un pas.

Il hésita une seconde et elle finit par suivre son regard. Il vit le moment précis où elle remarqua la boîte à énigmes parmi tous les autres objets en désordre sur l'étal. Ses yeux pétillèrent et elle lui sourit :

— Oh, c'est tout toi, McBride.

Aussitôt, il sortit son portefeuille et s'empara de la boîte.

— Soixante dollars, demanda la vendeuse.

— Soixante ?! protesta Ella.

Jake se serait contenté de payer le prix annoncé, il n'était pas très doué pour le marchandage, même après des années de missions dans les endroits les plus reculés du globe où ce genre de transactions était monnaie courante. Mais Ella...

— Vingt-cinq, dit-elle en dévisageant la femme.

— Cinquante.

— Trente.

Et ainsi de suite, le regard de Jake alternant entre les deux comme le spectateur d'un match de tennis. Ella finit par hocher la tête, satisfaite, et serra la main de la vieille femme.

— Trente-sept.

Il dissimula un sourire. Personne ne prenait le dessus sur Ella. Personne.

Il paya avant que l'une des deux ne change d'avis. Pendant le reste du chemin, il joua avec sa boîte énigmatique. Le trajet fut très agréable, une fois qu'Ella eut cessé de le taquiner au sujet de son achat.

— Tu espères trouver un trésor, McBride ?

Il sourit. La boîte était encore plus intéressante qu'un puzzle ordinaire, avec toutes les languettes et les panneaux coulissants qui s'emboîtaient.

— Non, je retrouve juste mon enfant intérieur.

Il la secoua près de son oreille, curieux, avant d'essayer une autre combinaison.

— Pour ça, tu n'as pas à chercher bien loin, plaisanta-t-elle.

— Toi, regarde ta route, répondit-il.

Ils conduisirent dans un silence serein pendant les minutes suivantes. De temps en temps, Ella lui faisait remarquer quelque chose. Il y avait un gigantesque volcan du nom de Haleakala ainsi que les ruines d'une vieille usine à sucre. Peu de temps après, l'autoroute céda la place à un chemin de campagne tortueux qui suivait une côte dentelée, au-dessus de l'océan.

— C'est le côté venteux de Maui. La route de Hana, une petite ville tout en bas.

Elle tendit le doigt droit devant.

— Beaucoup de gens viennent ici en voiture rien que pour la vue. Notre maison est en haut de cette côte.

Elle leva un doigt du volant pour le tendre et Jake aperçut des fleurs rouges qui dépassaient d'une rangée d'arbres.

— Tulipier du Gabon, murmura Ella, le regard dans le vague.

Peu de temps après, ils s'engagèrent sur un chemin de terre où elle passa en quatre roues motrices et manœuvra habilement le véhicule dans plusieurs virages raides et rocailleux.

Jake s'accrocha au tableau de bord tandis que la voiture cahotait dans tous les sens.

— Maintenant, je comprends pourquoi tu as insisté pour louer une Jeep. Tu habitais là-haut ?

— Eh oui, répondit-elle en riant. Beaucoup d'intimité.

Il pencha la tête pour éviter une vigne en surplomb. Chaque fois que le moteur s'arrêtait un instant, il entendait le chant des oiseaux et le bruit de l'eau.

— Ma cascade préférée est là-bas, dit Ella en désignant la gauche.

Sa cascade préférée, comme s'il y en avait beaucoup. Peut-être était-ce le cas, après tout, à en juger par le paysage luxuriant et les falaises abruptes. Ella finit par emprunter un virage serré et s'arrêta dans un crissement de pneus devant une porte métallique biscornue composée de vieux tuyaux.

— Et voilà.

Récupérant les machettes, elle sortit de la voiture.

Jake regarda par-dessus son épaule pendant qu'elle agitait un verrou rongé par la rouille. Enfin, il céda et elle poussa la porte en grand. Une dizaine de lianes l'accompagnèrent, ployant comme de vieilles sentinelles. Apparemment, il n'était pas nécessaire de garer la Jeep, et de toute manière, il n'y avait pas de place pour la garer sur la propriété envahie par la végétation. D'après Jake, peu de gens s'aventuraient sur cette route difficile.

— Oh là là, dit-il en se baissant lorsque quelque chose passa à ras au-dessus de sa tête.

Ella éclata de rire.

— *Pu'eo.*

— Pu-*quoi* ?

— Un hibou. Il y en a beaucoup dans le coin. De vieux amis, on pourrait dire.

Elle gloussa avant de se frayer un chemin dans les herbes hautes qui lui arrivaient à la taille.

— Allez, viens.

Le hibou alla se poser sur une branche au-dessus de sa tête et regarda Jake d'un œil dubitatif. À chacun de ses pas, l'oiseau le suivait attentivement.

Ella désigna différents végétaux avec sa machette.

— Papaye... Banane... On avait tout un bosquet ici.

Sa voix passait de l'excitation à la nostalgie en un clin d'œil.

— Des avocats, aussi. Il fallait se relayer pour aller chercher l'eau au ruisseau. C'était un peu rustique, mais ça nous convenait très bien.

Elle s'arrêta soudain pour regarder la maison. Peu à peu, ses yeux perdirent leur éclat et ses épaules se voûtèrent légèrement. La maisonnette sur pilotis avait beaucoup de cachet, néanmoins la peinture blanche s'écaillait et des éclats de verre brisé pendaient à l'une des fenêtres. Les marches étaient tordues, chacune penchant dans une direction différente. À l'évidence, la jungle humide avait fait son œuvre. L'une des plaques de tôle ondulée protégeant le toit avait glissé d'une quinzaine de centimètres.

Jake posa une main sur l'épaule d'Ella. Cette fois, ce n'était pas pour jouer le couple attentionné, mais pour lui procurer le genre de contact rassurant qu'elle lui avait offert le soir où Hoover l'avait appelé. L'endroit était à l'abandon et il pouvait sentir sa douleur. Pourtant, il n'avait pas besoin de beaucoup d'imagination pour imaginer une Ella plus jeune courant sur la propriété en pente ou jouant au ballon. Des pots de fleurs et des sculptures en bois parsemaient le jardin, témoins de la fierté et de l'amour qui avaient régné ici.

— C'est joli, dit-il sans la moindre ironie. Un très beau cadre où passer son enfance.

La poitrine d'Ella se souleva et s'abaissa dans un soupir silencieux.

— Oui, c'était bien. Mais il est temps de tourner la page.

Elle redressa ses épaules et fit un signe de tête vers la droite.

— Tu commences par là. Je vais attaquer ici, d'accord ? Le temps que l'agent immobilier arrive, ça ressemblera peut-être moins à une jungle et plus à un jardin.

— À vos ordres, madame.

— Pas de madame avec moi, McBride.

— D'accord, madame, répondit-il en souriant.

Au bout d'une heure ou deux de travail acharné, la jungle était taillée et le jardin avait retrouvé des allures de gazon. Après quoi, ils balayèrent la maison, ratissèrent les feuilles du porche et entassèrent les plus grosses branches qui jonchaient la pelouse. Ella passa un long moment à s'occuper d'une chambre ensoleillée à l'arrière, sans doute la sienne, mais quand elle ressortit, elle avait retrouvé sa façade professionnelle. Encore plus qu'avant. Elle lava les fenêtres poussiéreuses avec de l'eau qu'elle avait puisée au ruisseau pendant que Jake redressait un volet tombant et remettait en place le panneau du toit.

Enfin, ils reculèrent pour admirer leur travail. Ils étaient égratignés, en sueur et couverts de piqûres de moustiques, mais l'endroit était en bien meilleur état.

— C'est agréable, dit Ella.

Il éclata de rire, mais elle n'avait pas tort. Le travail physique était toujours bénéfique, quand on se concentrait pour soulever des charges et les transporter au lieu de rester focalisé sur les pensées trop intrusives. Jake offrit son visage au soleil, imaginant un endroit où travailler la terre et gagner sa vie honnêtement. Un endroit où vieillir sans regret.

Quand il rouvrit les yeux, ce fut pour les orienter discrètement vers Ella. Ces mots résonnèrent à nouveau dans son esprit. *Sans regret.*

Il s'approcha d'elle et s'éclaircit la voix, bien décidé à dire quelque chose. « Ella, il faut qu'on parle », ou « Ella, viens. Assieds-toi et écoute-moi. S'il te plaît. »

Elle leva les yeux et retint son souffle, comme si elle sentait ce qui allait arriver.

— Écoute, Ella..., commença-t-il.

Mais alors qu'il venait de trouver une amorce, un bruit de vieux moteur crachotant se fit entendre et ils tournèrent tous deux la tête vers la route.

— C'est sûrement eux, dit-elle après une pause avant de s'éloigner.

Jake garda les yeux rivés sur ses rangers pendant dix bonnes secondes avant de gonfler ses joues et de relever la tête. Ella se dirigeait déjà vers le portail d'un pas décidé, agitant la main alors que l'agent immobilier sortait du côté passager d'un SUV rouge. Au moment où la portière du côté conducteur s'ouvrait, elle resta pétrifiée sur place.

Jake suivit son regard pour découvrir un homme costaud qui se déployait en quittant le siège du conducteur. Il aperçut d'abord une longue jambe épaisse vêtue d'un pantalon de l'armée, puis un bras velu, large comme une branche, et enfin un crâne lisse et rasé. L'homme avait un sourire mauvais sur le visage.

— C'est l'endroit dont je vous parlais, annonça l'agent immobilier.

Mais l'attention de Jake demeurait fixée sur le nouveau venu. Il lui disait vaguement quelque chose, même s'il avait du mal à le situer... et il lui paraissait dangereux.

Les narines d'Ella palpitèrent et il la vit plisser les yeux d'un air soupçonneux. Reconnaissait-elle ce type ou avait-elle seulement le même pressentiment que lui ?

— Un bungalow avec trois chambres entouré d'une forêt vierge, poursuivit l'agent immobilier en remontant une paire de lunettes de soleil sur ses cheveux clairsemés.

Immédiatement, Jake se désintéressa de l'agent immobilier. Ce type blanc mielleux en chemise hawaïenne criarde ne représentait aucune menace. Mais le grand costaud, en revanche, avait une mine malveillante et intrusive.

L'agent immobilier fit un signe de la main sans prendre la peine de présenter Ella à son client. Comme si elle faisait partie du paysage, comme si elle n'était pas une interlocutrice digne d'intérêt.

— Voici vos bananiers, vos avocatiers...

Jake avait envie de dire que c'était d'abord ceux d'Ella. Il fit un pas de côté pour se camper sur le chemin de l'agent immobilier, qui finit par lever les yeux.

— Oh. Vous devez être Hunter Bjornvald.

Jake secoua la tête, mais il ne quittait pas des yeux l'homme qui se tenait un peu en retrait et observait la scène. Il devait bien mesurer un mètre quatre-vingt-quinze et il dépassait l'agent immobilier. Le nez en l'air, il semblait renifler la brise comme Ella en ce moment même.

— C'est elle la responsable ici, dit Jake en la désignant.

L'agent immobilier se tourna vers elle avec étonnement et Jake dut réprimer un grognement. Quel effet cela faisait-il d'être constamment confronté à ce genre d'attitude ? Ella était aussi coriace et douée que le plus dur des Marines, mais certains hommes étaient incapables de voir au-delà de sa petite stature.

— Oh, mademoiselle Kitt, c'est ça ?

Ella croisa les bras sur sa poitrine et jeta un regard furieux au nouvel arrivant. L'homme s'avança d'un pas décidé, leur laissant tout le loisir d'apprécier son impressionnante carrure. Il était bâti comme un haltérophile, avec des plaques de muscles ciselés sur les jambes, le torse et les bras. Quand il souriait à Ella, on apercevait la pointe de ses canines.

— Gideon Goode, gronda le colosse.

Son visage était avenant, pourtant ses yeux restaient sombres.

— Ça vous dérange si je jette un coup d'œil ?

Jake faillit répondre que oui, mais ce n'était pas son rôle. Dommage, car il se méfiait déjà de ce type. Les yeux ne mentaient pas, et les siens étaient inquisiteurs, fourbes et conspirateurs. D'abord, ils balayèrent la propriété, mais quand ils dérivèrent sombrement vers Jake, sa mâchoire se contracta et son regard irradia de ce qu'il interpréta comme de la haine. Un moment plus tard, il retrouva une expression plus neutre et se tourna vers Ella avec intérêt.

Le hibou voltigeait dans l'arbre, se déplaçant fébrilement de branche en branche. Jake ressentait la même nervosité. Gideon Goode. Est-ce qu'il connaissait ce type ?

Ella fusilla longuement ce dernier du regard avant de s'écarter en serrant les dents.

— Allez-y. Jetez un œil.

Jake l'observa de près, en retrait avec Ella pendant que l'agent immobilier et Goode se promenaient dans la maison.

— Tu connais ce type ? marmonna-t-il du bout des lèvres.

— Non, mais je connais les hommes dans son genre.

Elle n'en dit pas plus, toutefois il était clair que quelque chose qui lui échappait. Ella faillit grogner lorsqu'il monta les marches et pénétra dans la maison. Une minute plus tard, il ressortit en secouant la tête.

— Ce n'est pas ce que je pensais.

Son sourire contrit n'éclairait même pas son regard.

« Bon débarras », semblait dire le hibou dans l'arbre en battant des ailes, observant attentivement Goode et l'agent immobilier retourner à la voiture.

— Pas de problème. J'ai une autre maison que vous allez adorer, reprit le professionnel.

Goode hocha à peine la tête, étudiant Jake de ses yeux sombres empreints de vengeance. À moins que ce ne soit qu'un effet de la lumière ? Le regard de Goode se tourna vers Ella, puis Jake, et à nouveau vers elle. Cette fois, il avait l'expression avide d'un braconnier.

Jake se hérissa.

Fais gaffe, connard. Elle est à moi.

Ses yeux sombres parurent amusés, puis intrigués tandis qu'il semblait examiner Ella d'un œil neuf. Il dévorait son corps du regard. Sans doute cherchait-il à provoquer Jake.

Ce dernier s'avança d'un pas. Qui que fût ce type, il allait se prendre une bonne raclée.

Goode souriait comme si c'était exactement ce qu'il cherchait. Il ouvrit la bouche pour parler, cependant l'agent immobilier se pencha dans l'habitacle et appuya gaiement sur le klaxon.

— On y va ?

Après un dernier regard menaçant vers Jake, Goode se tourna à nouveau vers Ella.

— Ravi d'avoir fait votre connaissance, mademoiselle Kitt.

Elle secoua le menton sans se laisser décontenancer.

— Bonne chance pour la suite de vos recherches.

Elle n'avait pas l'air sincère et Jake ne pouvait pas lui en vouloir.

« Connard » disait son regard lorsque l'homme se détourna enfin. Le SUV grinça quand le colosse remonta à l'intérieur. Pendant la manœuvre délicate au cours de laquelle Goode dut s'y prendre à douze reprises pour sortir de l'espace étroit, il garda les yeux braqués sur elle. Finalement, il passa la première et disparut dans le virage.

Jake et Ella demeurèrent immobiles comme des statues pendant une minute entière après que le vrombissement de la voiture se fut estompé. Peu à peu, les oiseaux qui s'étaient tus se remirent à chanter et l'atmosphère chargée se détendit. Cependant, quelque chose clochait toujours.

— Alors, ce type s'appelle Goode, c'est ça ? murmura Jake avec dégoût.

Ella renifla.

— Goode. Oui, c'est bien ça.

Chapitre 9

La renarde d'Ella grognait encore, piaffant et jappant bien
après le départ de l'agent immobilier et son client.

Goode, mon cul ! grondait sa bête intérieure.

Elle avait senti l'odeur de métamorphe avant même que les
deux hommes n'arrivent au portail, même si elle n'avait pas
deviné son espèce. L'agent immobilier n'était qu'un humain,
sans le moindre intérêt qui plus est. Mais ce Gideon... Un
métamorphe, c'était évident. Son esprit survolté passait en
revue toutes les possibilités. Un lion ? Un tigre ? Une sorte
de félin, en tout cas. Son odeur ne comportait pas cette note
musquée de la jungle, comme Cruz par exemple, néanmoins il
ne dégageait pas non plus l'impression de savane d'un lion métamorphe. Il en avait la taille, cependant. Et même largement.

*Ce qui compte, ce n'est pas la taille du chien qui se bat, mais
sa combativité,* grogna sa renarde en fixant la route déserte.

Elle aurait aimé avoir une chance de défier ce type, même si
elle ne savait pas exactement pourquoi. Peut-être parce qu'il
était hautain et arrogant. Il l'avait déshabillée du regard...
Était-ce pour l'énerver ou pour pousser Jake à bout ?

En jetant un œil vers lui, elle retrouva ses yeux flamboyants
comme s'il était un métamorphe, lui aussi. Elle posa une main
sur sa poitrine sans réfléchir. Elle ne savait pas si c'était une
tentative inconsciente pour se calmer ou plutôt pour apaiser
Jake. Quoi qu'il en soit, ce fut efficace. Les cognements furieux du cœur de Jake ralentirent et son propre pouls s'apaisa.
Elle leva les yeux vers la maison, essayant de laisser sa colère
retomber et l'amour prendre le dessus, comme Georgia Mae le
lui avait toujours conseillé.

Sa renarde gronda, encore agitée en elle.

Mon compagnon et moi. Ensemble, nous pouvons tout affronter. N'importe quoi.

Elle fronça les sourcils. Cela ne fonctionnait pas ainsi, malheureusement. Jake était un soldat rompu au combat, capable de se mesurer à n'importe quel être humain, mais l'entraîner dans le monde des métamorphes l'opposerait à des forces bien supérieures à la sienne.

Un cardinal survola la pelouse fraîchement taillée, éclair rouge dans sa vision périphérique qui ramena aussitôt ses pensées vers Gideon Goode. Que faisait un autre métamorphe à Maui ? Silas et les autres étaient-ils au courant ?

— De toute manière, je n'aurais jamais vendu la propriété à ce connard, marmonna-t-elle.

Jake la prit dans ses bras.

— Hors de question. Tu dois trouver quelqu'un qui mérite d'y vivre. Quelqu'un qui en fera un foyer. Une vraie maison pleine de vie, pas une simple adresse.

Elle ferma les yeux. Jake comprenait. Il la comprenait vraiment.

Évidemment qu'il comprend, soupira sa renarde.

Sans réfléchir, elle se surprit à passer les bras autour de sa taille et à le serrer contre elle. Bon sang, ça faisait du bien. Ce sentiment d'être à deux contre le reste du monde au lieu d'avoir à gérer seule tous ses problèmes.

— Il est temps de rentrer ? chuchota Jake lorsqu'elle s'écarta.

Elle laissa ses yeux parcourir le toit de guingois, les marches inégales et les fruits trop mûrs qui faisaient ployer les branches surchargées.

Elle avait envie de lui dire qu'elle ne voulait pas repartir. Elle voulait ramener tout ça à la vie. Ces moments innocents et heureux. La simplicité. L'amour. »

Mais tout ça, c'était il y a longtemps. Georgia Mae avait disparu et Ella avait grandi.

On peut retrouver une vie comme celle-là. Avec Jake, dans une nouvelle maison, insista sa renarde en remplissant son esprit d'images du désert américain.

— J'ai juste besoin d'une minute pour appeler Hunter, murmura-t-elle avant que sa renarde ne s'emballe.

Jake passa quelques secondes à la dévisager avant de lui faire un signe de tête, la laissant s'éloigner pour téléphoner.

Elle composa le numéro en faisant les cent pas avec impatience jusqu'à ce que Hunter décroche avec son habituel « Allô » éraillé.

Elle préféra la lui faire courte :

— J'ai besoin que tu vérifies l'identité du connard qui est venu visiter la propriété. Ou plutôt, le métamorphe.

— *Un métamorphe ?* aboya Hunter à l'autre bout de la ligne. *Quel genre ?*

— Le genre auquel je ne fais pas confiance. Une sorte de félin. Silas n'a pas mentionné de rencontre avec une délégation de lions, par hasard ?

— *Je vais vérifier.*

Une minute plus tard, elle raccrocha. Elle se sentait un peu mieux, à présent, et elle rejoignit Jake.

— On peut y aller.

— Tu es sûre ? demanda-t-il avec un signe de tête vers la maison.

Elle tourna lentement sur elle-même pour tout admirer une fois de plus. Peut-être que Kai, Hunter et elle devraient reconsidérer la vente de la maison.

— C'est bon, déclara-t-elle enfin.

L'un des hiboux hulula comme pour leur dire adieu alors qu'ils marchaient vers la Jeep. L'oiseau n'était pas un métamorphe, cependant il avait été un ami de Georgia Mae, et ses mouvements de tête et ses battements d'ailes disaient à Ella tout ce qu'elle avait besoin de savoir.

Chez toi. Tu es chez toi, ici.

Oui, elle allait avoir une petite discussion avec Kai et Hunter pour leur proposer de garder la propriété. Ils devraient tout de même attendre que les choses se tassent, ce qui risquait de prendre un moment.

Elle soupira et monta dans la Jeep, jetant un dernier regard autour d'elle avant de s'engager sur la route. Un camion passa à toute vitesse alors qu'elle attendait à l'intersection de la rue principale, suivi d'une voiture de location avec un touriste au volant, et enfin, un pick-up rouillé avec la radio suffisamment forte pour qu'elle reconnaisse une musique soul de l'île. Elle tourna sur la route et tritura le bouton du poste jusqu'à trouver la même station.

— Belle chanson, commenta Jake.

— *Over the Rainbow*, par Israel Kamakawiwo'ole.

Elle avait entendu cette version à d'innombrables reprises, mais elle ne s'en lassait jamais. En un sens, cette chanson réussissait à la faire rêver à ses deux maisons : le désert et Maui. Très vite, ses doigts tambourinèrent en rythme sur le volant et sa renarde intérieure fredonna.

Elle surprit le sourire de Jake et ne put s'empêcher de le lui rendre. C'était une belle image : lui sur le siège passager de la voiture, le vent dans ses cheveux, la mine plus sereine à chaque kilomètre parcouru.

Chaque chanson diffusée à la radio la faisait chantonner un peu plus fort. Elle connaissait tous les airs, et les accords familiers faisaient surgir dans son esprit des paroles oubliées depuis longtemps. Jake la suivait tout en triturant son casse-tête, sous l'œil attentif de sa renarde. C'était agréable de le voir comme ça. Un peu plus détendu, et en quelque sorte, plus adorable à chaque seconde. Elle aimait leur situation, deux personnes ordinaires roulant vers le soleil couchant en fredonnant et en résolvant des énigmes. C'était si agréable qu'elle avait envie de rallonger le trajet pour se cacher de la réalité pendant un moment.

Le soleil embrasait l'horizon lorsqu'ils atteignirent la côte de West Maui. Sans même s'en rendre compte, elle avait actionné le clignotant pour tourner à gauche sur Puamana Beach Park.

— Qu'est-ce qu'on fait ici ? demanda Jake en regardant autour de lui.

Elle répondit avec un mouvement de tête :

— Le soleil se couche. Ce serait dommage de le rater, non ?

Il acquiesça et lui dit à voix basse :

— Oui, ce serait dommage.

Elle se gara sur une place face à l'eau et, assise sur le siège de cette Jeep rose ridicule, prit la main de Jake sans réfléchir.

Qu'est-ce que tu fais ? lui cria une partie de son esprit.

Mais Jake avait tendu la main exactement au même moment. C'était trop beau pour qu'elle le lâche maintenant.

C'est tellement mignon, soupira sa renarde.

— Un peu comme un vrai voyage de noces, pas vrai ?

Il lui serra la main alors que le soleil déclinait, baignant de teintes roses Lanai et Molokai.

Elle hocha la tête.

— En quelque sorte.

Du moins, dans une partie trop optimiste de son esprit.

On pourrait ramener Jake en Arizona, s'installer au ranch et vivre heureux pour toujours, soupira sa renarde.

C'était si facile à imaginer, surtout avec la brise marine prometteuse pour la navigation et le soleil qui dardait ses rayons chatoyants dans le ciel. Mais l'Arizona, c'était si loin...

N'oublie pas. Nous avons la suite nuptiale, dit sa renarde d'un ton espiègle.

Ella gardait les yeux tournés vers l'horizon. Seigneur, ce serait tellement formidable de profiter de cette chambre. Rien que pour une nuit.

Rien qu'une nuit, souffla sa renarde.

Tous les matins, elle froissait les draps pour faire croire que Jake et elle dormaient vraiment ensemble, et elle risquait de mourir si elle devait supporter ce manège un matin de plus.

J'ai une bien meilleure solution, dit alors sa renarde d'une voix faussement innocente.

Je ne veux pas savoir, répondit Ella en secouant la tête.

Mais sa renarde lui lança toutes sortes de visions torrides qui la firent palpiter d'envie. Des visions d'elle-même et de Jake, cédant enfin au désir charnel. Elle les voyait tous deux lovés dans le lit, couchés l'un sur l'autre, le souffle court.

Elle prit une grande inspiration, le regard toujours droit devant.

« Je m'occupe de la sécurité aujourd'hui ! », avait crié Kai de loin quand elle avait appelé Hunter plus tôt dans la journée. « Vous, profitez de votre soirée avant le grand jour. Et vivez un peu votre voyage de noces. »

Il plaisantait, bien sûr, mais sa renarde continuait à la bombarder d'images sulfureuses qui faisaient flancher sa résistance. Elle s'imaginait en levrette avec Jake, agrippée aux draps pendant qu'il la pilonnait sans relâche. Ou à califourchon sur son corps dans la position de la cow-girl inversée, le chevauchant avec force. Ou encore, elle se voyait étendue sur le lit alors qu'il glissait sur son corps, l'explorant avec sa langue. De plus en plus bas jusqu'à atteindre son sexe, faisant éclater des feux d'artifice dans sa tête.

La chaleur envahit son corps et elle faillit gémir tout haut.

— Qu'est-ce que tu as dit ? l'interpella-t-il, la tirant de ses fantasmes.

Elle se racla péniblement la gorge sans oser regarder dans sa direction.

— Je crois qu'on ferait mieux d'y aller.

Sur ce, elle remit le moteur en marche et reprit la route.

Pitié, arrête de faire ça, ordonna-t-elle à sa renarde.

Faire quoi ? répondit la bête sur un ton bien trop innocent.

— Holà ! s'exclama Jake en s'agrippant à la poignée alors que les pneus hurlaient dans un virage à gauche.

— Excuse-moi.

Elle garda la bouche fermée et les yeux sur la route, espérant que la brise la refroidirait avant qu'ils ne rentrent à l'hôtel.

— Ce n'était pas sur la liste ? demanda Jake alors qu'ils passaient devant un panneau.

— Qu'est-ce qui n'était pas sur la liste ?

Il fit un geste derrière lui.

— Deuxième vendredi à Lahaina. Qu'est-ce que c'est ?

— Une grande fête de rue à Lahaina.

— Une fête de rue..., dit-il d'un ton songeur.

Elle n'y était jamais allée, mais elle en avait entendu parler.

« Super musique », avait dit Nina.

« Super danses », avait ajouté Tessa avec un grand sourire.

En d'autres termes, une idée catastrophique pour une métamorphe dans son état d'excitation.

— Ce serait plutôt bien pour un couple en voyage de noces, observa Jake.

Elle le dévisagea. Est-ce qu'il était sérieux ?

Ses yeux pétillèrent dans la faible lumière.

— On a la voiture pendant vingt-quatre heures.

En effet, mais non. Ce n'était pas une bonne idée. Ignorait-il que la musique et la danse pouvaient les mener sur un terrain bien trop glissant ?

L'expression de Jake lui laissait entendre que ça ne le dérangeait pas le moins du monde.

— Je suis toute sale, et toi aussi, essaya-t-elle d'objecter.

Mais son cœur n'était pas de cet avis et Jake non plus. Il consulta sa montre.

— On peut prendre une douche rapide et y retourner. On a tout le temps.

Ella pinça les lèvres. Heureusement qu'il n'était pas un métamorphe, sinon il n'aurait que trop bien perçu son empressement.

— On devrait peut-être aller surveiller un peu l'hôtel. Après tout, la réception a lieu demain.

Jake pencha la tête d'un côté et de l'autre.

— C'est l'une des dernières choses sur la liste de Lily...

Il laissa les mots en suspens comme si de rien n'était, mais elle pouvait sentir l'espoir grandir en lui ; et à vrai dire, en elle aussi. Une soirée avec Jake serait infiniment plus agréable que de retourner la tête la première dans le mensonge qu'était sa vie. Et la journée avait été bonne, Gideon Goode mis à part.

Sa renarde acquiesça avec enthousiasme.

Il faut absolument boucler la liste de Lily.

Elle regarda Jake, puis la côte qui s'assombrissait, et enfin elle sonda son cœur. Elle avait bien trop envie de passer une soirée avec lui, et cette fois, elle ne pouvait plus résister.

Juste cette fois, dit-elle à sa renarde. *Et juste la danse.*

Juste cette fois, répondit aussitôt la bête comme en écho.

— Eh bien, le devoir nous appelle, dit-elle enfin. Je parle de terminer la liste de Lily, tout ça...

Jake sourit.

— Oui, le devoir nous appelle.

Ainsi, au lieu d'aller rendre les clés de la voiture au bureau de location de l'hôtel, ils se succédèrent dans la douche avant de retourner en ville. Ce fut un cauchemar pour trouver une place de parking, comme le craignait Ella, et la marche jusqu'au centre-ville fut longue, mais les étoiles brillaient dans le ciel et les rues étaient animées par de joyeux noctambules, touristes et locaux confondus. La musique d'un groupe les attira et elle regarda autour d'elle.

— Seigneur, ça fait longtemps que je ne suis pas venue ici.

Lahaina était un lieu très touristique et elle n'y avait jamais passé beaucoup de temps, d'autant plus qu'elle avait grandi de l'autre côté de l'île. Toutefois c'était étonnamment agréable, même avec les vacanciers et les souvenirs un peu kitsch. La musique qui dérivait dans la rue l'attira immédiatement et l'atmosphère intemporelle ravit son esprit.

Rien que nous deux, ronronna sa renarde.

Rien que la danse, lui rappela-t-elle en pensée. *Rien d'autre.*

Comme Kai l'a dit, précisa sa renarde. *C'est notre dernière nuit de libre avant la réception. Elle doit être mémorable.*

C'était exactement ce qu'elle redoutait. Mais, bon sang. La nuit était si chaude et regorgeait de possibilités...

— C'est plutôt sympa, dit-elle.

— Oui, sympa, grogna Jake, attirant son attention.

Il avait les épaules crispées et le dos raide. Ella jeta un regard circulaire avant de pousser un juron silencieux. Le bruit, la foule et les lumières clignotantes avaient changé l'humeur de Jake, créant en lui une forte tension.

— On devrait peut-être laisser tomber, murmura-t-elle.

— Non, dit-il d'une voix tendue, les yeux regardant partout.

Ella lui serra la main pour essayer de le calmer.

Eh bien, tu n'as qu'à le distraire, tenta sa renarde.

— Avant, Lahaina était un port baleinier. Il y a beaucoup d'histoires de l'ancien temps.

Jake hocha la tête sans dire un mot.

Pour la distraction, c'était raté.

Je voulais dire avec un baiser, précisa sa renarde.

Elle secoua la tête. Non, impossible. Et puis, elle tenta à nouveau :

— Là, c'est la maison de Wo Hing. C'était une sorte de club pour les immigrants venus de Chine, à l'époque.

— Intéressant, commenta Jake, toujours aussi laconique.

La musique devenait plus forte et la foule plus dense à mesure qu'ils approchaient du centre-ville. Ella s'arrêta, prête à faire demi-tour, cependant Jake avançait, aussi déterminé que s'il fonçait au combat.

— On n'est pas obligés, insista-t-elle en le suivant à contrecœur.

— Si, déclara-t-il résolument, poursuivant sa route.

Elle expira lentement, regrettant qu'il se sente contraint de prouver sa force. Et alors, s'il avait peur de la foule et du bruit ? C'était normal. Beaucoup de soldats connaissaient ces traumatismes après leur retour. Elle-même avait tout de suite choisi le coin le plus tranquille de l'Arizona et avait pratiquement disparu dans le désert pendant des mois. Tout le monde avait besoin de temps pour s'adapter.

— Waouh ! s'exclama une femme.

Ella suivit son regard.

— Waouh, souffla-t-elle en s'arrêtant à son tour devant le spectacle qui s'offrait à elle.

La place derrière le palais de justice était ornée de centaines de lumières blanches, certaines suspendues à de vieux lampadaires et d'autres disposées dans les branches de l'énorme banian.

— Chéri, tu sais que cet arbre a été planté en 1873 ? dit la femme à son ami en lui lisant le passage d'un guide touristique.

Ella hocha la tête. Oui, elle le savait. Mais sans trop savoir comment, elle avait oublié à quel point tout cela était beau. Au fil des décennies, le banian avait déployé ses branches dans toutes les directions comme des dizaines d'explorateurs cartographiant les sept mers. Chacune avait enfoncé de nouvelles racines dans le sol avant de se projeter vers l'extérieur en formant de nouvelles arches, créant une épaisse canopée. Des dizaines de mainates se faufilaient entre les feuilles, gazouillant comme s'ils comptaient parmi les musiciens, tandis que des enfants couraient et jouaient à cache-cache autour des troncs épais.

C'était magnifique. Vraiment somptueux. Elle aurait même été tentée de se balancer en musique si Jake n'était pas aussi nerveux. Lorsqu'il hésita à aller plus loin, elle se retourna.

— Allez, viens, rentrons à l'hôtel.

Mais il prit une grande inspiration et se redressa brusquement. Il serrait les dents, la mâchoire contractée. L'empoignant par la main, il l'entraîna vers le centre de l'action.

— Qu'est-ce que tu fais ? demanda-t-elle en trottinant à côté de lui.

— Je me ressaisis, lança-t-il.

Les yeux d'Ella s'ouvrirent en grand lorsqu'elle comprit ce que Jake voulait dire. Il se dirigeait vers le milieu de la foule, où les couples dansaient dans une nuée de corps pressés les uns contre les autres ; là où les lumières brillaient le plus et où la musique était la plus assourdissante. Il leur fit une place et, toujours crispé, la fit tourner dans un simulacre de danse un peu raide.

— Ça te dérange ? demanda-t-il, aussi déterminé qu'un soldat en zone de guerre.

Une danse ? Non, ça ne la dérangeait pas le moins du monde, même si ce n'était pas tant une danse qu'une expression de fureur à peine contenue. Mais Jake était aussi persévérant qu'avec son casse-tête et elle s'accrocha à lui en tourbillonnant. Ses muscles se détachaient en relief sur ses bras et sa poigne était si ferme qu'elle en était douloureuse. Il respirait par à-coups, les yeux plissés.

— Pas du tout, répondit-elle, les mains sur ses épaules. Rien que mon mari et moi, par cette belle soirée.

Jake eut un petit sourire avant de perdre à nouveau sa bonne humeur. Mais une infime partie de sa tension se relâcha et elle posa la joue sur son épaule alors qu'ils continuaient à danser.

— Oh, murmura-t-elle en feignant un gloussement guilleret. C'est la chanson qu'on a entendue à la radio cet après-midi.

Jake opina du chef sans cesser de bouger.

Elle se tourna alors, posant sa joue droite contre son torse où elle entendit les cognements de son cœur. Puis elle ferma les paupières et imagina une scène qui l'apaiserait.

— Tu sais, le ranch où je travaille organise aussi des soirées dansantes, chuchota-t-elle.

— Ah oui ? fit-il sur un ton détaché.

— Oui. C'est le ranch de Twin Moon. Ils font des soirées à l'ancienne dans leurs granges et à la belle étoile. Un peu comme ici, mais avec beaucoup plus d'espace.

— Ça a l'air sympa, commenta-t-il d'un ton monotone.

Sa joue oscilla légèrement sur son épaule alors qu'elle essayait de lui transmettre la paix et la sérénité de cette scène en Arizona, au moyen de ses gestes et de ses pensées. Jake n'était peut-être pas un métamorphe télépathe, mais elle pouvait essayer de faire déteindre une partie de ses sentiments sur lui.

Elle imagina des lucioles scintillant dans la nuit, des couples virevoltant sous les lampions bariolés tandis que d'autres encore s'éloignaient pour danser sous les étoiles, chacun profitant de la musique à sa manière. Les amoureux se chuchotaient à l'oreille en souriant. Les enfants les imitaient avant d'éclater de rire, et sur les chaises pliantes installées sur les côtés, les personnes âgées assistaient aux réjouissances avec des mines sentimentales, emportées dans les souvenirs d'un temps passé.

Notre compagnon aimerait beaucoup y aller, chuchota sa renarde.

Elle hocha la tête malgré elle et murmura :

— C'est vraiment sympa. Les gens dansent en plein air comme ici, pas enfermés entre quatre murs.

Jake acquiesça et elle fit de son mieux pour s'imaginer avec lui dans ce décor familier, au bord des plaines infinies de l'Arizona. Des plaines qui s'étendaient vers l'horizon jusqu'à rencontrer les montagnes aux silhouettes pourpres dans la nuit teintée d'indigo. Dans cet espace et cette lumière, on en oubliait les urgences du quotidien, les tracas et le passage du temps. Chacun pouvait trouver la paix dans son for intérieur.

Quelqu'un heurta son coude droit, ramenant ses pensées à Maui, et elle jeta un nouveau coup d'œil vers Jake. Est-ce qu'il allait mieux ?

Difficile à dire, avec son visage détourné du sien, néanmoins son torse se soulevait et s'abaissait à un rythme plus régulier et ses muscles tendus se relâchaient peu à peu. Elle l'entraîna à l'écart des musiciens, vers un coin plus calme et plus intime. Elle prit le temps de le regarder respirer tout en se demandant comment sa musculature dure et imposante pouvait lui offrir un cocon aussi confortable. Quand elle leva les yeux, ce fut pour lui sourire.

— C'était agréable de danser, lui dit-elle à voix basse.

— Oui. Super, répondit-il, toujours mécontent de lui.

— Peut-être pas encore, mais on y arrive.

— Tu crois ?

Il bougea légèrement les mains et elle hocha la tête.

— Il y a du mieux, c'est certain.

Avec un bras de Jake autour de sa taille et l'autre sur son épaule, elle se sentait au chaud, en sécurité.

— Je crois vraiment qu'on commence à assurer.

— Je n'en suis pas si sûr, marmonna-t-il.

Ella haussa les épaules.

— Je ne suis pas une pro de la danse, mais ça me fait du bien.

Elle inclina le menton et il la suivit des yeux. Les branches de l'énorme banian formaient comme un amphithéâtre, et avec les lumières de la fête qui irradiaient comme mille étoiles, on aurait dit que l'univers s'était penché pour les regarder de plus près.

— Et toi ?

Il l'étreignit un peu plus fort.

— Ce n'est pas si mal.

Elle lui donna une petite tape sur le bras pour l'aider à se détendre.

— C'est tout, « pas si mal » ?

Sa réaction lui arracha un autre sourire et il la serra encore plus fort.

— Ce moment est parfait. Vraiment.

— J'aime mieux ça, McBride, dit-elle en feignant l'agacement.

Il grimaça avant de fermer à nouveau les yeux. Lorsqu'il reprit leur danse lente, c'était avec un pas plus léger, moins forcé. Ils tournèrent ainsi jusqu'à la fin du morceau, puis le début d'une nouvelle chanson succéda à la précédente. Bientôt, ils cessèrent de se raccrocher l'un à l'autre comme deux marins naufragés et se mirent à danser pour de bon. Sous les lumières scintillantes, le sourire d'Ella devint immense.

— Tu es plutôt doué, lui dit-elle.

— Menteuse, répondit-il sans la moindre honte.

— Mais si, regarde.

Elle tendit son bras droit et Jake la fit immédiatement virevolter. Ses yeux pétillaient, plus clairs et plus joyeux, libérés du recoin sombre où ils semblaient errer jusqu'alors. Ses mains glissèrent un peu plus bas, rapprochant ses hanches des siennes, puis plus près encore, jusqu'à ce qu'elle commence à éprouver un autre besoin que celui d'apaiser Jake.

Mon compagnon, gémit sa renarde. *J'ai besoin de mon compagnon.*

Un brasier s'alluma en elle. Soudain, elle avait faim de plus qu'une simple danse, et à l'éclat de son regard, elle comprit qu'il éprouvait la même chose.

Il était grand temps d'arrêter de danser avant que sa renarde ne se fasse des idées. Mais elle n'avait aucune envie de s'arrêter. Elle voulait continuer à profiter de Jake. Alors, elle poursuivit ses mouvements les yeux fermés, enveloppée dans son parfum boisé. Elle se sentait à des années-lumière de l'armée, comme une civile normale pour une fois. Elle se sentait libre de faire tout ce qu'elle voulait. Alors, quel mal y avait-il à s'autoriser une petite danse ? Et d'ailleurs, pourquoi ne pas se toucher ? S'embrasser ?

Elle tourna lentement la tête, humant l'odeur de son cou, pivotant progressivement vers ses lèvres. Elle était vaguement consciente de sa renarde qui se rapprochait inexorablement de la surface... mais à vrai dire, cela lui était égal.

— Ella..., commença Jake.

Mais elle le fit taire. Elle était douée avec son corps, et lui avec le sien. À l'évidence, ils communiquaient mieux par les actes que par les mots.

Alors, embrasse-le, murmura sa renarde.

C'était dangereux, mais sa résistance était réduite à néant.

Embrasse-le, insista sa petite voix intérieure sans lui laisser le temps de réfléchir.

Elle se tourna encore un peu plus jusqu'à ce que ses lèvres soient juste en face des siennes. C'étaient des lèvres rebondies et brillantes, très loin d'exprimer un refus. Elle se hissa sur la pointe des pieds et, avec lenteur et prudence, laissa sa bouche se rapprocher de la sienne.

Sa renarde gémit.

C'est tellement bon.

Les mains de Jake se resserrèrent autour de sa taille et ses pouces remontèrent tout doucement, ravivant son avidité.

Elle remua les lèvres, murmurant sans un bruit : « J'en ai envie, j'en ai besoin. »

Je le mérite, approuva sa renarde.

Des sonnettes d'alarme se déclenchèrent dans son esprit, mais elle les coupa comme si elle appuyait sur un interrupteur. Oui, putain, elle le méritait.

Les lèvres de Jake s'entrouvrirent, l'invitant à entrer, et elle accentua le baiser. Elle fit courir sa langue sur la sienne, de plus en plus profondément. Le monde extérieur s'estompa et elle éprouva un vertige de délice entre ses bras. Dans son étreinte, elle se sentait perdue... mais surtout retrouvée.

Chapitre 10

Jake ferma les yeux pendant le trajet de retour, savourant encore le goût du baiser d'Ella. Pas uniquement celui sous le banian, mais aussi les deux suivants. Le premier avait eu lieu quand elle l'avait attiré à elle alors qu'ils rejoignaient la Jeep : un long baiser qui l'avait conduit à la plaquer contre la barrière blanche du musée Wo Hing, sous les lampions en papier qui diffusaient dans la pénombre une douce lueur rouge tamisée, la couleur du désir plus que de la détresse. Avant qu'il ne s'en rende compte, son cerveau s'était éteint et ses mains avaient glissé sur les fesses parfaites d'Ella.

Il avait réussi tant bien que mal à s'arrêter pour reprendre sa marche sur le trottoir, la maintenant tout contre lui. Une fois à la Jeep rose, c'était lui qui l'avait entraînée dans un autre baiser incroyable. Un baiser profond et avide qui lui avait échauffé le sang. Instinctivement, sa main s'était à nouveau glissée autour de sa taille. Ella avait pressé son corps contre le sien et gémi, lui confirmant qu'il n'était pas le seul à vouloir aller plus loin. Mais une voiture avait tout à coup klaxonné et quelqu'un avait lancé en riant :

— Fonce, mec !

Il avait regardé les feux arrière du type en fronçant les sourcils. Avec Ella, il ne voulait pas foncer. Il voulait tellement plus.

— Jolie petite *wahine*, dis donc ! avait ajouté le copain de l'abruti au volant.

— Pas petite, avait grommelé Ella. Connard. Lui, bien sûr, pas toi.

Après quoi, il leur avait été beaucoup plus facile de se sourire, puis de se séparer et monter en voiture.

Il avait donc reçu trois baisers au total, et n'importe lequel aurait pu figurer dans le livre des records à la rubrique du meilleur baiser de tous les temps. Une partie de son esprit, celle qui était en lien direct avec son entrejambe, était impatiente d'en venir à tout ce qu'Ella et lui pourraient faire, une fois de retour dans leur chambre.

La suite nuptiale, souligna son côté bad-boy avec un clin d'œil.

S'il avait pourtant appris une chose dans l'armée, c'était de savourer les bons moments tant qu'ils duraient, car on ne savait jamais quand les emmerdes pouvaient survenir.

— Jake, chuchota Ella en s'engageant sur la route principale.

Il garda les yeux fermés. Oh, non. Allait-elle lui dire qu'elle avait changé d'avis ?

Ses doigts se refermèrent doucement autour des siens et elle posa leurs deux poings serrés sur sa cuisse. Il prit une profonde inspiration pour ancrer ce moment dans son esprit. Quoi qu'elle ajoute ensuite, c'était sans importance. Seul comptait ce sentiment victorieux, aussi éphémère qu'il soit.

— C'était un super baiser, chuchota-t-elle.

Il expira en s'efforçant de ne pas sourire comme un idiot.

— Un super baiser.

Leurs doigts restèrent entrelacés jusqu'à la fin du trajet, dansant les uns avec les autres comme il aurait aimé que leurs corps dansent ensemble. Ils ne se séparèrent qu'un bref instant pour sortir de la voiture.

Jake faillit s'arrêter sur le parking, tenté par un autre baiser, mais Ella semblait vouloir rejoindre l'intimité de leur suite au plus vite ; il était assez sage pour ne pas contrarier les désirs d'une femme. Surtout pas dans un moment comme celui-là. Ils traversèrent donc le vestibule, main dans la main, jusqu'aux ascenseurs. Un coup d'œil dans le miroir lui donna le sourire. Décidément, ils ressemblaient à deux jeunes mariés.

L'ascenseur émit un tintement joyeux en amorçant son ascension, et pourtant Ella gardait résolument le silence. Elle appuya sa hanche contre lui et passa la main dans son dos, tandis qu'il posait le bras sur ses épaules. L'énergie qui crépitait entre eux s'en trouva réchauffée.

La suite nuptiale! acclama son corps lorsqu'ils eurent atteint leur étage.

Il poussa la porte et suivit Ella à l'intérieur. Le personnel était passé, leur laissant un seau de glace et une bouteille de champagne. Ella avança devant pour rejoindre le balcon tout en triturant sa chaîne en argent.

— Belle soirée, murmura-t-elle au clair de lune.

En passant devant le seau de glace, Jake y plongea la main pour essayer de se rafraîchir.

— Oui, une très belle soirée.

Ella se tenait contre la rambarde et il résista à l'envie de se glisser derrière elle pour l'étreindre. À moins que ce soit exactement ce qu'elle cherchait? Non, il risquait de passer pour un taureau en rut. Il préféra s'accouder à côté d'elle. Leurs corps étaient en contact l'un avec l'autre, sa hanche contre son flanc gauche et sa main sur la sienne tandis qu'ils contemplaient la vue en silence. Les bateaux amarrés flottaient doucement et les rayons de lune ondulaient sur la mer. Des notes de piano montaient jusqu'à eux et les vagues déferlaient sur le sable phosphorescent, le faisant scintiller. Par-dessus tout, Jake sentait le parfum d'Ella. Il regardait la brise danser dans ses cheveux. La chaleur de son corps l'atteignait, l'invitant à se rapprocher. Quand il lui passa une main dans le dos, sa poitrine se souleva dans une profonde inspiration. Soit elle s'apprêtait à le rejeter sans ménagement, soit elle appréciait cette sensation.

Elle ouvrit les lèvres pour lâcher un soupir.

Sa main s'aventura plus bas, le long de sa colonne vertébrale, jusqu'en haut de la courbe de ses fesses. Comme elle ne protestait toujours pas, il exerça un autre mouvement du doigt.

— Jake, souffla-t-elle en pressant les fesses contre ses hanches.

Sa main descendit un peu plus bas, jusqu'à son coccyx cette fois. Il ne contemplait que son dos à présent, laissant tout le reste dans le flou. Ils se trouvaient au sixième étage et la cime du palmier le plus proche oscillait dans un *hula* langoureux. Jake devait bien admettre que Maui était une île intensément sensuelle, où qu'il porte le regard. Cela dit, il n'en avait pas besoin, avec Ella qui inclinait à présent la tête, faisant tomber ses cheveux en cascade sur le côté.

Il se pencha pour l'embrasser sur la nuque, lentement et avec douceur. Ella se laissa aller contre lui, une main sur sa joue pour l'attirer à elle. Plus près, toujours plus près...

Ses lèvres explorèrent sa chair souple. Le balcon était décoré de grandes jardinières aux fleurs délicieuses, mais le parfum d'Ella était plus intense que celui de ces jolies fleurs. Plus âpre, en un sens, un peu comme une rose des sables. Il prit une vive inspiration pour s'enivrer de son parfum.

— Mmh, fit Ella en fondant à son contact.

Jake ferma les yeux, se forçant à ne pas accélérer le rythme. Il la toucha, explorant la topographie de son corps. Son ventre était ferme et musclé, ses seins souples et lisses.

— J'aime bien, chuchota-t-elle en posant une main sur la sienne pour la guider un peu plus haut.

Tous deux retinrent leur souffle lorsque ses doigts trouvèrent son mamelon, où ils décrivirent un cercle hésitant. Le renflement tendre durcit alors qu'il le caressait.

— Jake...

Ella se cambra et il ouvrit la bouche pour l'embrasser dans le cou. Elle referma les bras derrière sa tête, lui donnant plus d'accès jusqu'à ce qu'il presse les deux mains sur sa poitrine, la massant avec délicatesse.

Oui... oui...

Ella ne disait rien, mais sa respiration était haletante et il se sentit encouragé.

Dis-moi ce que tu veux et je le ferai pour toi, avait-il envie de lui dire. *Dis-moi comment faire pour que tu te sentes mieux.*

Elle lui attrapa la main droite et la guida vers le bas, passant sur son ventre jusqu'à son entrejambe. En même temps, elle changea légèrement de position contre lui et ses fesses vinrent taquiner son membre déjà rigide. Lorsqu'elle poussa sa main encore plus loin, il faillit gémir.

Touche-moi. Touche-moi là, semblait-elle lui ordonner.

La courbe de son corps guida sa main encore plus bas et il entreprit de la caresser jusqu'à ce qu'elle se trémousse sous sa main. Sa robe remonta de quelques centimètres et il éprouva l'envie folle d'en voir plus, de la toucher plus profondément, de la lécher à cet endroit précis. Ses baisers remontèrent jusqu'à son oreille, où son parfum était le plus intense.

Elle retint les soupirs et les gémissements que toute autre femme aurait murmurés, car elle n'était pas comme les autres. Elle ne montrait jamais ses émotions, aucun signe de faiblesse. Pourtant, le mouvement de son corps exprimait la sensualité et le désir. Elle pressait ses fesses contre lui et elle attrapa l'avant de sa chemise pour la sortir de son pantalon.

J'ai tellement envie de toi, criait son corps lorsqu'elle se retourna dans ses bras et l'étouffa avec un baiser profond et langoureux.

Sa poitrine se tendit, ses tétons si durs qu'il pouvait les sentir à travers le tissu de sa chemise. Alors qu'il croyait qu'elle allait enrouler ses jambes autour de lui et se laisser porter à l'intérieur, elle se détacha en reprenant son souffle.

— Jake...

Sa poitrine se gonfla et il retint sa respiration. C'était le moment. L'interruption qu'il redoutait depuis le début du trajet.

— J'en ai envie autant que toi, mais...

— Mais quoi ? demanda-t-il en lui retenant les hanches.

Si elle lui ordonnait de la lâcher, il le ferait, mais il lui faudrait un pied de biche mental.

— Je ne peux pas. On ne peut pas.

Il secoua la tête. Si elle avait dit : « Je ne veux pas », il aurait reculé en lui laissant de l'espace. Mais ses mains restaient agrippées à sa chemise et son corps pressé contre le sien, ses yeux pleins d'espoir. Le regard ne mentait jamais, surtout celui d'Ella.

— Qu'est-ce qui nous en empêche ?

Elle regarda désespérément autour d'elle comme pour évoquer une force extérieure, une pression contre laquelle résister. Mais de quoi pouvait-il bien s'agir ? Ils n'étaient plus dans l'armée. Personne ne lui reprocherait d'avoir couché avec lui. Alors, qu'est-ce qui la retenait ?

— Je suis dangereuse pour toi, dit-elle.

Il renifla avec stupeur. Le danger, il l'avait côtoyé lors des missions à l'étranger et en territoire ennemi. Le danger était tapi dans l'ombre, pas dans le cœur. Comment un sentiment aussi intense pouvait-il être autre chose que délicieux ?

— Parfois, je crois que je me sens plus vivant quand je suis en danger, murmura-t-il.

Le regard d'Ella s'assombrit un moment, puis elle afficha un petit sourire.

— Crois-moi, je comprends.

Il fit rouler ses mains sur ses épaules, résistant à l'envie de la serrer contre son torse. Il pouvait compter sur les doigts d'une main le nombre de personnes qui le comprenaient, et à l'exception d'Ella, tous étaient des hommes. Et combien de personnes comprenaient Ella comme il la comprenait ? Très peu de femmes, certainement, et encore moins d'hommes. Voilà qui les rendait parfaits l'un pour l'autre, non ?

Les palmiers s'agitaient, l'incitant à continuer.

— Tu sais quand je me sens vraiment vivant ? se risqua-t-il à dire.

Elle secoua la tête et attendit.

— Quand je suis avec toi.

Son pouls battait dans ses veines, ses sens plus affûtés que jamais. Chaque respiration nettoyait son âme, comme un pas vers l'avenir.

Ella ouvrit la bouche, mais elle déglutit.

— Je suis sérieuse, Jake. Je suis un danger pour toi. Fais-moi confiance.

C'était une autre façon de lui dire : « Ne me pose pas de questions. » Il rentra le menton, posant son front contre le sien tout en essayant de comprendre.

— Tu as un oncle éloigné mafieux qui va chercher à me faire descendre ?

Elle secoua la tête, faisant bouger sa tête du même coup.

— Non.

— Alors, qu'y a-t-il ? Tu en as envie, toi aussi, non ?

— Plus que tu ne le crois, répondit-elle dans un souffle frémissant.

Il en doutait. Ce n'était pas seulement l'envie physique qui s'était emparée de son membre, mais son cœur aussi le suppliait.

— J'aimerais pouvoir t'expliquer..., murmura-t-elle.

Mais elle n'en fit rien et il n'insista pas. Connaissant Ella, il ne ferait que la refroidir.

Approchant la tête de son oreille, il lui mordilla le lobe.

— Allez, Kitt. Tu as déjà vécu dangereusement. Tu peux continuer une nuit de plus.

Elle caressait négligemment son torse, et à la crispation de ses doigts, il la devinait aux prises avec un dilemme intérieur.

— Une nuit de plus..., chuchota-t-elle.

Il ramena ses cheveux en arrière et déposa un chemin de baisers depuis son oreille jusqu'au coin de sa bouche.

— Ce serait dommage de ne pas faire un bon usage de la suite nuptiale.

Elle attrapa son menton dans sa main.

— Et si je disais oui à une seule nuit ?

Jake ne dit pas un mot. Il sentait qu'elle s'adressait à elle-même. Toutefois, par ses caresses, il lui répondit à sa manière.

Je te promets que ce sera vraiment très bon.

— Et si on se mettait d'accord pour une partie de jambes en l'air débridée ? poursuivit-elle.

Il hocha le menton dans un geste qui était loin de traduire la fébrilité qu'il contenait difficilement.

— Si on était tous les deux d'accord pour que ça ne dure qu'une nuit ? demanda-t-elle.

Il doutait en être capable, mais qu'à cela ne tienne. Il acquiesça. Après tout, c'était une question hypothétique, non ?

Ella prit une profonde inspiration et baissa les yeux. Vers son torse ? La bosse dans son pantalon ? Essayait-elle de voir jusqu'à son cœur ? Il regrettait qu'elle en soit incapable, car alors, elle saurait combien il l'aimait.

— Promets-moi que ce ne sera que pour ce soir, insista-t-elle en agrippant sa chemise.

Il retint son souffle, hésitant à lui faire une telle promesse. Heureusement, elle enchaîna directement avec sa prochaine question.

— Promets-moi que demain est un autre jour et que nous verrons bien.

Ça, il en était capable.

— Promis.

Il avait répondu dans un grondement sourd et les yeux d'Ella étincelèrent. Ils restèrent ainsi, à se dévisager pendant dix longues secondes, avant que ses lèvres à elle ne s'entrouvrent. Comme un signal secret, il n'en fallut pas plus pour tout déclencher.

Leurs bouches s'écrasèrent l'une contre l'autre et leurs corps se mêlèrent. Ella le goûtait avec passion, explorant sa bouche pendant qu'il caressait ses fesses parfaites. C'était comme leur première nuit ensemble, autrefois. L'intensité bestiale, le désir à l'état pur. En même temps, c'était radicalement différent, parce qu'au lieu de la délester d'un treillis camouflage, il n'avait qu'à retirer sa robe légère.

— Accroche-toi, dit-il en hissant ses hanches.

Aussitôt, elle passa les jambes autour de sa taille et se laissa porter à l'intérieur. Elle ne lâcha pas sa bouche un instant, cependant, et ils se heurtèrent aux murs et au canapé à plusieurs reprises. Mais Ella tenait bon. Elle avait trop envie de lui pour se laisser décontenancer. Dès qu'ils furent dans la chambre, elle posa les pieds au sol et tira sur sa chemise.

— Retire ça, soldat.

— Oui, madame, répondit-elle, même si c'était elle qui exécutait le plus gros du travail.

Ce fut vite expédié. Elle détacha sa ceinture et son pantalon, refermant la main sur son membre.

Oh, oui, exprimèrent ses grands yeux écarquillés lorsqu'elle baissa son boxer pour le libérer.

Jake aurait pu s'étendre sur elle, juste là, sur le plancher, mais elle était encore tout habillée.

— Non, non, fit-il en lui prenant les mains avant qu'elle ne passe sa robe par-dessus sa tête. Je m'en charge.

Ella n'était pas du genre à aimer les ordres, toutefois elle accepta celui-ci sans sourciller.

— Fais-toi plaisir, McBride.

Il la retourna, plaquant son dos contre son torse devant le miroir qui courait sur toute la longueur du mur à côté du lit.

— Oh, ce n'est pas du jeu, protesta-t-elle lorsqu'il retira ses mains de son sexe.

Il n'avait pas le choix, s'il ne voulait pas céder à l'envie de déchirer cette robe avec les dents.

— Si, crois-moi, le jeu en vaut la chandelle, dit-il en désignant le miroir. Regarde.

Ella redressa le menton en signe de défi, mais le désir irradiait dans ses yeux. Dans le miroir, elle était entièrement habillée, mais pas pour longtemps. Quant à lui, il était déjà nu comme au premier jour, abrité derrière son corps, son érection impressionnante ainsi dissimulée à sa vue. Heureusement. Dans leur dos, ils pouvaient distinguer se refléter le reste de la suite ainsi que les ombres mouvantes de la nuit.

Il fit glisser ses mains de haut en bas sur son corps, la taquinant en passant bien trop rapidement sur ses seins. Ensuite, il rassembla ses cheveux dans une main afin de trouver le fermoir à l'arrière.

— Tu sais quoi? murmura-t-il tout en tâtonnant pour défaire le fichu vêtement.

— Quoi?

— C'est encore mieux de t'enlever la robe que le treillis.

Elle gloussa, tapant du pied avec impatience.

— En tout cas, c'est plus lent.

— Plus lent?

Il tira la robe sur ses épaules et la jeta sur le côté, découvrant avec stupeur qu'en dessous, elle portait un sous-vêtement en soie fine. Encore une couche?

Elle pouffa.

— Je t'avais dit que ce serait lent.

— La lenteur, ça a du bon parfois, dit-il en caressant ses tatouages.

Un jour, il l'interrogerait sur leur signification. Mais pour l'heure...

— Comment la lenteur peut bien… ? Oh ! s'écria-t-elle lorsqu'il lui toucha le téton à travers la soie.

Ses yeux devinrent vitreux dans le miroir.

— Tu vois ? C'est bien.

Son membre se pressait contre elle, confirmant son point de vue.

Cette camisole était le vêtement le plus soyeux qu'il ait jamais touché, une mer ivoire brillante et lisse, à l'exception du relief de ses mamelons. Il froissa la soie fine dans ses mains, remontant juste assez pour atteindre sa culotte et la baisser le long de ses hanches. Ella l'aida en remuant les fesses et il se garda de tout commentaire. Il ne le dirait jamais à ses camarades de Koa Point, mais ils avaient commis une grave erreur de jugement si tout ce qu'ils voyaient chez Ella était son côté garçon manqué. En dessous, il y avait une femme sensuelle avec des mouvements capables de court-circuiter le cerveau d'un homme.

Un grondement de plaisir monta dans sa gorge à cette pensée. Personne n'avait jamais soupçonné cette facette d'Ella… personne d'autre que lui.

Il se concentra à nouveau sur le miroir, soudain impatient d'en voir plus. Sa culotte avait disparu, ce qui signifiait qu'à la seconde où il retirerait la camisole…

Elle leva les bras à ce moment même et… *waouh !* Plus de camisole. En un mouvement rapide, elle s'était envolée par-dessus sa tête pour atterrir sur le sol.

Ella dégrafa son soutien-gorge et l'écarta. Jake ne put s'empêcher de l'admirer. Ses seins ronds et vigoureux, son ventre ferme, les boucles attirantes entre ses cuisses.

Avec un petit rire, elle passa les bras derrière lui.

— Ce n'est pas ton premier rodéo, cow-boy.

Non, en effet, mais ça alors ! Leur seule nuit commune s'était déroulée au fond d'une tente de ravitaillement. Pas de lumières, pas de miroir… et pas de tableaux de roses avec cette ambiance feutrée propice aux nuits de noces. Il caressa sa poitrine, passant les pouces sur ses tétons, et elle se cambra.

— On t'a déjà dit combien tu es belle ?

Il était presque certain qu'elle l'aurait frappé s'il lui avait déjà dit ça avant, mais cette fois, c'était plus fort que lui.

— Et toi, on t'a déjà dit... Oh !

Elle interrompit la réponse espiègle qu'elle s'apprêtait à lui donner et se cambra davantage lorsqu'il répéta le mouvement. Il se pencha alors pour glisser la main entre ses jambes, lui soutirant un gémissement.

Jake aurait pu passer une heure à regarder les mystères d'Ella se dévoiler un à un. Mais elle cligna des yeux et un interrupteur en lui se déclencha. Ses gestes retenus se changèrent en caresses avides, éperdues, et un instant plus tard, ils étaient tous les deux sur le sol.

— Je n'en reviens pas qu'on ait une suite tout entière et qu'on se retrouve quand même sur le tapis, gloussa Ella alors qu'il cherchait un préservatif dans le tiroir de la table de chevet.

Il déchira l'emballage avec les dents et s'agenouilla au-dessus d'elle.

— On gardera ces beaux draps de soie pour la prochaine fois.

Alors, il serait peut-être capable d'y aller doucement, mais pour l'heure, il ne pouvait pas attendre.

— La prochaine fois..., répéta-t-elle en écartant les jambes avec aisance et désinvolture, comme s'ils le faisaient tous les soirs. Ça me plaît.

Il déroula le préservatif sur son membre rigide, puis, se retenant sur les coudes, il baissa les yeux. C'était un spectacle torride de voir ses hanches se soulever, pressées d'entrer en contact avec lui.

— Belle vue, commenta Ella en orientant son membre vers son intimité.

Il releva la tête pour voir la sienne tournée sur le côté. Elle les regardait dans le miroir.

— Je ne savais pas que tu avais des petites tendances voyeuristes, Kitt.

— Il y a beaucoup de choses que tu ne sais pas sur moi, McBride.

Lorsqu'il ramena ses mains au-dessus de sa tête et les serra comme pour l'interroger, son regard étincela.

Oui, semblait-elle dire. *Je te veux. Sois brutal et rapide. Vas-y profondément.*

Il rua, la pénétrant d'un seul coup de reins.

Ella gémit et se cambra contre lui, ses ongles dans ses paumes.

— Encore. Recommence.

Il se retira jusqu'à ce que son membre ressorte, avant de revenir à l'assaut, lui arrachant un cri.

— Jake...

Son corps s'étira pour l'accueillir, mais la pression était forte, parfaitement serrée. Elle répondait à chacun de ses va-et-vient par une rapide contraction de ses muscles internes, le faisant gémir à voix haute. Il jeta lui également un coup d'œil dans le miroir, et aussi agréable qu'était le spectacle de son corps contre le sien, rien ne valait celui d'Ella qui se désagrégeait dans ses bras. Ses cheveux se déployaient autour de sa tête. Ses seins étaient deux coussins doux luisants de sueur. Sa bouche s'ouvrait et se refermait sur d'innombrables murmures que personne d'autre que lui n'entendrait jamais.

— C'est trop bon... Oh, Jake... Encore...

Il lui donnait tout ce qu'il possédait, redoublant de vigueur et ne s'arrêtant que pour remonter sa jambe sur le côté avant de revenir à la charge. Son bassin adopta un rythme régulier qui ne cessa d'augmenter jusqu'à ce qu'il se sente tomber, et dans un dernier coup de boutoir...

Jake rejeta la tête en arrière et il explosa en elle.

Ella frissonna, jouissant à son tour avec un cri qui ne sembla jamais s'éteindre, tandis qu'il fermait les yeux, savourant la douce brûlure. Enfin, son corps se détendit et elle lui caressa le dos. Il se laissa retomber sur sa poitrine, la plaquant sous son poids, incapable de bouger. Ella referma les bras et les jambes autour de lui et soupira tandis qu'il haletait contre sa peau, privé d'oxygène comme cela ne lui arrivait qu'après ses séances de jogging les plus intenses et les plus longues. Lentement, à contrecœur, ils basculèrent tous les deux sur le côté.

Merde. Il ferait mieux de se débarrasser du préservatif, mais il ne voulait pas quitter ses bras. Ella gémit lorsqu'il se précipita dans la salle de bain pour le jeter, puis elle ricana.

— Quoi ?

Il prit soin de graver la scène dans sa mémoire avant de s'allonger à nouveau sur elle. Ella, entièrement nue et visiblement comblée, les jambes toujours ouvertes, lui réservant cet espace de choix.

Il se laissa câliner pendant un moment. Il n'avait pas oublié sa tendresse. La dernière fois qu'ils avaient passé la nuit ensemble, elle avait consacré chaque seconde d'après à le serrer dans ses bras. Ce n'était pas aussi bon que le sexe, bien sûr, mais ce n'était pas si différent, un moment de délice réconfortant, comme un bouillon fortifiant pour l'âme.

Elle gloussa et murmura contre son épaule :

— Tu sais ce qu'a dit Kai ?

Il la regarda en plissant les yeux. Que venait faire Kai dans la conversation après ces ébats stupéfiants ?

— Il m'a proposé de prendre ma soirée et d'en faire bon usage.

Elle éclata de rire, ramenant sa jambe plus haut le long de ses côtes.

— Alors, on ferait mieux d'en profiter.

— Oui, madame, souffla Jake.

Chapitre 11

Ils avaient décidément bien profité de la nuit, songea Ella en se prélassant, nue sur le canapé, quelques heures plus tard. Leur corps-à-corps torride sur le tapis avait été suivi par une étreinte tendre digne d'un sultan dans le lit. Entre les draps de soie, c'était divin, surtout quand elle avait enfourché Jake pour le voir, le regard comblé et voilé, enfoncé en elle jusqu'aux bourses et les bras enfouis dans cette débauche soyeuse.

Quand ils passèrent commande au service d'étage, elle baignait dans un tel état de béatitude qu'elle faillit aller ouvrir la porte en tenue d'Ève.

— Oups.

Elle s'arrêta net pour laisser faire Jake une fois qu'il eut enfilé un peignoir. Son peignoir à elle, d'ailleurs. Quand il poussa le chariot dans le salon, elle ne put s'empêcher d'effleurer le col cotonneux.

— Je crois que tu es en train d'approfondir ton côté féminin.

Les yeux de Jake parcoururent son corps avec gourmandise. Dans son regard, il était clair qu'il voulait approfondir encore ce côté féminin.

Après tout, pourquoi pas ? C'était peut-être le cas. Les jolies robes, les talons et les paillettes, ce n'était pas son truc, mais après avoir batifolé entièrement nue avec son homme viril, elle sentait ressortir son côté femme. Qui aurait cru que la légèreté pouvait être aussi amusante ? Elle avait aussi découvert le plaisir de laisser ses cheveux détachés. Jake semblait fasciné par leur mouvement chaque fois qu'ils rebondissaient. Son regard quitta sa chevelure pour descendre sur ses épaules et sa poitrine, où il demeura pendant une minute avant de changer brusquement d'objectif.

Ce bon vieux Jake. Toujours aussi poli. Il n'avait absolument rien du macho sexiste. Sans compter qu'au lit, c'était un véritable phénomène. Bien sûr, elle le savait déjà, car ce n'était pas leur première fois ensemble. En même temps, c'était comme la première fois... et ça l'était, bel et bien, en dehors du cadre strict de l'armée et selon leurs propres conditions.

Cela ne résolvait en rien l'incompatibilité fondamentale entre les métamorphes et les humains qu'elle était de plus en plus tentée de lui expliquer, cependant elle préféra écarter ce sujet pour la nuit.

— Tu n'as pas froid ? demanda-t-il en lui caressant doucement la jambe.

Ils étaient assis chacun d'un côté du canapé, tournés l'un vers l'autre avec leurs jambes entrelacées au milieu. Jake fit un geste par-dessus son épaule en direction des portes coulissantes grandes ouvertes. Les rideaux à motifs fleuris flottaient dans la brise, comme pour dire : « Vous ne voulez pas revenir ici ? »

Elle sourit. Après le dîner, ils avaient passé une bonne heure sur le balcon, et ça n'avait pas franchement été pour admirer le panorama. Elle s'était mise à genoux pour satisfaire son intense désir de le goûter. Putain, c'était génial de l'avoir à sa merci pour une fois. Elle avait levé les yeux vers lui, de temps en temps pour le voir cramponné à la balustrade, la tête rejetée en arrière en pleine extase. Il parvenait bien mieux qu'elle à retenir ses gémissements, mais elle lui soutira tout de même quelques râles de plaisir, surtout au moment de l'orgasme.

Elle prit une autre gorgée de champagne et fit claquer ses lèvres. Oui, la soirée avait été bonne. Elle voulait bien remettre ça très bientôt.

— Froid ? Non, ça va.

Elle lui caressait la jambe avec son talon, laissant ses yeux suivre le mouvement, admirant la musculature de ses cuisses avant de se concentrer sur ses abdominaux. Dans l'armée, les hommes avaient souvent de beaux abdos, mais Jake...

Il leva la tête, la surprenant en train de le regarder, et sourit.

— Pas froid aux yeux, en tout cas, commenta-t-il, les yeux pétillant de malice.

Ella essaya de décider quelle réplique les conduirait à baiser à nouveau et décida d'ouvrir légèrement les genoux, attirant les yeux de Jake avant qu'ils ne remontent sur son visage. Elle ne s'était pas transformée en renarde depuis des jours, ce qui la rendait fougueuse et téméraire. Elle laissait même libre cours à sa Marilyn Monroe intérieure.

— Tu aimerais me réchauffer ou me rafraîchir ?

— Les deux, répondit Jake en repoussant la table basse pour s'agenouiller à côté d'elle. Allonge-toi, murmura-t-il, tendant la main derrière lui.

Elle arqua un sourcil, réticente à obéir aux ordres d'un homme.

Cela dit, il a des mains expertes et une langue encore plus talentueuse, susurra sa renarde intérieure.

Bon, elle allait peut-être lui obéir, pour cette fois. Elle se laissa glisser plus loin sur le canapé et s'étendit sans cesser de le regarder. La chair de poule se propageait sur sa peau, la faisant frémir d'envie. Ils avaient déjà comparé leurs cicatrices et s'étaient même chatouillé les orteils.

— Quelle torture as-tu en réserve pour moi ?

— De la torture, vraiment ? Ferme les yeux.

Elle réfléchit pendant une seconde, mais finit par obtempérer.

— D'accord, mais pas de menottes, McBride. Pas de bandeau sur les yeux. Pas de ligotage.

Il ricana.

— Ce n'est pas mon truc, tout ça, à moins que tu aies envie d'essayer un jour.

Un jour. Sa renarde intérieure soupira. Elle aimait se dire qu'ils avaient des années devant eux.

— Ne bouge pas, murmura Jake.

Elle renifla, humant le parfum capiteux des jacinthes dans le vase sur la table ainsi qu'une bouffée enivrante de l'odeur de Jake, entre cuir et bergamote. Il bougea quelque chose et elle entendit un cliquetis. Puis des bruits de gouttes, l'une après l'autre, tombant tout doucement sur le sol. Lorsqu'il lui toucha le ventre du plat de sa main calleuse, elle retint son souffle, dans l'attente. Son doigt audacieux décrivit un petit cercle sur sa peau, puis...

— Oh! lâcha-t-elle en se cambrant sous l'effet d'un froid soudain.

— Et moi qui te prenais pour une dure à cuire, Kitt, la taquina-t-il en reculant.

Elle faillit ouvrir les paupières... était-ce un glaçon? Mais il lui mit la main devant les yeux.

— Tu es prête ou pas?

Elle s'adossa plus confortablement dans le canapé, ordonnant à ses muscles de se détendre.

— Prête. Si tu veux y aller.

— Oh oui, je vais y aller.

Tant mieux. Maintenant qu'elle avait un aperçu de ce qu'il savait faire, elle désespérait d'en connaître plus. C'était incroyable ce qu'un glaçon contre sa peau nue pouvait faire. Bien sûr, Jake aurait même pu frotter de la vaisselle sale sur son corps et la faire hurler de plaisir tant elle était excitée.

Je veux mon compagnon, miaula sa renarde. *Maintenant.*

Plus elle goûtait à Jake, plus elle en voulait. C'était conforme à ce qu'elle avait entendu dire, que le désir allait croissant entre les compagnons prédestinés jusqu'à ce qu'ils se lient par la morsure. Même après, la pulsion sexuelle ne faiblissait jamais et demeurait un rituel merveilleux qui liait les deux âmes à vie.

Si c'était le cas, elle était fichue. Pire encore, Jake aussi.

Demain, murmura sa renarde. *On réfléchira à une solution demain. Ne gâche pas la soirée avec ces questions-là.*

Le glaçon toucha de nouveau son ventre et elle étouffa un cri.

— Tu as dit que tu n'avais pas froid, lança Jake avec une moue.

— Non, ça va, dit-elle en laissant ses jambes s'écarter de quelques centimètres.

— Alors, pourquoi cette chair de poule?

— Ce n'est pas le froid. D'ailleurs, j'ai plutôt chaud.

— Bien, murmura-t-il sur un ton empreint de péché.

Jake se déplaça et le glaçon remonta au milieu de son ventre. Elle se crispa et se cambra tandis qu'il bougeait, ravivant les quelques terminaisons nerveuses qui n'avaient pas encore vibré d'envie.

— C'est bon, chuchota-t-elle alors qu'il faisait tourner le glaçon sur sa poitrine. Oh !

Elle ne pouvait s'empêcher de se trémousser et de soupirer lorsqu'il fit le tour d'un sein, puis de l'autre. Ses tétons étaient si rigides qu'ils en étaient douloureux et elle avait très envie de se toucher. Mais ce n'était pas nécessaire, car une seconde plus tard, Jake se pencha sur elle et prit son mamelon entre ses lèvres.

Tout son corps sursauta à cette sensation… le choc du glaçon froid sur un téton, la chaleur de la bouche de Jake sur l'autre. Et puis il changea, embrassant le sein le plus éloigné tout en déplaçant le glaçon vers le côté le plus proche. Elle se trémoussait pour de bon, à présent, incapable de rester immobile sans oser bouger pour autant. Elle jeta un bras au-dessus de sa tête, gonflant sa poitrine pour lui et enfouissant l'autre main dans ses cheveux pour le rapprocher encore plus.

— Tellement bon, murmura-t-elle, les yeux clos.

— Ah oui ?

Sa voix grave se réverbéra dans sa poitrine.

Bien sûr que oui, eut-elle envie de répondre.

— Alors, que dis-tu de ça ?

Il lui écarta les genoux, lui prit la main et la guida vers le bas.

Les yeux d'Ella se rouvrirent. Il voulait qu'elle se touche ?

— Ne regarde pas, lui rappela-t-il en la surprenant.

Elle ferma les yeux, obéissant sans réfléchir, trop soumise à son charme pour résister.

— Mais toi, tu regardes.

Elle essaya de prendre un ton décontracté alors que sa grande main couvrait la sienne et l'accompagnait dans le mouvement.

— Oh, que oui. Et maintenant, chut. Respire.

Elle ne s'était même pas rendu compte qu'elle retenait sa respiration jusqu'à cet instant précis. C'était trop surréaliste. Elle n'était pas étrangère à la masturbation, surtout ces derniers mois quand elle avait pensé à lui. Mais elle ne l'avait jamais fait sous le regard de quelqu'un.

— Continue, chuchota-t-il.

Il se détacha un moment pour prendre un nouveau glaçon et reporta son attention sur sa poitrine tandis qu'elle se caressait plus énergiquement en imaginant que c'était lui. Elle passa les doigts dans ses replis où la moiteur s'accumulait. Elle enfonça alors un doigt plus profondément en elle et le fit tourner lentement.

— C'est bien, murmura Jake en embrassant sa poitrine.

Électrisant, plutôt. Elle poussait des « oh » et des « ah » à chaque effleurement des lèvres de Jake et à chaque mouvement de ses propres doigts. Elle commença à onduler comme si elle faisait du rodéo sur une selle invisible, haletant de plus en plus fort.

— Jake..., gémit-elle.

— N'arrête pas, souffla-t-elle, presque hors d'haleine.

Elle ouvrit les paupières, enfreignant les règles sans s'en soucier, et resta bouche bée. Était-ce vraiment elle, emportée vers le plaisir par ce colosse ? Était-elle vraiment en train de se toucher, avec force et en profondeur ?

Oui, gémit sa renarde, faisant écho à son extase. *Oui.*

Les restes humides d'un glaçon tremblaient entre ses seins et sa peau luisait. Elle passa à la main droite, délaissant sa jambe pour tâtonner à l'aveuglette jusqu'à entrer en contact avec le membre long et rigide de Jake. Les doigts enduits de ses propres fluides, elle se mit à le caresser.

— Viens, souffla-t-elle alors que le sang grondait dans ses oreilles.

Les muscles de Jake étaient tendus, tout comme sa voix lorsqu'il répondit :

— Juste une seconde.

C'était si bon qu'elle était tentée de se laisser aller, néanmoins elle pouvait se toucher toute seule chaque fois qu'elle en avait envie. Pour cette fois, il était hors de question qu'elle jouisse sans Jake enfoui profondément en elle.

— C'est une sacrée lune de miel, plaisanta-t-elle.

— Encore trois secondes, fit-il avec un sourire crispé.

Elle renversa la tête en arrière et redoubla de vigueur. Trois secondes, elle pouvait tenir.

— Trois... deux..., fit Jake, ponctuant le compte à rebours par des coups de dents et de langue. Un.

Il s'écarta et alla chercher un préservatif, renversant le seau à champagne dans sa hâte. Les glaçons tombèrent en cascade sur le sol, scintillant comme une rivière de diamants.

— Ah, merde.

— Ce n'est pas grave. Reviens ici, soldat.

Le canapé était au milieu du salon et elle jeta les coussins sur les côtés pour faire de la place à Jake. Une seconde plus tard, il lui monta dessus, s'immobilisant assez longtemps pour l'embrasser. Lorsqu'elle se laissa retomber en arrière avec un mouvement de tête pour l'inciter à prendre les commandes, il retrouva son sérieux. Une seconde plus tard, il la pénétrait profondément.

Ella gémit ouvertement sans prendre la peine de s'en cacher. Avec cet homme, elle se sentait vivante et belle. Elle avait l'impression de mériter quelqu'un comme lui. Alors, oui. Elle se laisserait aller aux cris de plaisir si cela pouvait lui montrer combien il lui faisait du bien.

— Oui, haleta-t-elle alors qu'il la pilonnait sans relâche.

Oui ! Sa renarde lui regardait attentivement le cou, fantasmant sur une morsure d'union.

Ella ferma les yeux. Voilà que Jake recommençait. Avec lui, elle était débridée et son côté bestial prenait le dessus. Pour la première fois, elle imaginait ce que sa mère avait dû ressentir. Le besoin instinctif de s'accoupler, cette conviction de ne pas pouvoir vivre sans l'autre qui pouvait pousser à l'imprudence une femme... et un homme consentant. Mais la mort rôdait de l'autre côté de cette frontière invisible, tout comme les ombres de la nuit qui se profilaient au-delà des lumières de leur suite.

Avec une expiration déterminée, Ella relégua ces pensées au fond de son esprit. Cette nuit leur appartenait et elle ferait en sorte qu'elle compte, quoi qu'il en coûte.

Jake se mit à genoux, souleva du canapé les hanches de la jeune femme et entreprit de lui faire l'amour. Tout le sang lui monta à la tête et elle se sentit étourdie par le désir.

— Trois… deux…, grogna-t-il, entamant un autre compte à rebours.

À « un », elle se contracta autour de lui et poussa un cri, envahie par une chaleur brûlante.

Jake rejeta la tête en arrière et montra ses dents, exactement comme l'animal qu'elle aurait voulu qu'il devienne. Tous deux frissonnèrent, et avec un gémissement, s'effondrèrent sur le canapé, où elle caressa lascivement son dos nu.

— Jake, murmura-t-elle dans l'obscurité.

Elle aurait aimé pouvoir ajouter : « Mon compagnon ».

Compagnon, fit tristement sa renarde en écho. *Mon compagnon.*

Chapitre 12

En général, le matin au réveil, Jake attendait que le soleil se lève tout en ronchonnant de ne pas avoir assez bien dormi et en pensant à la journée à venir. Pourtant, en ouvrant les yeux ce matin-là dans la suite nuptiale, il sut que ce serait différent. Le soleil illuminait déjà l'est du balcon. Il avait dormi comme un loir, pour se réveiller dans un vrai rêve devenu réalité. Une nuit avec Ella, à lui parler, la toucher, rester étendu en silence à côté d'elle tout en la regardant dans les yeux. Il avait pu profiter de sa présence et dormir en la serrant contre lui.

La douche coulait dans la salle de bain et le réveil indiquait sept heures trente. Son corps était encore chaud après la nuit qu'elle avait passée blottie contre lui et son bras était encore tendu du côté qu'elle venait de quitter. Ella avait réussi à abandonner son cocon protecteur sans le réveiller, un exploit dont elle seule était capable.

La porte de la salle de bain s'ouvrit et elle émergea dans un nuage de vapeur.

Son visage s'éclaira quand elle le vit :

— Bonjour.

Mieux encore, elle franchit les cinq pas qui la séparaient du canapé, tout sourire, et se pencha pour l'embrasser. Elle avait une serviette enroulée autour de ses cheveux et une autre autour du corps, qui tomba à la seconde où elle s'assit à côté de lui. Et ce baiser... Il était tout en douceur, maîtrisé, vibrant de paroles non exprimées.

— Bonjour, répondit-il, humant le parfum de son shampooing tout en caressant son épaule nue.

Waouh, comme ses yeux étaient brillants. Et ses joues tout autant. Radieuses, pourrait-on dire. Il était presque certain d'afficher un sourire niais tout aussi éclatant.

— On ferait mieux d'y aller, dit-elle à contrecœur, regrettant manifestement de ne pas pouvoir rester avec lui sur le canapé. Journée chargée en perspective.

— Le grand jour, fit-il comme en écho, encore tellement troublé qu'il avait du mal à trouver les mots.

La mine ensoleillée d'Ella s'assombrit et elle prit ses deux mains dans les miennes.

— Écoute, Jake. Je dois te dire quelque chose.

Il se redressa en hochant la tête. Ça semblait de mauvais augure, mais elle n'avait pas dit « Il faut qu'on parle », le code bien connu pour « C'était une soirée formidable, mais nous deux, ça ne marchera jamais ».

Elle prit une grande inspiration, mais avant de parler, elle pinça les lèvres, visiblement pas encore prête à lui dire ce qu'elle avait sur le cœur. Il lui caressa le bras, dans l'attente.

— Tu te rappelles ce que j'ai dit hier soir ? demanda-t-elle enfin.

Son esprit rebondit de « Je suis dangereuse pour toi » à « J'en ai envie plus que tu ne le penses », en passant par « Oh, Jake... encore... », sans oublier sa redoutable proposition : « Et si on se limitait à une seule nuit ? »

— Euh, quand tu as demandé qu'il n'y ait pas de menottes, pas de bandeau sur les yeux et rien pour te ligoter ?

Elle lui répondit avec un sourire et une tape sur le bras.

— Pas cette partie-là, McBride.

— Je m'en doutais un peu.

Il retint son souffle lorsqu'elle retrouva son sérieux.

— La partie sur le fait que je ne peux pas t'avoir.

Il hocha légèrement la tête, essayant de formuler une pensée convaincante. Quelque chose comme : « Je n'y crois pas. Tu sais, quand on a un pressentiment qu'on a du mal à expliquer, mais dont on sent qu'il faut en tenir compte sous peine de commettre une erreur ? Eh bien, voilà. Ça, c'est nous. On devrait être ensemble, tous les deux. On *doit* être ensemble. »

Rares étaient les couples qui connaissaient une alchimie aussi forte que celle qui existait entre Ella et lui... du moins, il n'en avait jamais rencontré. Il songea à tous les hommes qu'il avait vus mourir prématurément avant d'avoir pu faire ce qui comptait vraiment : répondre aux lettres de leur fiancée ou dire les mots qui devaient être dits. Pire encore, ces derniers mots prononcés à un camarade plutôt qu'à l'être cher. « Dis-lui que je l'aime. Dis-lui... »

Il déglutit difficilement et remua les lèvres pour exprimer toutes ces pensées. Il y avait un temps pour laisser à sa partenaire l'espace dont elle avait besoin, et un temps pour lui parler franchement et se battre pour ce en quoi il croyait.

Mais Ella prit les devants en l'attirant dans une étreinte vigoureusement, son visage enfoui contre son épaule.

— J'ai envie de te le dire, mais je ne sais pas comment m'y prendre.

Il la serra contre lui avant de s'écarter lentement pour la regarder dans les yeux.

— Alors, laisse-moi te le dire. On s'est battus pour tant de choses, toi et moi. On pourra bien se battre pour nous deux, affirma-t-il.

Ses yeux étincelaient, empreints d'espoir, mais aussi de tristesse.

— Et si ça te tuait, Jake ? Et si...

Il ne s'attendait pas vraiment à cela.

— Beaucoup de choses auraient pu me tuer, mais je suis encore là. Alors, je dois saisir ma chance.

Il prit une profonde inspiration. Le moment était venu de lui dire la seule chose qu'il n'avait encore jamais partagée avec qui que ce soit.

— Il y a un an, en mars, environ un mois après t'avoir vue...

En réalité, cela faisait précisément trente-deux jours et cinq heures qu'il l'avait vue, mais il se garda de le mentionner.

— On partait protéger un convoi quelque part près de Kamdesh. Notre Hummer devait être le deuxième. Le deuxième, tu entends ? Mais il y a eu du retard avec une autre unité et on nous a transférés en tête de ligne. Aucun problème, pas vrai ?

Alors qu'il continuait, le regard d'Ella sembla exprimer : « Oh, merde. »

— Les autres nous ont rattrapés et ont pris notre place initiale, et une heure plus tard...

Il s'interrompit pour se frotter la main sur la cuisse.

— On est tombés dans une embuscade. Notre véhicule a esquivé les mines. Mais le suivant les a touchées et a explosé en morceaux. On était censés être à leur place.

Il fronça le nez, grimaçant en entendant l'écho de la déflagration dans sa tête. Pendant une longue période, il s'était senti vide à l'intérieur, mais ensuite, Manny avait lancé la discussion. Que c'était une seconde chance pour eux et qu'il fallait la vivre à fond.

Ella lui prit la main sans dire un mot.

— Chacun a fait une véritable introspection après ça. On a essayé de trouver ce qui comptait vraiment, et en quittant le service, on s'est promis de profiter de cette seconde chance. Manny a réalisé son rêve en ouvrant un atelier de carrosserie automobile. Junger est parti faire de l'alpinisme...

Ella eut un petit rire léger. Junger avait été une force de la nature, un ours que tout le monde adorait. Jake se demandait si elle était au courant de sa mort... et si la folle théorie de Hoover était fondée.

« Quelqu'un est en train de nous éliminer, un par un. »

Il balaya sa nervosité pour continuer :

— Chalsmith a promis de se réconcilier avec son ex et de demander plus de temps pour ses enfants. Hoover a décidé de faire un reportage pour son journal local...

Il omit de préciser que son camarade était accessoirement devenu un brin paranoïaque.

— Et moi, je me suis dit que je visiterais les cinquante États.

— En commençant par Hawaï ?

— Non. Enfin, oui. Je veux dire...

Sa bouche était sèche, et lorsqu'il reprit la parole, c'était avec une voix éraillée, mais il y parvint malgré tout.

— C'est ce que je pensais. Mais en réalité, ce que je voulais vraiment, c'était te suivre...

Aussitôt, il bégaya en prenant conscience que cela ne sonnait pas comme il l'aurait voulu.

— Je veux dire, te trouver. Enfin...

Oh, merde. Il aurait mieux fait de se frapper la tête contre un mur.

Ella ouvrit la bouche :

— Tu voulais me trouver ?

— Oui, et en même temps non. Enfin, je ne voulais pas l'admettre. Je crois que j'avais peur que tu préfères l'ancien moi, celui que tu as rencontré à l'époque.

Immédiatement, elle secoua la tête et déposa un baiser sur les jointures de ses doigts.

— Tu es le même. Enfin, non. Pas exactement. Mais je crois que j'aime encore plus cette version.

Son cœur battait si fort que c'était douloureux.

Elle avait les yeux brillants. Presque humides.

— C'est pour ça que je ne veux pas te faire de mal, Jake.

— Alors, parle-moi. Dis-moi ce qui ne va pas. On va trouver une solution.

— C'est difficile à expliquer, répondit-elle, larmoyante. Difficile à comprendre aussi. Et même un peu flippant.

De quoi pouvait-il bien s'agir ? Jake serra les poings.

— La seule chose que je redoute, ce sont les regrets.

La gorge d'Ella se noua et elle dut faire un effort pour avaler sa salive. Après une grande inspiration, elle reprit la parole :

— C'est comme ça. C'est ce que nous sommes. Tu es un homme, et moi, je suis... Oh, merde.

Elle s'interrompit lorsque son téléphone se mit à sonner. Les seules personnes qui appelaient ce numéro privé étaient les hommes de son unité.

Il se détendit, donnant à Ella l'espace dont elle avait besoin alors qu'il n'avait qu'une envie, jeter le portable par la fenêtre, fermer la porte à double tour et la garder pour lui pendant le reste de la journée jusqu'à ce qu'ils aient enfin tout mis à plat. Mieux encore, pendant le reste de la semaine. Et peut-être même de leur vie.

— Allô ? fit-elle en se redressant. Ça marche. Commencer les patrouilles à huit heures.

Ella garda le silence pendant une seconde supplémentaire avant de hocher la tête.

— Compris.

L'appel n'avait pas duré longtemps, pourtant le monde extérieur s'était infiltré dans leur petite bulle privée alors qu'elle parlait. Jake pouvait le sentir se glisser sous la porte comme une brume sombre. Ses yeux s'arrêtèrent sur l'horloge, tout comme ceux d'Ella. Huit heures moins vingt.

L'éclat dans son regard disparut et elle raccrocha.

— C'était Kai. Il veut qu'on commence plus tôt aujourd'hui.

Jake se retint de froncer les sourcils. Les changements de plan étaient leur quotidien à l'armée, mais en l'occurrence, le timing de Kai n'aurait pas pu être pire.

— Bon, on va devoir y aller, soupira-t-il, regrettant de ne pas pouvoir grappiller cinq minutes de plus sur le temps qu'ils passaient ensemble juste avant cet appel.

Ella ouvrit la bouche, avant de la refermer et de hocher la tête.

— Oui, je crois bien.

Sa main se resserra autour de la sienne.

— Mais nous aurons cette discussion. Une fois que la réception sera terminée et que tout se sera calmé. Je te promets que je t'expliquerai.

Elle se pencha alors pour l'embrasser. Un long baiser mélancolique qui exprimait toutes les promesses dont il avait besoin.

Elle se leva lentement, feignant la légèreté :

— J'ai déjà pris ma douche.

Jake se força à se lever. Retour sur le terrain, soldat. Fini de traîner.

— Alors, je suis le prochain.

Et aussi simplement que ça, ils se remirent tous deux en mode professionnel. Ce qui signifiait prendre une douche rapide et efficace, à la militaire, et s'habiller. Ella enfila une robe bleue assortie à la couleur de ses yeux et lui un pantalon et un polo pour se fondre dans le décor. Comme ils étaient sous couverture, ils n'allaient pas assister à la réception, seulement garder un œil sur les environs. Silas avait prévu une sécurité supplémentaire pour la cérémonie en elle-même, mais Jake et Ella étaient là depuis suffisamment longtemps pour repérer au premier coup d'œil ce qui ne paraîtrait pas normal.

Au bout de quinze minutes, ils étaient tous les deux prêts à partir. Quand ils sortirent de la suite, leurs mains se rejoignirent par automatisme comme elles l'avaient fait toute la semaine. Sauf que cette fois, c'était différent de mille manières imperceptibles. Son pouls s'emballait avec espoir et tous ses membres picotaient au souvenir de ce qu'ils avaient fait. Sa main épousait parfaitement la sienne, dans une poigne possessive.

Dissimulant son sourire, Jake la lui serrait avec la même ferveur.

Tu es à moi.

La réception de Silas et de Cassandra devait avoir lieu dans la salle de bal du complexe hôtelier, et même si ce n'était pas avant plusieurs heures encore, il y avait déjà de l'agitation lorsque Jake et Ella arrivèrent au rez-de-chaussée. Les traiteurs déchargeaient leurs caisses, le personnel dressait les tables et les fleuristes s'affairaient pour préparer les bouquets.

— Waouh. Une sacrée réception, souffla Ella.

Jake lui embrassa la main.

— Rien ne vaudra jamais la nôtre.

Elle rayonnait, presque au premier sens du terme, et Jake lui sourit. Techniquement, ils étaient mariés, tous les deux. Ils n'avaient peut-être pas donné de réception en bonne et due forme, mais d'une certaine manière, c'était tout comme. Comme s'ils avaient fait leur cérémonie sous le banian, la veille au soir, et que la réception avait eu lieu sur leur balcon sous les myriades d'étoiles scintillantes.

Après le petit déjeuner, ils sortirent se promener, conservant les apparences du couple heureux qu'ils incarnaient : lui tourné d'un côté, un œil sur les portes du hall, et Ella de l'autre, près des allées et venues des traiteurs. Elle brandit ensuite son appareil photo et un livre sur les fleurs hawaïennes, parlant assez fort pour que tous les passants l'entendent :

— Je crois que j'aimerais essayer de nouveaux réglages avec l'appareil photo. Ça te va, chéri ?

La mention des photos était un code pour évoquer la patrouille du périmètre. Jake allait faire la même chose sous un autre angle. Ils empruntèrent donc deux chemins différents, chacun couvrant une partie du terrain. Ensuite, Ella observa l'agitation depuis son transat au bord de la piscine tandis que Jake se rendait au golf, où il loua du matériel. Un green s'étendait devant les baies vitrées de la salle de bal... l'endroit idéal pour tout surveiller. Il était incapable de jouer au golf correctement, mais le poids du club dans sa main lui plaisait. Ce serait une arme en cas de besoin. Il ne constata cependant aucune activité inhabituelle, rien qui sorte de l'ordinaire, ou du moins dans la mesure où un événement social de cette ampleur le permettait.

— Prête pour un verre, chérie ? proposa-t-il en retrouvant Ella à onze heures.

— Un verre, avec joie. Au salon de thé ?

Le salon de thé surplombait le terrain de polo et ils en avaient déjà fait leur point d'observation privilégié. Jake était assis à un angle lui offrant une vue d'ensemble imprenable sur les véhicules qui passaient dans l'allée tandis qu'Ella gardait un œil sur la plage, leur côté le plus faible. Après quoi, ils entreprirent une énième promenade tout en vérifiant le périmètre. Quand ils revinrent, main dans la main, Kai arrivait de l'autre côté. Ils ne se saluèrent pas ouvertement, mais Jake orienta subtilement Ella vers un banc, où il s'arrêta pour nouer son lacet. Kai fit semblant de s'interrompre pour passer un coup de téléphone avec le comportement de quelqu'un qui s'adresserait à un interlocuteur à l'autre bout de la ligne au lieu d'essayer de chuchoter avec une discrétion douteuse.

— Rien à signaler ?

Ella secoua légèrement la tête sans se retourner.

— Non, rien. Vous avez trouvé quelque chose sur Goode ?

Les traits de Kai se fermèrent.

— Non, mais on est sur le coup. Crois-moi, on s'en occupe.

Jake l'espérait. Peu d'hommes le mettaient aussi mal à l'aise que Goode.

— Tout a été calme hier soir ? fit Kai.

Jake garda résolument les yeux baissés sur son lacet. « Calme » n'était peut-être pas le meilleur terme, mais il n'en laissa rien paraître.

— Oui, fit Ella, impassible.

Jake se redressa et fit signe à Kai qu'il était temps de se séparer. Mais au moment où ils se croisaient, les narines de son camarade se dilatèrent et il tourna la tête.

Oh, merde. Jake sentit son cœur se nouer alors que Kai le dévisageait avec surprise.

— Mais vous avez l'air vraiment radieux ce matin, dites-moi ! Vous prenez cette histoire de voyage de noces très à cœur, on dirait, les taquina-t-il.

Jake était à deux doigts d'assommer cet homme qu'il respectait pourtant. Ella ne rougit même pas, elle ne leva même pas les yeux au ciel, et c'était tout à son honneur. Elle se contenta de sourire aimablement, continuant à jouer son rôle... même si son poing droit la démangeait. Kai avait dû s'en rendre compte, car il éclata de rire et s'éloigna.

— Comme le dirait Georgia Mae : « Eh bien, eh bien... » Profitez du reste de votre voyage de noces, les enfants. Assurez-vous juste de garder un œil sur les méchants.

Chapitre 13

Jake prit Ella par le coude et s'éloigna, l'estomac noué. Elle s'était déjà crispée et il pouvait sentir ses réticences revenir : l'inquiétude de perdre le statut d'un camarade comme les autres, d'être jugée pour sa faiblesse.

— Hé, lui chuchota-t-il. Ça ne regarde pas Kai.

Les yeux baissés, Ella se dirigea vers le hall en agitant vaguement la main.

— Je crois que je vais faire une halte dans notre chambre une seconde.

Il donna un coup de pied rageur dans la terre en la regardant partir. C'était le code pour indiquer une courte pause. Silas avait insisté pour qu'ils se reposent régulièrement afin de rester les plus alertes possibles pendant le travail. Cela dit, Ella le fuyait, c'était évident, et ça lui fendait le cœur.

Il retourna dans le vestibule et prit un journal, observant tranquillement la foule de plus en plus nombreuse dans la salle de bal. Rien ne semblait sortir de l'ordinaire.

— Monsieur le Maire. Madame Tang, lança quelqu'un.

Une nuée de vieilles dames, membres d'un organisme caritatif pour les droits des animaux, apparut au même moment, bavardant avec excitation.

— Je suis si heureuse qu'ils se marient, disait l'une d'elles.

Une autre femme renchérit, visiblement ravie :

— La première fois que je les ai vus ensemble, j'ai su.

Jake prit le temps de réfléchir. La première fois qu'il avait vu Ella, il avait su, lui aussi. Il avait éprouvé un sentiment d'éternité, d'accord parfait. Quel imbécile de l'avoir nié à l'époque. Il ne commettrait pas deux fois la même erreur.

Boone et Nina arrivèrent ensuite. Boone, dans l'un de ses rares moments costard-cravate attirait très nettement l'attention de ces dames. Quant à Nina, elle était absolument radieuse… à moins que le rose de ses joues ne soit un brin trop vif ? Boone et les vieilles dames semblèrent avoir la même réflexion, car ils prirent soin de l'installer sur une chaise, où elle s'éventa le visage.

— Ça va. Tout va bien. Aucun problème.

— Je suis sûre que les bébés sont prêts à sortir d'une minute à l'autre, chuchota l'une d'elles.

Seigneur, ce n'était pas le moment.

Le brouhaha grandit à mesure que les invités affluaient. La plupart des femmes originaires de la région portaient des robes des îles bariolées avec des fleurs blanches derrière l'oreille. D'autres étaient aussi élégantes que pour un événement sur tapis rouge à Hollywood. Quant aux hommes, ils portaient tous des costumes et des cravates impeccables. Jake scrutait chaque visage à la recherche d'une mine affectée qui manquait de naturel, qui faisait semblant de ne rien mijoter. Qui sait ? Il pouvait y avoir une femme jalouse de Cassandra pour avoir choisi le célibataire le plus en vue de Maui ou un homme du passé de Silas cherchant à se venger de quelque chose.

Cette pensée tendit tous les muscles du corps de Jake alors que les paroles de Hoover résonnaient dans son esprit.

« Je te le dis, mec, quelqu'un est en train de nous éliminer, un par un. »

Cela ne devrait pas troubler la réception de Silas, mais soudain, Jake n'en était plus si sûr. Et si on en avait vraiment après son unité… et si le coupable l'avait traqué jusqu'ici, à Maui ? Voilà qui doublait le facteur de risque de cette cérémonie publique. Il observait le flot de gens, le personnel et les invités à la recherche d'un détail révélateur, d'un signe distinctif. Mais il n'y avait rien de suspect, seulement une foule joviale et les notes d'un quatuor à cordes, quelque part. Il n'éprouvait pas cette impression d'être épié que Manny, Chalsmith ou Junger avaient dû ressentir, quelques secondes avant que leurs vies ne se terminent tragiquement. Le pressentiment qu'il avait eu, les cheveux dressés sur sa tête, avant que la voiture ne fonce vers lui. Au contraire, les palmiers le long de la plage voisine se balançaient paisiblement en lui soufflant : « Tu es à Maui, ici. Un petit coin de paradis. Détends-toi. »

Non, il ne voulait pas se détendre. Impossible. Il était en service.

Il rejoignit un meilleur point d'observation et continua à diviser mentalement la foule en sections distinctes, disséquant chacune d'entre elles à la recherche d'un quelconque signe annonciateur. Ella revint de son moment de repos, mais elle fit immédiatement un détour par la véranda, à l'avant de l'hôtel, où elle s'installa.

— Quelque chose ? murmura Kai en passant devant lui.

Jake secoua sèchement la tête. Rien. Ella l'évitait et il le regrettait amèrement, mais en ce qui concernait la réception, il n'y avait rien à signaler... pour le moment. Il avait de plus en plus de mal à conserver une vue d'ensemble. Entre la femme enceinte, les hommes tirés à quatre épingles et l'excitation du mariage, les invités semblaient fébriles et survoltés. Au moment où Silas et Cassandra arrivèrent dans une Rolls-Royce conduite par Hunter, une dizaine de journalistes attendaient déjà sur les marches, et même Jake resta bouche bée devant la scène. Si quelqu'un lui avait dit, lorsqu'il avait rencontré Silas pour la première fois, que ce commandant endurci par la fatigue et les combats était du genre à tomber éperdument amoureux comme un jeune marié avec des étoiles plein les yeux, il aurait éclaté de rire. Et pourtant, Silas était là, en smoking élégant, et il n'avait d'yeux que pour sa future épouse. Cassandra était superbe, visiblement à l'aise sous les regards scrutateurs de tous. Elle s'arrêtait pour sourire et parler aux invités qui venaient les féliciter, accordant un moment à chacun d'eux.

Une fois le couple du jour à l'intérieur de la salle de bal, Jake regarda attentivement autour de lui et s'installa sur un tabouret au bar du restaurant, d'où il pouvait tout entendre avec une vue directe à travers les portes ouvertes. Quelqu'un fit tinter sa cuillère sur un verre et les bavardages se turent.

— Bon, je pense qu'il est temps de commencer.

Silas imposa immédiatement le silence par sa voix grave de baryton.

Ella s'approcha et s'assit à côté de Jake, la tête penchée, attentive au discours.

— On m'a dit que c'était surprenant de me voir fiancé, reprit Silas. Croyez-moi quand je dis que je suis le premier surpris d'entre vous.

Jake fit un petit sourire alors que des gloussements fusaient dans l'assemblée.

— Certaines surprises... ne sont pas toujours bonnes, poursuivit Silas.

La joue de Jake tressauta lorsqu'il songea au jour de l'embuscade.

— Mais d'autres sont formidables. Vraiment. Avec ce genre-là, vous vous demandez pourquoi le destin a décidé de tant vous gâter.

Oui, Jake aussi connaissait ce sentiment. Sa rencontre avec Ella avait été exactement comme ça... et la nuit dernière, aussi. Il la regarda du coin de l'œil, mais elle gardait les yeux rivés sur les portes.

Silas continua, mais un téléphone se mit à sonner à la réception et une voiture de sport vrombit à l'extérieur, donc Jake n'en comprit que quelques bribes.

« L'amour... »

« Des devoirs qui semblent parfois écrasants... »

Ella hochait la tête comme si elle savait exactement ce que Silas voulait dire.

Un traiteur passa avec un chariot de vaisselle, leur tintement brouillant la suite du discours.

« Mais quand le destin parle, il vaut mieux l'écouter. J'ai appris que personne n'est à l'abri... »

Dans le hall, un homme se mit à parler au téléphone, et les paroles de Silas redevinrent inaudibles. Mais Hunter, qui se tenait près des portes de la salle de bal, affichait une mine émue et attendrie. Exactement comme Boone quand il embrassa Nina. Ils étaient dans la ligne de mire de Jake, sur le côté de la salle de bal, et les miroirs lui donnèrent un aperçu de Kai en train de tendre la main à Tessa.

— Le destin, chuchota Ella en regardant Jake droit dans les yeux.

Le destin, faillit-il répondre en écho. Cela existait-il seulement ?

Un moment plus tard, elle cligna des paupières et se crispa à nouveau, jouant avec le collier en argent autour de son cou.

— Mon oncle Filimore l'a bien dit, je crois..., reprit Silas.

Jake jeta un regard circulaire. Ce serait pratique d'avoir un oncle aux paroles sages, mais tant pis. De toute manière, il savait ce qu'il voulait, ce dont il avait besoin.

Ses yeux dérivèrent vers Ella. À la première occasion, il le lui dirait.

Elle chuchota :

— On dirait que tout est sous contrôle.

Ensuite, elle se leva et parla d'une voix plus forte :

— Oh ! La lumière est absolument parfaite pour ces fleurs, dehors. Je reviens tout de suite, chéri. On se retrouve tout à l'heure dans la chambre ?

C'était le signal. Il pouvait prendre sa pause. D'un ton léger, il répondit :

— Bien sûr.

Elle avait raison. Les discours allaient sûrement se poursuivre pendant un certain temps. L'heure de la vigilance viendrait plus tard, avec les allées et venues qui commenceraient au moment du repas. Il y avait deux malabars devant les portes du hall d'entrée et plusieurs autres dispersés sur le terrain : le service de sécurité supplémentaire que Silas avait engagé pour la journée. C'était le moment ou jamais.

— À plus tard, ma chérie.

Il lâcha la main d'Ella à la dernière seconde, se rappelant ce qu'elle avait dit.

« Nous aurons cette discussion. Une fois que la réception sera terminée et que tout se sera calmé. Je te promets que je t'expliquerai. »

Jake crispa la mâchoire, espérant qu'elle ne changerait pas d'avis. Il monta dans l'ascenseur et retourna dans la suite. Aussitôt, il fit la grimace. Le personnel de ménage était passé et avait effacé toutes les traces de la nuit dernière. Le lit était fait, avec des draps propres impeccablement tirés. On aurait dit que l'intimité partagée entre Ella et lui n'avait jamais existé. La table basse était de nouveau alignée avec le canapé, les coussins en place et bien bombés. Plus de seau à champagne, ni même la flaque lui rappelant le meilleur moment. Tout était étincelant et immaculé, comme s'il avait tout imaginé.

Il s'affala sur une chaise, sur le balcon, et reprit son casse-tête pour s'occuper l'esprit. S'il essayait de ne rien faire pendant dix minutes d'affilée, il allait devenir fou.

En haut. À gauche. En bas. Il poussa une rangée de cubes sur le côté et une autre colonne vers le haut, déplaçant les pièces sur le couvercle de huit carrés sur huit. Tôt ou tard, il débloquerait cette boîte et découvrirait son contenu. Si elle était vide, ça ne le dérangerait pas. Il n'aurait qu'à remodeler les pièces et tout recommencer. À moins qu'il ne se procure un autre casse-tête du même genre...

Un cliquetis se fit soudain entendre et le couvercle céda légèrement sous son pouce. Il ne s'ouvrait toujours pas, mais ce n'était pas loin. Jake se pencha sur la boîte en faisant glisser deux autres blocs. Trois coups plus tard, il avait déplacé la pièce d'ivoire de deux cases vers le bas et d'une case vers le haut sur la boîte en acajou, comme le mouvement d'un cavalier sur un échiquier. Puis il glissa une autre section vers la gauche, rapprochant du milieu le bloc en bois de santal, et...

Clic ! Le couvercle s'ouvrit sous sa main.

Il le regarda fixement pendant une longue minute, stupéfait d'avoir enfin déchiffré le code. Un peu abattu aussi, car à présent, il n'avait plus rien pour s'occuper les mains.

Jake poussa sur le couvercle pour l'ouvrir. Il était épais et lourd, abritant un mécanisme caché permettant aux blocs de bois de coulisser pour débloquer la serrure. Il n'y avait que quelques centimètres de hauteur dans la partie inférieure de la boîte, divisée en quatre compartiments. Trois d'entre eux étaient vides, mais le quatrième contenait un tissu blanc.

Il leva les yeux et faillit interpeler Ella pour lui dire de regarder.

Mais bien sûr, il n'y avait personne. Personne avec qui partager cette petite victoire.

Le tissu était une pochette lisse et souple, à l'exception d'une bosse allongée au milieu. Le rembourrage léger avait empêché l'objet qu'il renfermait de faire du bruit en se heurtant aux parois. La dame qui lui avait vendu la boîte savait-elle qu'il y avait quelque chose à l'intérieur ? Jake détacha la ficelle qui entourait le sac en tissu, espérant que ce ne serait pas une sorte d'héritage familial qui l'obligerait à retrouver la dame pour lui rendre ce qui lui revenait de droit.

— Allez, tombe, grommela-t-il en tirant une boulette de coton de la pochette.

Il la déplia alors soigneusement pour révéler son contenu.

Ce n'était pas une perle ni une bille. Plutôt un caillou oblong, mais les couleurs...

Jake retint son souffle alors qu'un rayon de soleil faisait scintiller la surface de la pierre. Certaines parties étaient roses, d'autres blanches ou encore vertes... tout un kaléidoscope de couleurs qui tourbillonnaient sur le caillou. Il pinça les lèvres et poussa un bref sifflement. Une opale, peut-être ? Quel que soit ce minéral, il était somptueux. Le bleu irradiait lorsqu'il penchait la main dans un sens, cédant la place à l'orange de l'autre côté. Orange, comme le contour des pupilles d'Ella. Il l'inclina tantôt à gauche tantôt à droite en se demandant si...

Il redressa brusquement la tête, alarmé. Ce n'était rien de particulier, mais plutôt une impression, une forme de tension viscérale. Un mauvais pressentiment du type : « Attention, soldat ! », comme il n'en avait ressenti qu'une ou deux fois dans sa carrière. Le sentiment d'un malheur imminent, d'un missile sur le point d'exploser.

Il se leva rapidement, fourrant la pierre dans sa poche, et resta parfaitement immobile en essayant de comprendre ce qui clochait. Il n'y avait rien... pas de cris, pas d'explosions, pas de moteurs suspects ni de véhicules hors de contrôle. Et pourtant, son cœur battait la chamade et son sang accélérait dans ses veines. Quelque chose ne tournait pas rond. Non, clairement pas.

Il dévala les marches de l'escalier quatre à quatre au lieu d'emprunter l'ascenseur. À la seconde où il déboula dans le hall d'entrée, un brouhaha de voix soucieuses lui parvint :

— Apportez-lui de l'eau !

— Appelez une ambulance !

— Mettez ses pieds en l'air !

Il se rua vers l'origine de l'agitation, dans la salle de bal.

— Je vous avais dit que les bébés allaient arriver, observa l'une des vieilles dames.

Boone semblait frôler la crise cardiaque. Nina était livide, mais elle tentait de rassurer tous les gens massés autour d'elle. Soudain, il comprit. Elle était en train d'accoucher. Pourtant, cet événement n'aurait pas suffi à déclencher en lui ce réflexe alarmé… Jake fit volte-face en examinant la scène.

Hunter parlait sur un ton empressé au téléphone. Silas faisait signe aux invités de revenir pour laisser à Nina l'espace dont elle avait besoin.

— Prenez la voiture ! lança quelqu'un.

— Non, appelez une ambulance !

— Honnêtement, tout va bi…, commença Nina avant de se cramponner le ventre.

— Une ambulance ! aboya Boone.

Blanc comme un linge, il se tourna vers elle pour lui demander :

— Reste calme, ma chérie.

— Je suis tellement désolée, fit-elle en serrant la main de Cassandra.

— Tu plaisantes ? répondit cette dernière. C'est une excuse parfaite pour précipiter les choses. Je suis tellement impatiente de rencontrer tes bébés. Je parie que toi aussi.

Nina afficha un immense sourire avant de haleter, pour sourire à nouveau.

Jake se rua vers les portes du vestibule. Ce n'était pas ce raffut qui lui posait problème. Bien sûr, l'accouchement de Nina était important, mais cela n'expliquait pas les alarmes dans sa tête, en mode « tous les hommes sur le pont ». Il se précipita au-dehors en regardant autour de lui.

— Où est Ella ? demanda-t-il à Kai.

Ce dernier fit un geste vague tout en vociférant au téléphone :

— L'ambulance arrive ?!

Jake s'élança sur la pelouse avec un regard fébrile, appelant Ella par la pensée. Mais enfin, où était-elle ? Que se passait-il ?

Soudain, un éclat rouge fusa dans l'allée avant de disparaître. Tout d'abord, il se dit que ce devait être Boone qui conduisait Nina à l'hôpital au volant de la Ferrari. Mais c'était impossible, puisqu'il venait juste de le voir dans la salle de bal...

Il se retourna et courut jusqu'à Toby, qui avait retrouvé son poste de voiturier. Il s'avança avec un immense sourire.

— Vous devez être content, commença-t-il.

Pas vraiment, non. Nina recevait toute l'aide dont elle avait besoin, mais où était Ella ?

— Un voyage de noces et une nouvelle propriété, ici même à Maui, lui dit Toby en hochant joyeusement la tête. Eh bien, on peut dire que certains ont de la chance.

— Non, la propriété n'est pas à moi.

Il se demanda comment Toby savait qu'Ella, Kai et Hunter avaient hérité du domaine de leur mère adoptive, néanmoins il passa devant lui sans s'arrêter. Cela n'avait aucune importance pour le moment.

— De toute façon, ma femme est en train de vendre.

Ma femme.

Jake s'étonna de la sincérité avec laquelle il avait prononcé ce mot.

Toby parut perplexe :

— Il l'achète, vous voulez dire. Il me semble que c'est ce qu'il a dit.

— Elle vend, grommela Jake en regardant autour de lui.

Il, elle... Apparemment, Toby ne savait plus ce qu'il disait. Putain, mais le gamin ne voyait pas qu'il n'avait aucune envie de discuter ?

Il s'éloignait déjà quand les mots de Toby l'arrêtèrent net :

— Au fait, votre femme va mieux ?

Jake pivota.

— Comment ça ?

— Eh bien, quand elle s'est évanouie..., répondit Toby d'un air évasif.

— Quand elle *quoi* ?

Toby fit un geste par-dessus son épaule.

— Il y a quelques minutes. Elle est tombée, comme ça ! Heureusement que ce type était avec elle.

L'esprit de Jake tournait à plein régime. Ella ne s'était pas évanouie. Ella n'avait même pas émis le moindre bâillement. Elle n'avait montré aucun signe de faiblesse. Ce gamin tête en l'air avait forcément confondu Ella avec Nina, qui commençait à accoucher.

— Elle va bien. L'ambulance arrive pour l'emmener en salle de travail.

Toby secoua la tête.

— Non, je ne parle pas de Mme Miller. Votre femme. Elle s'est évanouie, juste là, dit-il en tendant le doigt vers un bosquet en bordure de pelouse.

Le cœur de Jake s'emballa.

— Où est-elle maintenant ?

Toby fit un signe en direction du parking.

— Quelqu'un l'a aidée à se mettre à l'ombre.

— Quelqu'un ? demanda-t-il, à deux doigts de s'élancer à toutes jambes vers le parking.

Toby voulait-il parler de Boone ? De Kai ? Ou de Hunter, peut-être ?

— Le monsieur costaud ?

Toby acquiesça.

— Oui, le costaud. Avec le SUV rouge.

Jake demeura interdit. Hunter conduisait généralement une Land Rover.

— Un grand barbu brun ?

Toby le dévisagea. Bon Dieu, autant jouer aux devinettes avec un écureuil.

— Non, il n'avait pas de barbe. L'autre homme. L'agent immobilier.

Ce que disait Toby n'avait absolument aucun sens.

— Quel agent immobilier ?

— Le type immense au crâne rasé.

Jake s'apprêtait à lui répondre que l'agent immobilier ne ressemblait pas du tout à cette description quand il comprit, tout à coup. Son sang ne fit qu'un tour.

Un SUV rouge qui quittait l'hôtel. Un grand costaud au crâne rasé.

Son estomac se noua. Gideon Goode?

Il se rua vers le parking, suivi par Toby.

— Qu'est-ce qui ne va pas?

Rien n'allait, absolument rien. Primo, Ella ne s'était pas évanouie. Secundo, Gideon Goode n'avait rien à faire sur les lieux et il n'était pas agent immobilier. Et tertio...

Jake s'arrêta au beau milieu du parking, se tournant dans toutes les directions.

— Où ça, à l'ombre?

Toby le rattrapa, à bout de souffle, et tendit le doigt.

— Là-bas.

Là-bas, il y avait un palmier penché et personne en vue. Jake se précipita pour examiner les ornières sur le sol. C'était la trace d'un véhicule lourd, avec une chape dentelée et entre-croisée. Quelque chose scintilla sous son pied et il s'accroupit dans la terre pour le ramasser.

— Qu'est-ce que c'est? demanda Toby.

Les doigts tremblants de Jake passèrent sur la chaîne. C'était un simple collier en argent. Le collier d'Ella.

L'instant d'après, il courait vers la Jeep rose et glissait la main sous le tapis pour trouver la clé. Une seconde plus tard, le moteur tournait et il sortit en trombe du parking. Les pneus crissèrent, attirant des regards désapprobateurs, mais il les ig-nora. Les portes du domaine étaient ouvertes et une ambu-lance arrivait en sens inverse. Jake s'écarta tout en cherchant le téléphone dans sa poche. Quelques instants plus tard, il s'engageait sur l'autoroute et accélérait tout en composant un numéro.

— Allez, murmura-t-il en espérant que Kai décrocherait. Allez...

Chapitre 14

Ella prit une grande inspiration et donna un coup de pied dans l'obscurité. Mais sa jambe bougeait à peine et tout lui paraissait brumeux. Pire encore, tout était noir, comme si une couverture était jetée sur elle. Ses épaules lui faisaient souffrir le martyre. La bile lui remontait dans la bouche et elle avait le tournis. Que se passait-il ? Que faisait-elle allongée ?

Elle essaya de se toucher le visage, cependant ses mains étaient bloquées dans son dos. C'est alors qu'un ricanement grave et rocailleux retentit, ni vraiment proche ni très lointain. Elle avait du mal à évaluer les distances.

— Ça va durer combien de temps ? fit une voix bourrue qu'elle ne reconnaissait pas.

— Tout dépend de la métamorphe. Mais comme ce n'est qu'une petite renarde, ça pourrait durer encore quelques minutes, répondit une voix encore plus grave.

Hé ! voulait-elle protester. *Je ne suis pas petite.*

Mais elle était incapable de parler et elle pouvait à peine bouger. Les mains attachées dans le dos, elle ne pouvait que se trémousser faiblement. Ce mouvement raviva la nausée et elle finit par abandonner, roulant mollement sur le côté. Elle risquait de vomir, mais au moins, elle ne s'étoufferait pas.

— Tu es sûr que c'est une renarde ? fit l'autre homme.

Le rire grave s'éleva à nouveau.

— Fais-moi confiance. J'ai le meilleur flair du monde des métamorphes.

— Oh, je crois qu'elle revient à elle.

Mais de quoi parlaient-ils ? Tout ce dont Ella se souvenait, c'était sa dernière patrouille sur le domaine de l'hôtel.

Le discours de Silas à propos d'amour et de destin l'avait profondément bouleversée, faisant remonter à la surface toutes ses émotions en même temps. Elle s'était donc précipitée à l'extérieur pour s'éloigner des couples heureux rassemblés pour fêter quelque chose qu'elle ne pourrait jamais avoir.

Jake. Elle avait envie de murmurer son prénom, de lui prendre la main et de le regarder dans les yeux. De tout lui expliquer. Ce matin-là, elle était prête à chercher un moyen de faire fonctionner leur relation. Mais ensuite, Kai avait appelé pour prendre des nouvelles de la journée, et peu à peu, la folie de son fantasme était devenue claire à ses yeux. Si elle aimait vraiment Jake, elle devait le laisser partir. Elle avait envie de faire appel à lui en ce moment même, une raison supplémentaire d'en rester là. Il la rendait faible. Avec lui, elle manquait de concentration et de professionnalisme.

Des bribes informes de souvenirs défilaient dans son esprit, mêlées les unes aux autres. Une mauvaise odeur. Un sourire machiavélique. Des bruits de pas...

Son corps se figea alors qu'un visage émergeait du brouillard de son esprit. Gideon Goode, le métamorphe qui était venu visiter la propriété de Pu'u Pu'eo. Celui qui devait entretenir des relations d'affaires avec Silas. Son ami avait-il mal jugé ses alliés ou s'était-elle trompée dans sa compréhension de la situation ?

Il était sorti de son SUV sur le parking du Kapa'akea Resort, vêtu d'un costume sur mesure adapté à son gabarit imposant. Elle s'était empressée d'aller vérifier son invitation et... oh, non, elle était tombée dans un piège.

— Mademoiselle Kitt. Quelle surprise de vous voir ici, lui avait-il dit sur un ton mielleux.

— Monsieur Goode. Votre invitation, s'il vous plaît.

Elle lui avait même tendu la main, s'attendant à contrecœur à ce qu'il soit parfaitement en règle. Mais Goode avait alors sorti un mouchoir de sa poche. Ce n'était pas une invitation. Se couvrant la bouche comme pour éternuer, il avait fait un geste par-dessus son épaule et...

Elle grimaça en se remémorant ce qui avait suivi. Elle avait agi comme une amatrice. Elle s'était retournée pour voir ce qu'il indiquait... juste à temps pour entendre des pas précipités et le sifflement d'un spray. Une odeur de brûlé lui était montée aux narines et le monde s'était mis à tournoyer. Ses genoux s'étaient dérobés. Elle n'avait même pas vu l'homme qui s'était faufilé derrière elle, ne se rappelant que la bouffée nauséabonde. Et puis, elle était tombée... tombée...

— Je t'ai bien eue, ma belle, avait alors ricané Goode.

Il l'avait soulevée ensuite comme une poupée de chiffon.

— Je t'ai eue, murmurait-il encore à présent.

Une sensation chaude contre sa jambe la fit reculer d'un bond. Puis le véhicule roula sur une bosse et elle rebondit sur le siège.

Merde. Goode l'emmenait quelque part. Ce n'était pas un bon scénario, même si, au moins, ses amis n'étaient pas en danger pour le moment. En revanche, elle était dans les emmerdes jusqu'au cou.

Le poids revint contre sa jambe... une main large et calleuse. Elle tressaillit lorsqu'il la caressa. La voiture fit une embardée et Goode s'esclaffa, un rire qui lui donna la chair de poule tout autant que le contact de sa main.

— Une bien jolie petite renarde. C'est un bonus inattendu pour ce voyage, n'est-ce pas, Burman ?

Elle se ressaisit, s'efforçant d'ouvrir les yeux. Mais à la seconde où elle y parvint, une autre vague nauséeuse l'assaillit et elle les ferma à nouveau.

— Qu'est-ce que la patronne va dire ? fit la seconde voix plus nasillarde, sans doute celle du dénommé Burman.

Goode frappa du poing sur le tableau de bord en rugissant :

— Moira n'est pas ma patronne, compris ?

Ella tourna la tête. Moira ?

— Désolé, murmura le complice de Goode. Mais Moira voulait qu'on élimine la femme enceinte, non ?

Les yeux d'Ella s'ouvrirent en grand. *Non, pas Nina. Pitié, pas Nina...*

— Impossible d'approcher cette salope, grogna Goode. Ce que Moira voulait, c'était envoyer un message clair aux métamorphes du coin. On vient de le faire. En attendant, je réponds à mes propres besoins. Tout le monde y gagne, tu comprends ?

— Oui, oui, j'ai compris, s'empressa d'acquiescer le second. Alors, Moira a la renarde...

— Non, j'ai la renarde, l'interrompit Goode. Elle s'intègre parfaitement à mes plans. Moira obtiendra ce qu'elle a demandé, et rien de plus.

L'esprit d'Ella tournait à plein régime. Alors, les craintes de Silas étaient fondées. Une fois de plus, Moira prenait pour cible les métamorphes de Koa Point. Elle n'avait pas osé lancer une attaque sur le domaine, mais à l'évidence, elle avait suffisamment d'argent pour engager Goode, un homme plein de rancœur...

— Et comment tu vas faire pour la sortir de l'île ? demanda Burman au bout d'une minute.

Ella tendit l'oreille en retenant son souffle.

Goode grommela :

— Je ne t'ai rien appris, ou quoi ? Ce n'est qu'un petit changement de plan. Tout ce dont j'ai besoin, c'est un jet privé. Nous rentrerons largement dans nos frais une fois que je l'aurai mise à la disposition de mes clients. Mais chaque chose en son temps.

Ella tressaillit lorsque sa main se posa à nouveau sur sa jambe, cette fois au-dessus de son genou.

— Utilisons d'abord notre appât pour attirer McBride et le supprimer. Ensuite, on passera à la prochaine cible. Et la suivante, puis la suivante, jusqu'à ce que l'unité tout entière ait eu ce qu'elle méritait.

Elle se figea à ces mots. Jake ? Que voulait-il à Jake ?

— Comme Hoover ? gronda Burman. On peut l'éliminer à tout moment, celui-là. Aucun problème.

Goode lui donna une tape affectueuse sur la hanche avant de la laisser tranquille.

— Ça leur apprendra à foutre en l'air ma livraison. Ils vont me le payer. Dès qu'on aura supprimé cette unité, on pourra reprendre le business. Avec un nouvel atout, et non des moindres.

On avait souvent décrit Ella comme un atout tactique. Mais l'intonation de Goode laissait entendre quelque chose de complètement différent. Quelque chose qui la rendait malade.

Elle se força à ouvrir les paupières. Au début, tout était flou. Puis deux formes arrondies et un rayon de lumière se précisèrent : les sièges avant du SUV. On l'avait jetée sur la banquette arrière. En baissant les yeux, elle aperçut une épaisse corde enroulée autour de ses chevilles. Sa robe était retroussée et elle sursauta, bougeant instinctivement les mains pour tirer sur l'ourlet. Mais ses poignets étaient liés dans son dos et le mouvement ne fit qu'accentuer la douleur dans ses épaules.

Putain. Comment avait-elle pu se laisser avoir aussi facilement ?

Elle prit le temps d'y réfléchir et s'en voulut cruellement d'avoir baissé sa garde. Le discours de Silas l'avait touchée en plein cœur et elle n'avait pensé qu'à Jake.

Il est temps de songer à ta survie, maintenant, s'intima-t-elle.

Mais, putain, elle ne pouvait s'empêcher de penser à lui. L'attirance exercée par son compagnon était trop puissante, trop dévorante...

Concentre-toi, Kitt ! aboya-t-elle.

Un téléphone sonna et l'homme sur le siège passager décrocha :

— Allô ? Oui, tout est prêt.

Il consulta sa montre.

— Arrivée estimée dans trente minutes environ.

Ella se tordait les poignets, mais c'était inutile. Celui qui lui avait fait ces nœuds connaissait son affaire. Ses mouvements ne faisaient qu'exacerber le frottement de la corde sur sa peau. Ce serait inutile de se transformer en renarde, pas avec les bras coincés dans son dos. Elle se disloquerait les deux épaules si elle essayait. La guérison des métamorphes était rapide, mais pas instantanée, ce qui la rendrait encore plus impuissante que maintenant.

Elle grinça des dents. L'impuissance ne faisait pas partie de son vocabulaire, en temps normal. Elle n'était pas une victime. Elle était une combattante, pour l'amour du ciel.

Alors, réfléchis, s'ordonna-t-elle. *Et réfléchis vite.*

Elle se trémoussa sur la banquette en essayant de déterminer la direction que prenait la voiture et de calculer le temps pendant lequel elle était restée inconsciente. Un coup d'œil entre les sièges avant lui révéla l'horloge du tableau de bord : 15h18. Elle n'avait donc pas perdu connaissance depuis très longtemps. Ils roulaient rapidement, vraisemblablement sur l'autoroute. Le soleil apparaissait par intermittence entre les arbres, créant un effet stroboscopique qui ravivait sa nausée.

Armes. Moyens de communication. Munitions ?

Elle exécuta une rapide vérification mentale de ce dont elle disposait. À peu près rien du tout. Elle avait laissé tomber son téléphone quelque part et la seule arme que lui avait autorisée son personnage de jeune mariée en voyage de noces, c'était le couteau attaché à sa cuisse. Elle roula lentement sur la gauche jusqu'à sentir la pression du manche contre sa cuisse. Au moins, elle l'avait encore. Restait à savoir comment s'en emparer.

Goode ajusta le rétroviseur pour la regarder. Elle détourna les yeux, mais il était trop tard.

— Ah. Mademoiselle Kitt. Quel plaisir de vous revoir.

— Parle pour toi, connard.

Il sourit.

— Je suis désolé de t'avoir éloignée de cette merveilleuse cérémonie. Rien de plus beau qu'un couple de métamorphes qui trouve l'amour éternel.

Sa voix dégoulinait de sarcasme.

L'homme sur le siège passager ricana et Ella eut envie de les frapper tous les deux. L'amour n'avait rien de méprisable. C'était un trésor, comme Georgia Mae l'avait toujours dit.

— Qu'est-ce que tu veux ?

— Beaucoup de choses, répondit Goode en riant. Mais c'est une longue histoire. Peut-être que je te la raconterai après.

Elle plissa les yeux, regrettant de ne pas pouvoir lire dans ses pensées. Et après quoi ?

Goode remit le rétroviseur en place, orienté vers la route derrière lui, et Burman pivota sur son siège pour regarder par la fenêtre arrière.

— Aucun signe de lui pour le moment.

L'estomac d'Ella se noua. Aucun signe de qui ? De Jake ? Mais pourquoi ?

— Tu devrais peut-être ralentir un peu, marmonna Burman.

Ils voulaient être suivis ? Mais enfin, quelle drôle d'idée !

Ella ferma les yeux, cherchant à entrer en communication avec ses amis métamorphes.

Boone. Kai.

Pas de réponse.

Silas ! Hunter ?

L'un après l'autre, elle essaya de les joindre.

Cruz... Tessa... Dawn ? N'importe qui !

En temps normal, il lui fallait un certain temps pour établir le genre de connexion mentale nécessaire pour introduire ses pensées dans l'esprit de ses amis. Mais elle était toujours étourdie et il se passait quelque chose. C'était le chaos. Apparemment, Kai, Hunter et les autres se donnaient mutuellement des ordres. Oh, merde. Y avait-il eu une attaque ?

— On n'aurait pas pu rêver d'une meilleure diversion ! s'esclaffa Burman.

Goode hocha la tête.

— Ni d'une meilleure garantie.

Il jeta un coup d'œil vers Ella derrière lui.

— J'ai un homme supplémentaire qui se tient prêt. Au moindre problème avec toi, les bébés meurent.

Elle se figea. Les bébés de Nina ?

— Comment peut-on être si monstrueux ?

Goode se contenta de rire en levant les mains au ciel.

— Tu sais ce que c'est. La vie n'est pas juste. Ça va, ça vient.

Elle en resta bouche bée. Putain, on parlait de nourrissons, là !

— Si tu les touches...

— Si ce n'est pas nécessaire, je ne ferai rien. C'est compris ?

Elle était tentée de le croire. Personne n'arriverait à franchir Boone, Hunter et les autres pour présenter une réelle menace envers ces bébés. Mais, enfin, elle n'était pas prête à jouer avec des vies innocentes.

Parfaitement immobile, elle ferma les yeux et essaya à nouveau de joindre ses amis. La nausée diminuait, cependant le chaos qui régnait de leur côté continuait, rendant impossible tout appel à l'aide. De toute manière, elle avait horreur de ça. Elle n'aimait pas appeler la cavalerie. En temps normal, c'était elle, la cavalerie.

Sauf en ce moment. C'était elle qui se retrouvait ligotée comme un rôti au lieu de s'apprêter à voler à la rescousse d'une victime avec ses armes.

Jake, chuchota sa renarde.

Elle ferma les yeux et se remémora son visage, s'efforçant d'entrer dans sa tête. Mais les humains n'étaient pas formés à l'art d'ouvrir leur esprit aux pensées des autres et elle ne ressentait qu'une brume d'anxiété et d'inquiétude.

Seigneur, que pouvait-elle faire? Elle avait besoin d'aide, mais Jake ne pouvait pas affronter deux métamorphes. En tant qu'humain, il n'avait aucune chance.

Goode se retourna pour regarder derrière lui, puis baissa les yeux vers Ella. Il la déshabilla des yeux en souriant. Un sourire, comme s'il s'attendait à ce qu'elle le lui rende. Quand il tendit la main, elle recula en se tordant, mais elle n'avait nulle part où aller. Tout ce qu'elle pouvait faire, c'était serrer résolument les cuisses pendant que Goode faisait glisser un doigt depuis sa hanche jusqu'à son genou. Il ramena ensuite son index sous son nez et renifla profondément avant de se renfrogner.

— McBride, grogna-t-il, mécontent.

Ella serra les dents. Bien sûr, un métamorphe était capable de sentir l'odeur de Jake qui s'attardait encore sur son corps. Même une douche ne pouvait pas l'effacer entièrement après tout ce qu'ils avaient fait.

— Je te l'avais dit, lança Burman en riant.

— Il en a, de la chance, répondit Goode. Il a dû passer une sacrée nuit. Enfin, ce doit être la tradition d'accorder à un condamné une dernière requête.

Ella se débattit contre le dossier du siège de Goode.

— Laissez-le tranquille !

— Tu crois que j'ai fait tout ce chemin jusqu'à Maui rien que pour dire bonjour et repartir ? fit Goode avec un ricanement. Je suis venu pour lui trancher la gorge, et crois-moi, je vais le faire. Un homme qui se mêle des affaires d'un autre et qui les fait capoter... Et je parle de plusieurs millions de dollars... Ce genre de type n'a pas le droit de s'en tirer.

Le cœur d'Ella battait follement. Jake était un bon soldat. Quelqu'un de bien. Mais Goode... Putain, cet homme était fou.

Goode vérifia sa montre et fit signe à Burman.

— Trouve-moi ce jet. Il doit être prêt pour dix-huit heures. Dix-neuf, maximum.

— Ça risque d'être difficile à organiser en si peu de temps, objecta Burman.

— Fais-le ! rugit Goode en virant au cramoisi.

Ce type perdait vite son sang-froid.

— Quand tu auras fini, appelle Norris. Je veux lui annoncer la bonne nouvelle, reprit Goode en souriant dans un brusque revirement d'humeur.

Lorsqu'il la regarda à nouveau, elle en eut la chair de poule. Ce type avait perdu la tête.

— Oh, je ne vais pas te tuer, ma belle, dit-il en faisant une interprétation erronée de son expression. Tu as beaucoup plus de valeur vivante. Mais cet humain ne vaut rien. D'ailleurs, il m'a coûté cinq millions de dollars. Et comme je doute que ce bouseux ait autant d'argent sur son compte en banque, il le paiera de sa vie, comme tous les autres.

— Sauf Hoover, observa son acolyte. Et les quatre autres...

— On s'en fiche, de Hoover ! explosa Goode, faisant sursauter Burman.

Une seconde plus tard, le premier redressa son col et reprit sur un ton plus mesuré.

— Je ne le tuerai peut-être même pas. Je n'aurais pas fait mieux que lui, même si j'avais payé quelqu'un pour ça. C'est presque amusant de le voir rendre tout le monde parano.

Ella déglutit. Goode offrait un terrible spectacle. Cet homme était fou.

Le SUV ralentit au feu de signalisation suivant et s'arrêta à côté d'un camion. Ella leva les yeux, cherchant à transmettre des signaux de désespoir par son regard. Mais les vitres du véhicule de Goode étaient teintées et personne ne pouvait la voir. Tant mieux. Quel bien cela ferait-il d'entraîner un être humain dans cette histoire ?

Son estomac se noua douloureusement. Jake aussi était un être humain.

Le véhicule accéléra et elle écouta Burman marmonner dans son téléphone :

— Quatre places, ce serait parfait. Pour sept heures du soir. Oui, Houston.

Il couvrit l'écouteur avec sa main et regarda Goode.

— Escale à Los Angeles ?

Goode secoua la tête, la mine redoutable.

— Trouve mieux que ça, Burman.

Ce dernier s'empressa de reprendre :

— Le patron demande un vol direct. Allez-y.

Il écouta en silence pendant un moment, puis il hocha la tête.

— Bien. Et prévenez notre fournisseur que nous amenons un nouvel atout qui rejoindra les autres filles.

La mâchoire d'Ella se décrocha. Ces deux timbrés étaient-ils à la tête d'une sorte de trafic sexuel ?

Goode la regarda avec un nouveau sourire sinistre.

— J'imagine déjà ce qu'ils paieront pour toi.

Ella donna un coup de pied dans son siège et montra les dents. S'ils pensaient la vendre comme esclave sexuelle, ils se fourraient le doigt dans l'œil. Ils feraient mieux de se préparer à se faire arracher les bourses.

Goode se contenta de rire.

— Une métamorphe fougueuse. Une renarde, rien que ça.

Elle le fusilla du regard, mais Goode poursuivit :

— Ce regard est parfait. Continue. Mes clients aiment les femmes qui résistent. Ils se sentent plus victorieux quand ils obtiennent ce qu'ils veulent.

Ses yeux étincelaient avec excitation, comme s'il imaginait la scène. Pire encore, comme s'il s'y voyait lui-même.

Ella recula. Elle était capable de se battre, cela ne faisait aucun doute, cependant Goode l'avait prise au dépourvu et s'il la gardait attachée, elle ne pourrait pas faire grand-chose. Son esprit cherchait éperdument un moyen de s'échapper. Il allait bien devoir la faire sortir du SUV à un moment donné, et si elle était rapide...

Ce n'est pas suffisant de s'échapper, l'interrompit sa renarde. *Je veux me venger.*

Évidemment. Dès la seconde où Ella se libérerait, d'une manière ou d'une autre, elle s'en prendrait à Goode, toutes griffes dehors. Il avait peut-être un avantage de taille en tant qu'humain et métamorphe, mais elle ne manquait pas d'astuces pour contourner cela.

Elle prit une profonde inspiration. En réalité, ses chances seraient brèves et elle devrait agir vite. Elle envisagea une dizaine de scénarios différents, dont la plupart impliquaient son couteau. Elle s'imaginait le tirer de son fourreau et le plonger profondément dans le cœur de Goode avant de le tordre pour s'assurer qu'il se vide de son sang assez rapidement, entravant ses pouvoirs de guérison. Ensuite, elle devrait se transformer en renarde pour attaquer le second homme. Cela faisait beaucoup de suppositions, mais que pouvait-elle faire d'autre ?

Elle fit basculer ses pieds sur le sol et banda ses abdominaux pour faire l'effort de se redresser sur la banquette arrière.

Goode désigna le paysage d'un mouvement de tête.

— Jolie vue, pas vrai ?

Ses paupières frémirent alors qu'elle essayait de se repérer. Ils passaient non loin de l'aéroport et continuaient sur la route 350... la route de Hana. Presque aussitôt, elle se rétrécissait, épousant les contours du littoral spectaculaire. Le chemin de sa maison.

Ella se renfrogna. Sa maison. C'était déjà assez difficile de voir Goode mettre le pied sur sa propriété, alors qu'il l'y ramène comme un trophée, c'était insoutenable.

— Bienvenue chez toi, petite renarde, dit Goode au même moment, confirmant ses craintes. Cette propriété merdique est le cadre parfait pour ce que j'ai en tête.

Elle resta bouche bée. Pourquoi l'emmenait-il à Pu'u Pu'eo ? Cette bâtisse hors des sentiers battus serait l'endroit idéal pour garder un otage caché pendant une semaine ou deux, mais Goode avait parlé d'un avion. Que préparait-il ?

Jake, gémit sa renarde. *Il veut tuer Jake là-bas.*

Son sang se glaça. Tous les facteurs qui faisaient de cette maison le repaire idéal des métamorphes : son emplacement éloigné, l'épaisse forêt et l'absence de voisins. Cela en faisait également l'endroit parfait pour un combat de métamorphes. Aucun humain ne les surprendrait là-bas.

Kai ! Hunter ! appela-t-elle par la pensée. Elle réduisit la situation à sa plus simple expression, essayant de la leur communiquer au moyen d'images de la propriété où ils avaient tous grandi. Tôt ou tard, ses amis s'en rendraient compte, et...

Plus tard, il sera peut-être trop tard ! aboya sa renarde.

— On y est presque..., annonça Goode en prenant un virage serré.

Dans cette position, elle avait l'impression d'être un sac de pommes de terre, et c'était encore plus terriblement douloureux avec les bras attachés dans le dos. Chaque fois que Goode virait à gauche, elle se cognait contre la portière de droite avec une vive douleur à l'épaule. Lorsqu'il tournait à droite, elle menaçait de basculer de l'autre côté.

Elle se retourna pour regarder autour d'elle. Le coffre était vide à l'exception de deux sacs de voyage. Pas d'outils de torture, pas d'armes automatiques. Goode semblait prêt pour un départ rapide.

« Après », avait-il dit.

Par exemple, après la mort de Jake. Elle en était sûre, maintenant.

Ça n'arrivera pas, jura sa renarde intérieure.

La voiture tourna encore à plusieurs reprises, chaque virage aussi familier que sa propre poche. Il y avait Peahi, où quelques dizaines de surfeurs attendaient la vague parfaite au large. Sur la droite, une végétation dense recouvrait les collines, formant une épaisse barrière. Elle avait souvent exploré ce coin de forêt tropicale dans son enfance. Ils passèrent devant une chute d'eau divisée en deux, où un bus touristique était arrêté tandis que les passagers prenaient des photos. Lorsque le SUV ralentit et quitta la route goudronnée, ses alarmes intérieures retentirent encore plus fort. Les engrenages gémirent et le châssis grinça quand Goode passa le SUV en quatre roues motrices et aborda la côte. Alors, il la ramenait vraiment à la maison.

Nous serons chez nous, grogna sa renarde. *Il faut tourner ça à notre avantage.*

Bien sûr, si elle pouvait se déplacer. Elle tordit ses poignets un peu plus fort, ignorant la douleur brûlante.

— Tu sais ce qui serait une forme poétique de justice ? ricana Burman. Que tu achètes cet endroit.

Goode répondit en riant :

— Non, les cabanes délabrées, ce n'est pas mon truc. Ça ne vaut même pas la moitié du prix qu'ils en demandent.

Ella tirait éperdument sur ses liens en se jurant de les étrangler tous les deux. C'était ridicule de se laisser atteindre par les paroles de ce timbré, néanmoins c'était plus fort qu'elle. Cette maisonnette était plus importante à ses yeux qu'elle ne saurait l'expliquer. Jake l'avait compris et il l'avait tout de suite respecté. Peu importait que le désert du Sud-Ouest lui manque, elle savait apprécier Maui pour tout ce que l'île lui avait apporté. Un foyer aimant. Une vie stable. Une famille qui l'acceptait comme elle était.

Mais Goode ne respectait rien de tout cela, et le voir mettre le pied sur sa propriété était aussi cinglant pour Ella que s'il avait giflé l'honnête et travailleuse Georgia Mae en plein visage.

— Patel, dit-il en saluant un homme de grande taille aux longs cheveux blonds, qui attendait à côté de la porte.

Lorsque Goode s'arrêta devant la voiture, Burman se glissa hors du SUV, tira d'un coup sec sur la chaîne et ouvrit le portail. Il montra la chaîne cassée avec un sourire suffisant, comme preuve de ce dont il était capable.

Ella leva les yeux au ciel. Elle avait aussi des pouvoirs de métamorphe. Et cette vieille chaîne était rouillée. Il allait devoir faire mieux pour l'impressionner.

Une seconde plus tard, la portière du SUV s'ouvrit. Goode lui attrapa la cheville et la tira comme un poisson frétillant pour la jeter par-dessus son épaule avec une claque sur les fesses.

— Ne me pousse pas à bout, ma belle. Crois-moi, tu n'as pas intérêt à ce que je me fâche.

Une haine profonde et brûlante lui échauffait le sang et elle dut redoubler d'efforts pour rester immobile. Intérieurement, elle jurait de se venger. Dès la seconde où elle en aurait l'occasion, Goode serait mort.

Il y avait une forme de bravade dans cette pensée, elle en était bien consciente, compte tenu du gabarit de ce type. Mais si elle ne croyait pas en elle, alors elle renoncerait et accepterait son terrible destin. Alors, non. Elle ne céderait jamais. Jamais.

Les odeurs familières de la maison lui parvinrent, pourtant tout lui semblait faux, et pas seulement parce qu'elle avait la tête en bas. Patel, le troisième homme, était sur le côté, où il piétinait les restes du jardin d'herbes aromatiques de Georgia Mae. Burman renversa d'un coup de pied le tiki en bois que Hunter avait sculpté lorsqu'il avait quatorze ans, puis avança.

— Je la mets sous le porche, là où il pourra la voir ?

— Non, je vais l'emmener dedans. Sur le lit. Après tout, c'est sa place.

Si Ella avait eu les mains libres, elle lui aurait arraché les yeux. Mais elle ne pouvait que s'agiter sur son épaule, prête à tenter quelque chose au moment où Goode la poserait par terre.

Mais il l'avait prévu. Il gravit les marches à grands pas, traversa la petite maison et poussa une porte. Il la jeta ensuite sur le lit grinçant de Georgia Mae et la plaqua sur le matelas. Il se pencha sur elle, à quelques centimètres de son visage, avec un sourire dément.

— Tu veux t'échapper, petit cœur ? Tu veux jouer ?

Elle sentait gronder son instinct de métamorphe et elle avait des envies de chasse. Cet homme était un monstre. Il était terrifiant.

— Tu parles d'un jeu, marmonna-t-elle en tournant son visage sur le côté.

Goode lui saisit le menton, la forçant à le regarder. Son haleine fétide lui monta aux narines et ses mains se crispèrent sur ses épaules.

— Si, une poursuite, ce serait marrant. Je te le garantis.

— Espèce de malade.

Goode sourit avant de poser une main sur son ventre.

— Peut-être que je vais d'abord m'amuser autrement avec toi. Mes clients aiment la chair fraîche, mais je pense qu'il te restera une bonne mentalité de battante...

Il leva la tête en entendant des pneus crisser sur le gravier. C'était un bruit lointain et si faible que seules les oreilles sensibles des métamorphes pouvaient le capter, toutefois un véhicule se dirigeait sans aucun doute vers la maison.

— Il arrive, lança Burman, plus amusé qu'alarmé.

Goode esquissa un sourire avant de s'écarter.

— Parfait.

Avant qu'Ella puisse lui décocher entre les jambes le coup de genou qu'elle avait prévu, il l'assomma en la giflant lourdement et lui attacha les mains au montant du lit. Quelques secondes plus tard, il se dirigea vers la porte.

Ella s'époumona intérieurement.

Non, Jake. Non ! Va chercher les autres. Va chercher de l'aide ! Ne prends pas de risques.

Mais il était trop tard. Jake ne faisait presque pas de bruit, mais le vent charriait son odeur et ses oreilles de renarde frémirent sous ses pas discrets dans la forêt environnante.

Goode ricana, se réjouissant d'avance.

— McBride.

Chapitre 15

Jake courait à ras du sol, s'arrêtant derrière un arbre avant de s'élancer vers le suivant. Il se stoppa net en entendant son nom.

— On sait que t'es là, lança Goode sur un ton arrogant.

Jake fronça les sourcils. Il n'avait pas fait le moindre bruit. Comment Goode avait-il bien pu remarquer son approche ?

Il se redressa lentement. Pour l'élément de surprise, c'était raté. Pourtant, c'était son unique avantage. Ses doigts volèrent sur son téléphone alors qu'il composait une fois de plus le numéro de Kai. Il avait essayé de les joindre Boone et lui pendant tout le trajet, car c'étaient les deux seuls numéros qu'il avait. Tout bon soldat savait très bien qu'il ne fallait pas se précipiter en territoire ennemi sans renfort ni plan de repli. Mais merde ! Ni Boone ni Kai ne répondaient. Trop occupés par l'urgence des bébés, vraisemblablement.

Putain, c'était une urgence, là aussi. Ella avait été enlevée et chaque seconde comptait. C'était un miracle qu'il ait retrouvé le chemin de la propriété isolée, d'autant plus qu'il n'avait pas été très attentif la seule fois où elle l'y avait conduit. Malgré tout, à chaque intersection déroutante et à chaque virage caché, il avait su où aller aussi sûrement que si un GPS lui indiquait la route. C'était presque comme s'il sentait Ella, là-bas, inexorablement attiré.

— Fait chier, grommela-t-il en rangeant le téléphone dans sa poche.

Enfin, il sortit à l'air libre et s'avança au bas de la propriété en pente. Pas de gilet pare-balles, pas de casque, pas d'arme. Rien que ses pensées hagardes et son cœur au galop.

— Il était temps.

C'était Goode, dressé de toute sa hauteur sous le porche de l'entrée. Sa posture était très claire ; c'était lui le patron et il n'avait aucune chance.

Jake ne sourcilla même pas. Goode était peut-être le patron de l'homme qui se tenait au pied de l'escalier, mais il n'était certainement pas le sien. Les deux complices semblaient tous deux désarmés et extrêmement confiants... Que croyaient-ils ? Qu'ils allaient le réduire en charpie à mains nues ?

Quelque chose dans l'éclat du regard de Goode lui laissait entendre qu'il avait sûrement visé juste.

— Où est-elle ? demanda Jake.

— Là où je voulais, répondit Goode en ricanant.

— Tu peux rêver ! hurla Ella, quelque part dans la maison.

Jake avança d'un pas, mais aussitôt, il se ressaisit. Dieu merci, Ella était en vie. Elle était consciente, aussi, et visiblement énervée. Il essaya de se rappeler le plan de la maison pour essayer de la localiser.

Goode éclata de rire.

— Elle est fougueuse, cette petite. Comme je les aime.

Puis il ajusta l'entrejambe de son pantalon en criant :

— Ne t'inquiète pas, ma belle. Tu n'auras pas à attendre très longtemps. J'arrive tout de suite.

Jake serra les dents. Goode lui tapait sur les nerfs. Il ne devait pas écouter ses émotions s'il comptait trouver un moyen de s'en sortir.

— Toi et ton petit toutou, ce connard de Burman ? rétorqua Ella. Et Patel, où est-il celui-là ?

Trois hommes. Bien. Jake regarda autour de lui. Goode et un type aux cheveux noirs, sans doute Burman, se tenaient au bas des marches, mais le troisième se cachait quelque part.

Bien joué, Ella.

Elle avait su garder la tête froide et lui avait transmis cette information cruciale. Il n'en attendait pas moins d'elle, bien sûr. D'après ce qu'il en savait, elle était sans surveillance. Elle allait forcément trouver un moyen de se libérer, même si elle était attachée ou menottée.

Jake reporta son attention sur ses adversaires alors que le troisième homme, Patel, émergeait de sa cachette. C'était un grand gaillard aux longs cheveux blonds. Pendant un moment, Jake ne vit qu'une silhouette qui lui parut familière. Il s'empressa de chasser cette impression. Pour l'instant, la seule chose qui comptait, c'était de donner à Ella le temps de se libérer. Bien sûr, il suffirait à Burman ou Patel d'appuyer sur la gâchette et il serait mort. Curieusement, aucun d'entre eux n'avait encore dégainé son arme.

— Vous avez tellement envie de cette maison que vous avez kidnappé sa propriétaire ? lança Jake tout en jetant un coup d'œil furtif autour de lui à la recherche d'une arme de fortune.

Goode surveillait la scène depuis le porche de l'entrée, les bras croisés et un mauvais sourire aux lèvres.

— Il y a tant de choses que tu ne comprends pas.

Jake n'avait aucune envie de discuter avec ce type, mais il devait faire parler Goode, idéalement, le convaincre de quitter le porche pour détourner son attention d'Ella.

— Alors, expliquez-moi, je vous écoute.

Goode ne bougea pas, mais Burman hocha la tête et commença à tourner autour de Jake. Il le jaugeait avec un sourire abject, comme pour dire : « Je sais quelque chose que tu ne sais pas. »

Jake tournait lentement en même temps que lui, tout en gardant un œil sur Goode et Patel qui n'avaient toujours pas bougé.

— Dommages collatéraux. Tu sais ce que ça veut dire ? lança Goode alors que Burman s'arrêtait pile derrière Jake, le forçant à effectuer des mouvements brusques afin de garder tout le monde dans sa ligne de mire. Tous les muscles de son corps étaient tendus. Cela aurait été le moment idéal pour qu'ils lui sautent dessus, chacun de son côté, mais Goode semblait se contenter de lui mettre la pression.

Jake ne prit même pas la peine de répondre. Bien sûr, il savait ce qu'étaient des dommages collatéraux.

— C'est ainsi qu'on pourrait considérer Melle Kitt.

Jake serra les poings. Hors de question, putain.

— Si vous la touchez, je...

— Oh, mais c'est déjà fait, répondit Goode en souriant. Et j'ai l'intention de la toucher beaucoup plus, figure-toi. Le plus drôle, c'est que je ne suis même pas venu à Maui pour elle.

Jake retenait péniblement son soldat intérieur, faisant taire le gorille qui avait envie de se ruer sur Goode en cet instant précis. Quelque chose scintilla derrière Patel. C'était la machette que Jake avait plantée dans une souche la dernière fois. Il calcula combien de pas il lui faudrait pour l'atteindre, mais il ne bougea toujours pas. Pas encore, du moins.

Un oiseau passa dans le ciel au-dessus de sa tête, projetant une ombre sur lui avant de disparaître dans les bois.

— Alors, pourquoi êtes-vous venu ? murmura Jake, distrait, trop concentré sur le plan qu'il essayait d'échafauder.

Goode s'esclaffa.

— C'est pour toi que je suis venu !

Jake s'arrêta net. Putain, mais que se passait-il ?

C'est exactement ce qu'il aurait dit sans le nouveau passage de l'oiseau, plus bas cette fois, juste au-dessus de la tête de Burman. L'homme aux cheveux noirs se baissa en poussant un juron alors que le volatile fonçait tout droit vers le porche, sur Goode. C'était un grand hibou, avec des ailes grises tachetées assorties aux ombres de la forêt.

— Salope ! gronda Goode en agitant la main.

Le hibou changea de cap et alla se poser sur la branche basse d'un gigantesque arbre de pluie, en bordure de la propriété.

Jake regarda Goode avec étonnement. Salope ? De toutes les insultes envers un oiseau, celle-ci était vraiment bizarre...

Il glissa la main sur la poche droite de son pantalon. Putain. Sa cuisse le démangeait, tout à coup. C'était insupportable, comme la fois où Manny, le farceur de la bande, lui avait mis un piment dans la poche.

Patel s'écarta de Goode dans la lumière tamisée de la fin d'après-midi. Aussitôt, Jake resta pétrifié. Il connaissait ce type. Grand, les cheveux longs. Était-ce le conducteur de la voiture qui avait essayé de le renverser ?

Son esprit s'emballa. Alors, ce n'était pas une plaisanterie. Putain, mais que voulaient ces hommes ?

— Vous êtes venu pour moi ? s'écria Jake, levant les bras en signe de capitulation. Eh bien, vous m'avez. Maintenant, libérez Ella. Elle n'a rien à voir avec ça.

Goode sourit.

— Ah, mais tu te trompes. Moira voulait faire comprendre à Silas qu'elle pouvait frapper n'importe où, n'importe quand. C'est chose faite. Encore mieux, notre petite renarde est importante à tes yeux. Elle compte beaucoup pour toi, j'imagine. C'est pour ça que je vais l'emmener, histoire d'égaliser le score.

L'esprit de Jake tournait à plein régime. Moira. Renarde ? Mais que voulait dire Goode ?

— Égaliser le score, répéta Jake sur un ton monocorde.

Bon Dieu, mais il ne connaissait même pas ce type !

Un deuxième hibou passa dans le ciel, son envergure si impressionnante que l'air sifflait autour de ses ailes. L'oiseau contourna Jake et effleura Burman, le faisant basculer avant d'aller se poser gracieusement sur un arbre en face de son congénère. Là, il ébouriffa ses ailes en fixant Burman de ses yeux énormes et intelligents.

« De vieux amis, on pourrait dire », avait plaisanté Ella pas plus tard que la veille.

C'était étrange. Ces oiseaux donnaient à Jake l'impression d'être des renforts qui se mettaient en position. Après tout, les amis d'Ella étaient ses amis. Goode et Patel étaient à douze heures, de son point de vue, et les hiboux se situaient à trois et neuf heures. Burman jouait le rôle de trotteuse, gravitant autour de lui pour aiguiser sa vigilance. Mais les hiboux avaient attiré l'attention de Goode et de ses hommes, leur faisant tourner la tête en même temps que Jake. Il n'était pas sûr que les volatiles l'aideraient vraiment, cependant il appréciait la diversion qu'ils lui apportaient.

Goode jeta un regard noir vers les oiseaux avant de continuer :

— Bien sûr, je dois égaliser le score. Sauf si tu as cinq millions de dollars sous la main. Je serais heureux de les récupérer à la place.

Ce type était cinglé. Fou à lier. Mais plus il parlait, plus Ella avait le temps de tenter une évasion.

Allez, Ella, insista Jake par la pensée.

Le plus fou, c'est qu'il aurait juré percevoir une sorte de réponse. C'était un infime chatouillis dans son esprit, rien de plus, mais en un sens, cela ressemblait à Ella. Comme si elle lui avait murmuré quelque chose du genre : « Laisse-moi une minute de plus et je vais faire regretter à ces connards d'être nés. »

Sa main droite glissa vers sa jambe, tentant de gratter ce point brûlant sur sa cuisse.

— Pourquoi je vous donnerais cinq millions ? demanda-t-il avant de jeter un œil vers Burman dans son dos.

— Parce que c'est ce que tu m'as coûté, ce jour-là, à Kamdesh.

À ces mots, Jake se figea. C'était stupide, car si Burman ou Patel avaient été plus attentifs, ils auraient pu profiter de sa stupeur pour lui sauter dessus. Heureusement, un hibou interpella l'autre à ce moment-là par un cri, détournant leur attention.

Kamdesh. L'embuscade. Le jour où son unité avait échangé sa position avec un autre véhicule qui avait explosé.

« Je te le dis, mec, quelqu'un est en train de nous éliminer, un par un. »

Jake dévisagea Goode.

— Le jour où mon unité a survécu et où une autre a péri ?

Ce fou exigeait-il un million par vie perdue ?

— Comme si leurs morts me faisaient quelque chose, rétorqua Goode, railleur. L'argent était censé passer. J'avais tout prévu... le premier véhicule avec l'argent devait passer pendant que les autres se faisaient massacrer, mais vous avez tout gâché.

Jake voulait lui demander de quel argent il parlait, mais il était encore sous le choc de la première partie de sa phrase...

« Comme si leurs morts me faisaient quelque chose... »

Goode consulta sa montre et claqua des doigts.

— Occupez-vous de lui. On a assez perdu de temps.

Patel sourit.

— On peut enfin s'amuser un peu ?

Jake fit la grimace en se demandant ce que ce type considérait comme un amusement. Allaient-ils lui rouler dessus avec le camion le plus lourd qu'ils pourraient trouver ?

— Le plus rapide sera le mieux, lâcha Goode avant de se tourner vers Jake. À moins que tu ne veuilles passer un marché avec moi ?

Jake se ferma. Les yeux ne mentaient pas, et dans ceux de Goode, il n'y avait que la mort. Il pouvait promettre tout ce qu'il voulait, il n'y aurait jamais de marché. Ou du moins, Goode ne respecterait jamais sa part.

Cependant, pour tenter de gagner du temps, il choisit de jouer le bluff.

— Bien sûr. Un marché. Laissez Ella partir.

Goode s'esclaffa.

— J'adore ce rôle du noble chevalier, pas vous, les gars ?

Les deux autres ricanèrent bêtement.

— C'est pour ça que les types comme toi sont revenus fauchés alors que nous sommes revenus riches.

Jake essaya de réfléchir à ces paroles. Kamdesh. Cinq millions. Dans quel genre de trafic louche Goode trempait-il ? La drogue... les prostituées... les armes ?

— Bâtard, lâcha Jake.

En un clin d'œil, Goode passa d'une attitude froide et détachée à un élan de rage qui le fit virer au rouge. Apparemment, son insulte avait touché un point sensible.

— Saisissez-le. Tuez-le. Réduisez-le en pièces, rugit-il.

Jake recula d'un pas. Holà. Ce type était décidément perturbé. Il secoua la tête en entendant un grognement, sur sa droite, du côté de Burman. C'était un grognement bestial. Plus étrange encore, les yeux de l'homme étaient rouges. Les poils de Jake se dressèrent sur sa nuque lorsque Burman montra les dents en levant les bras.

Le ricanement de Patel attira l'attention de Jake dans sa direction, où l'homme retirait calmement sa chemise et sa ceinture. Le hibou dans l'arbre derrière Patel battait des ailes et oscillait d'une patte sur l'autre. Quand Burman gémit, Jake tourna à nouveau la tête et...

— Mais qu'est-ce que... ?

Il ne termina pas sa phrase. Burman était en train de convulser, saisi par une sorte de crise d'épilepsie.

— Tes amis, railla Goode en s'adressant à Jake. Les hommes de l'unité OD-X. Tu n'as jamais remarqué quelque chose de bizarre chez eux ?

Jake vit Burman se mettre à quatre pattes et courber l'échine. Sa chemise se fendit par le milieu et les ombres sur sa peau nue prirent une apparence zébrée.

— Quelque chose de pas tout à fait humain ? poursuivit Goode, visiblement amusé par cette scène mystérieuse. Surhumain, presque ?

Jake essaya de faire abstraction de ses paroles et se tourna vers Patel. Il était en caleçon, désormais, et repliait soigneusement son pantalon sur une branche voisine. Le hibou poussa un hululement sinistre et les derniers mots de Goode s'ancrèrent dans l'esprit de Jake.

Pas tout à fait humain… Surhumain…

En effet, il avait entendu de folles rumeurs à propos du groupe de Silas. Des rumeurs qu'aucun homme sain d'esprit n'aurait crues.

Il recula de deux pas. Une énergie crépitait dans l'air et sa cuisse le démangeait de plus belle. Un grognement sourd retentit derrière lui et quand il se retourna…

Jake s'étouffa avec son propre cri. À présent, Burman était velu et il avait une queue. Ainsi que des rayures et d'énormes crocs blancs.

Jake recula lentement. Putain, Burman était un tigre ! Il grondait, assoiffé de sang.

— Qu'est-ce que… ?! commença Jake avant de faire volte-face.

À la place de Patel, un gros lion furibond agitait la queue par des mouvements lents et affamés.

Jake recula encore et s'empara de l'unique arme qui lui tomba sous la main, une branche épaisse sur le tas qu'Ella et lui avaient laissé après avoir nettoyé le jardin. La machette aurait été bien plus utile, mais elle était trop près du porche. Son regard alternait entre les deux félins, qui agitaient la queue en montrant les crocs. Putain, mais c'était quoi, ce bordel ?

Goode ricana gaiement.

— C'est une belle arme que tu as là, soldat.

Jake s'arma de courage, serrant la branche plus fort. Ella. Il faisait tout ça pour elle. Avec un peu de chance, elle réussirait à s'échapper. Boone ou Kai avaient peut-être reçu ses messages et étaient en chemin.

— Enfuis-toi tant que tu le peux, soldat, dit Goode. Enfuis-toi.

Jake serra les dents, adossé contre l'arbre le plus proche.

— C'est peut-être vous qui feriez mieux de vous enfuir.

Le lion et le tigre s'approchaient à grandes enjambées, leurs omoplates ondulant à chaque pas. Gauche, droite. Gauche, droite...

— C'est ça, répondit Goode en souriant. Comme si tes amis métamorphes allaient débarquer à la rescousse. Les humains ne sont pas indispensables. *Tu* n'es pas indispensable. Ils ne prendront pas la peine de venir t'aider. Enfin, ils pourraient venir pour ma petite renarde fougueuse...

Il désigna la maison. Parlait-il d'Ella ?

— Mais le temps qu'ils arrivent, elle sera partie depuis longtemps, prête pour sa nouvelle mission. Je pourrais même lui rendre visite de temps en temps, rien que pour la satisfaction de savoir qu'elle a été avec toi avant d'en arriver là.

— C'est ça, oui, cracha Jake.

Il ne devait pas chercher à comprendre. La priorité, c'était de former un plan pour sauver Ella.

Goode claqua des doigts.

— J'ai dit : saisissez-le !

Le lion s'affaissa, prêt à sauter. Le tigre fut plus rapide d'une fraction de seconde. Il avait déjà bondi en direction de Jake. Ce dernier écarquilla les yeux devant les énormes griffes blanches et les rayures de son pelage, mais il tenait fermement l'épaisse branche dans sa main. Dès qu'il entra en contact avec le tigre...

Bang ! Il frappa la bête dans les côtes.

Le tigre glapit en se retournant, chancelant sous le coup.

Jake n'eut pas le temps de regarder la branche avec étonnement en se demandant si elle était imprégnée de kryptonite, car le lion arrivait. Il l'agita vers la droite pour frapper l'animal dans le dos. Après avoir réussi son coup, il fixa la branche du regard d'un air abasourdi... Merde ! Ses coups n'avaient pas seulement interrompu ses assaillants dans leur élan, mais ils avaient aussi envoyé les félins voler comme s'ils ne mesuraient que le quart de leur corpulence impressionnante.

La chaleur s'intensifia dans la poche de Jake et il ne put s'empêcher d'y glisser la main pour se gratter. Ses doigts rencontrèrent alors la pochette qu'il y avait abandonnée plus tôt dans la journée, et...

Waouh. Le tissu était aussi brûlant qu'une patate chaude. C'était ce qui lui avait causé sa démangeaison. Ou plutôt, l'opale que la pochette contenait.

— Que se passe-t-il ?

Les félins grondaient autour de lui, l'encerclant comme pour préparer une nouvelle attaque. Goode s'agitait en pestant. Jake se campa fermement sur ses pieds écartés, essayant d'anticiper leurs prochains mouvements. L'attaque qui suivit fut plus coordonnée, le lion se rapprochant d'un côté tandis que le tigre couvrait l'autre flanc, tous deux dans un concert de grondements menaçants.

— Essayez pour voir, maugréa Jake.

Tout compte fait, ce n'était pas si terrifiant de regarder les yeux dans les yeux deux bêtes sauvages de leur taille. Ce n'était pas non plus étrange d'avoir une opale surchauffée dans la poche. Il pouvait assurer. Il le *fallait*.

Le tigre rugit et sauta, les mâchoires grandes ouvertes et les crocs étincelants. L'air siffla et Jake s'entendit crier. Il avait aperçu une forme grise et floue derrière le tigre, cependant il resta concentré sur ses canines meurtrières. Il lui assena un coup, mettant toute sa force dans la branche qui envoya la bête voler sur le côté. Sans perdre son élan, Jake lança le bâton en arc de cercle. Le lion était presque sur lui, prêt à bondir par-derrière. Il était trop tard. Tout à coup, un éclat gris fusa entre eux et le lion rugit. La branche heurta le museau de la bête une seconde plus tard, avant que Jake et son assaillant ne se séparent en titubant. Le lion fit un bond en arrière, poussant un rugissement de colère vers le ciel.

Un hibou. C'était un hibou et il venait de sauver Jake. L'oiseau s'envola à tire-d'aile pour échapper au lion tandis que son complice revenait à la charge.

— Putain de merde ! grogna Goode en tapant du pied sous le porche, faisant trembler les marches. Mais tuez-le !

Jake regarda autour de lui. Apparemment, les hiboux étaient de son côté. Bizarre, toutefois c'était toujours ça de pris. Tout renfort était appréciable. La chaleur dans sa poche palpita soudain, comme en réaction à son appel à l'aide. Que se passait-il avec cette pierre précieuse ?

Il n'eut pas le temps d'y réfléchir, car le tigre revenait vers lui, plus furieux que jamais. Plus rapide aussi. Jake eut à peine le temps de lever la branche pour repousser la bête que ses griffes s'enfoncèrent dans son épaule. Une douleur fulgurante attaqua ses terminaisons nerveuses et il tituba.

Roule ! lui ordonna une partie de son esprit. *Roule !*

Il jeta tout son poids sur la gauche, les mains agrippées à la bête. Il enchaînait des coups désespérés, essayant tant bien que mal d'éviter les mâchoires et les pattes griffues.

— Tue-le ! s'époumonait Goode.

Repousse-le ! Fais-le tomber ! s'intimait Jake sans relâche.

Il mit toutes ses forces dans le prochain coup et le tigre s'envola pour aller s'écraser et s'affaisser contre un tronc. Jake se releva d'un bond et porta la main à son épaule, vacillant sur ses jambes. Du sang chaud et poisseux coulait entre ses doigts. Sa jambe lui faisait mal et un coup d'œil vers le bas lui révéla une ligne écarlate en lambeaux sous le genou de son pantalon.

La branche. Trouve la branche, s'ordonna-t-il.

Ce n'étaient sûrement que des égratignures, pas des entailles.

— Hé !

Alors qu'il se baissait pour récupérer son arme de fortune, l'un des hiboux passa en rase-mottes au-dessus de sa tête, hurlant vers le lion qui revenait.

Lion en approche, saisit son esprit embrumé. Il réagit juste à temps pour le frapper avec sa massue. Ce n'était pas un coup très violent, mais il parvint à repousser la bête assez longtemps pour que le hibou s'approche, ses griffes vers les yeux du lion. Ce dernier battit aussitôt en retraite.

— Burman ! cria Goode à son second complice.

Jake tourna sur lui-même, prêt à affronter le tigre. Mais l'animal était toujours affalé contre l'arbre et remuait à peine.

— Merde ! vociféra Goode. Je dois tout faire moi-même ici ?!

Jake plissa les yeux en dépit de la douleur qu'il n'arrivait pas à étouffer. Les rideaux bougèrent à la fenêtre derrière Goode et le cœur de Jake bondit dans sa gorge.

— Ella, murmura-t-il, espérant qu'elle avait trouvé un moyen de se libérer et qu'elle s'échapperait par-derrière.

Soudain, son attention se reporta sur Goode qui venait de retirer sa chemise comme Patel l'avait fait avant de se transformer en bête sauvage.

Jake agitait la branche d'un côté et de l'autre, se préparant au pire. La chaleur dans sa poche s'intensifia et la force revint dans ses jambes. Il ne voulait pas se faire d'illusions sur l'étendue de ses blessures, mais il accueillait volontiers ce coup de pouce supplémentaire, d'où qu'il vienne.

C'est de moi qu'il vient, murmura alors une petite voix dans son esprit tandis que la pierre précieuse lui envoyait une autre onde de chaleur.

Jake cligna des paupières à plusieurs reprises. Oh non, maintenant il ne voyait pas seulement des animaux sauvages, il entendait aussi des voix.

Goode jeta sa chemise sur le côté et lâcha un grondement alors que ses dents prenaient des dimensions effroyables. Le lion recula, la queue basse. Le tigre, de son côté, se remit difficilement sur ses pattes en titubant. Goode se recroquevilla, gémit et commença à se transformer. Ses jambes se plièrent aux genoux et sa colonne vertébrale se mit à pousser tandis que la peau qui l'entourait se muait en épaisse fourrure. Lorsqu'il se baissa en secouant la tête, d'autres poils sortirent, formant une crinière de plus en plus fournie.

La bouche de Jake s'ouvrit. Putain. Un autre lion ? À moins que ce ne soit un tigre ? La fourrure fauve prenait une teinte orangée près de sa croupe et tout son corps était zébré de rayures sombres.

Un lion. Un tigre. Un mélange des deux ?

— Bâtard, souffla Jake pour le tester.

Goode rugit avec fureur, confirmant l'intuition de Jake. Premièrement, Goode était bien dans ce corps animal et il comprenait le langage humain. Et deuxièmement, il devait être une sorte de mélange hybride entre deux espèces. Ce type en voulait au monde entier et il n'avait aucun respect pour la vie humaine.

L'un des hiboux agita les plumes de sa queue comme pour dire : « Oh, merde. »

Oh, merde, en effet. Goode était énorme. Plus volumineux que le plus imposant des lions ou des tigres. Il posa une patte devant l'autre, se dirigeant vers Jake. Ses yeux irradiaient d'un rouge assassin et il grognait en permanence.

Meurs, signifiait ce grognement. *Tu vas mourir.*

Jake serra sa branche encore plus fort et montra les dents. Cela dit, en quoi son malheureux bâton pourrait-il l'aider ? La machette serait mieux, cependant elle lui paraissait plus éloignée que jamais. Il se demandait bien quels dégâts il pourrait infliger à une bête de cette taille.

Les hiboux se lancèrent un de chaque côté pour harceler la bête. Mais Goode les repoussa et continua à avancer, Jake en ligne de mire. Le lion et le tigre mal en point se placèrent de part et d'autre de leur chef pour approcher tous ensemble.

Qu'est-ce que tu vas faire maintenant, abruti ? gronda Goode.

Un grognement plus doux et plus aigu retentit soudain derrière eux et Jake se tourna vers l'escalier.

Un renard au pelage blond cuivré grondait, depuis la dernière marche. Il était de belle taille pour son espèce, et en même temps, plutôt chétif. Féminin. Tout le contraire des félins qui convergeaient vers lui en ce moment même. L'animal cligna ses yeux brun orangé, et même si Jake n'avait aucune idée de ce qu'il se passait, il comprit que c'était elle.

— Ella, chuchota-t-il, omettant soigneusement de lui donner du « Sauve-toi » parce qu'elle avait horreur qu'on lui dise quoi faire.

La renarde remua la queue. Une fois, puis deux. Et soudain, tout prit un sens limpide.

« Je ne peux pas t'avoir, Jake. Je suis dangereuse pour toi. »

Était-ce ce qu'Ella avait voulu lui dire ?

La queue de la renarde oscillait et son museau dressé humait l'air.

C'est Burnam et Patel, avait-il envie de lui hurler, mais il ne voulait pas attirer leur attention sur elle. *Et ce sale bâtard au milieu, c'est Goode.*

La renarde montra les dents et se ramassa sur elle-même, prête à attaquer par-derrière.

À trois, exprimait son regard intelligent.

Les sourcils de Jake remontèrent sur son front. Un renard proposant un compte à rebours ?

Elle avait réussi à lui communiquer son plan par de petits mouvements. Ce qu'elle prévoyait de faire et dans quel sens elle avait besoin qu'il se déplace, tout cela lui était subtilement transmis comme autrefois, lors de leurs opérations secrètes. Pour la centième fois dans la vie de Jake, il avait envie de dire à Ella combien elle était étonnante.

Deux, signala le hochement de tête de la renarde.

Meurs, grondaient toujours les félins pleins de hargne, ignorant qu'elle se trouvait juste derrière eux.

Jake montra les dents.

— Allez-y, battez-vous, enfoirés.

Trois, lança la renarde sans un mot. L'instant d'après, l'enfer se déchaîna.

Chapitre 16

Ella s'élança sur Goode de toutes ses forces, animée par la colère et la peur qui bouillonnaient dans son âme. C'était son homme, là-bas, qui se battait pour elle. Et il allait mourir si elle ne faisait rien. L'épaule de Jake était tachée de rouge, sa jambe abîmée et ses yeux voilés par la douleur. La plupart des humains ressemblaient à des biches dans les phares d'un camion la première fois qu'ils voyaient des métamorphes, sans parler de métamorphes assoiffés de sang. Pourtant, Jake avait réussi à rester aussi solide qu'un roc, sa branche à la main. C'était un guerrier jusqu'au bout des doigts.

— Jake ! cria-t-elle.

Mais c'était un glapissement canin et il ne le comprit pas.

Ses poignets lui faisaient un mal de chien, même si elle avait adopté sa forme de renarde, mais ce n'était rien en comparaison avec sa fierté blessée. Cela n'avait pas été facile de scier le cadre de lit rouillé, mais elle avait réussi. Maintenant, elle rabattait ses oreilles, bandait ses muscles et s'élançait vers le dos de Goode. C'était forcément lui, sa taille le trahissait. Pas étonnant qu'elle n'ait pas réussi à identifier son espèce jusqu'à présent. C'était un mélange rare de lion et de tigre... un ligre. Une alliance contre nature souvent traitée d'abomination, car ces espèces ne se mélangent jamais dans la nature. La bête combinait la force et la férocité des deux espèces, dans un corps massif à côté duquel tout félin pur-sang passait pour un nain.

Putain, ce connard avait osé jouer avec Jake. Eh bien, elle allait lui apprendre une bonne leçon. Personne ne jouait avec son homme.

D'accord, le ligre était cinq fois plus volumineux qu'elle. Non, elle n'avait aucune raison de croire qu'elle avait les moyens de vaincre Goode ni de survivre à cet après-midi. Mais à ce moment-là, rien ne comptait plus à ses yeux que de venir en aide à son compagnon.

Avec un grognement, elle enfonça ses griffes dans le dos de Goode et lui mordit une oreille.

Prends ça, enfoiré.

Le ligre rugit. Il avait peut-être l'avantage de la taille, mais elle pouvait jouer sur l'élément de surprise. Était-ce sournois d'arriver par-derrière ? Bien sûr que oui. Eh bien, elle se vengeait du piège qu'il lui avait tendu à l'hôtel.

Maintenant, il va en payer le prix, grogna sa renarde en lui déchiquetant l'oreille.

Mais, merde. Chez le ligre, même cette partie fragile était dure comme du cuir. Comment allait-elle vaincre ce mastodonte ?

Elle mordit plus fort et tira, déchirant la chair. Les éclats de la bataille retentirent dans le jardin ; des grognements, des rugissements et son propre râle guttural se faisaient entendre, tandis que Goode commençait à rouler sur le dos pour tenter de l'écraser. Ella se dégagea et se précipita aux côtés de Jake avec une rapidité et une agilité que le ligre ne pourrait jamais égaler. Pendant une seconde, elle crut que Jake allait la frapper avec sa branche, mais quand leurs regards se rencontrèrent, il ouvrit la bouche et resta pétrifié.

Jake, sanglota-t-elle. *C'est moi. Ta compagne.*

Elle plongea les yeux dans les siens. Est-ce qu'il comprenait ? Est-ce qu'il savait pourquoi elle avait dû le repousser pendant si longtemps ?

— Ella, chuchota-t-il, impressionné.

Les sentiments passèrent en un clin d'œil avant qu'ils ne prennent position côte à côte. En cet instant, ils n'étaient pas deux amoureux, mais des compagnons d'armes. Comme les deux derniers soldats protégeant Alamo tout en sachant pertinemment qu'ils allaient y laisser la vie.

Elle remua la queue avec raideur. La mort ne lui faisait pas peur. Du moins, pas autant que la perspective d'une longue vie sans Jake. Elle grogna contre les félins qui approchaient et Jake s'écria :

— Reculez !

Bien sûr, les énormes métamorphes félins ne cédèrent pas, néanmoins ils marquèrent une pause. Même Goode hésita devant la puissance de la voix de Jake. Ella leva les yeux vers lui. Elle avait déjà vu son côté serein et mesuré dans des situations difficiles, mais jamais cette force.

— Je vous ai demandé de reculer et de quitter ce domaine ! tonna-t-il.

Était-ce l'amour qui le guidait ou tout autre chose ?

L'amour, fit une voix faible. Une voix aussi ancestrale que les montagnes. *Mon pouvoir n'est qu'un catalyseur pour les âmes.*

Elle écarquilla les yeux. Cette voix n'était pas celle de Jake ni d'aucun des hiboux qui observaient nerveusement le combat, des parents éloignés de Georgia Mae qui protégeaient cet endroit si spécial. Ce n'était pas non plus sa renarde intérieure, et encore moins Goode et ses hommes.

Lorsque Jake posa la main droite sur sa poche, l'air se mit à vibrer comme une ligne de basse puissante durant un concert, si ce n'est qu'aucun bruit ne se fit entendre.

Une Pierre d'Esprit, chuchota sa renarde avec admiration. *C'est forcément ça.*

Mais comment ? Jake ignorait l'existence de ces pierres et Silas ne lui aurait jamais prêté l'une des cinq qu'il gardait bien en sécurité à Koa Point.

Pas une Pierre d'Esprit, reprit la voix. *Je suis leur créateur.*

Les yeux d'Ella s'arrondirent. Oh, *waouh*. La Pierre de Voûte ? Où Jake l'avait-il trouvée ? Comment ? Pourquoi ?

La voix ne trahissait rien, mais dans son cœur, elle savait. Le destin. C'était évidemment le destin.

Elle remua la queue suffisamment fort pour frapper la jambe de Jake et leva le menton.

Écoute, le destin ! Tu nous as amenés jusqu'ici. Maintenant, aide-nous à terminer le reste du voyage.

La voix ancienne gronda en retour :

Le destin met simplement les événements en marche. Le reste dépend de vous.

Elle aurait pu crier de frustration, car le reste, en l'occurrence, était un tigre, un lion et un ligre imposant assoiffés de sang.

Goode rugit comme pour dire crier au trio de l'attraper et ils s'élancèrent.

Jake profita de sa hauteur d'homme pour se jeter sur eux avec une force surhumaine. Ella était la plus proche du sol et elle utilisa cet avantage, esquivant les griffes du tigre qui cherchaient à lui briser le cou. Elle enfonça profondément les dents dans sa chair et s'y raccrocha avec force. Le tigre s'agita en rugissant, essayant de la repousser. Des cris fusèrent tandis que les hiboux bombardaient leurs ennemis en piqué. Jake grogna et balança la branche, envoyant voler le lion contre un rocher avec un bruit d'os brisés. Aussitôt, Ella s'éloigna du tigre et revint aux côtés de Jake.

Garde ton dos contre l'arbre, lui lança-t-elle dans un glapissement de renarde.

— Va-t'en d'ici, Ella. Allez, souffla-t-il du bout des lèvres.

Elle lui frappa la jambe avec la queue et grogna. C'est ça, comme si elle allait lui obéir.

Goode s'avança et donna un coup de patte à Jake, mais ce dernier le repoussa. Pendant un moment, ils se retrouvèrent dans une impasse, les deux groupes se regardant fixement. Le tigre les contourna d'un côté tandis que Goode s'avançait de l'autre. Ella et Jake les imitèrent, communiquant sans un mot.

Goode remua la queue et esquissa un sourire cruel qui montrait qu'il avait l'intention de l'écraser comme la petite chose qu'elle était.

Ella grogna si fort que sa gorge était à vif.

Ce qui compte, ce n'est pas la taille du chien qui combat, mais sa combativité.

Tout à coup, elle bondit dans les airs en direction du ligre, réalisant seulement à ce moment-là ce qui venait de se passer. Goode ne lui avait pas sauté dessus. C'était elle qui l'attaquait, relançant ainsi les hostilités.

Oh, merde, qu'est-ce que j'ai fait ?

Un sentiment de terreur la frappa en plein vol, mais une seconde plus tard, elle ne ressentit qu'une intense bouffée d'adrénaline. Elle s'était déjà battue pour de nombreuses causes, mais l'amour l'avait emporté sur tout le reste.

L'amour rend plus fort, dit sa renarde en visant l'oreille de Goode.

Ironique, mais vrai. Depuis qu'elle avait rencontré Jake, elle craignait que l'amour la rende plus faible. Mais en réalité, c'était le contraire.

Tu t'es frotté au mauvais renard, Goode.

Elle enfonça les crocs dans sa fourrure en espérant que Jake comprendrait son plan. Ses dents ne perceraient pas l'épaisse encolure du ligre, mais si elle ramenait sa tête sur le côté...

Elle rata son coup, cependant elle pivota et lui mordit l'oreille, tirant de toutes ses forces. Soudain, *paf!* Jake donna un grand coup de branche et Goode tituba.

Parfait! Elle avait envie d'applaudir.

Mais elle n'en eut pas le temps, car à la seconde où elle trébucha, Burman le tigre se rua sur elle. Il rugit, les pattes avant écartées pour la prendre au piège. Mais Jake frappa ses pattes sans ménagement tandis que les hiboux s'attaquaient à ses oreilles, permettant à Ella une évasion terrifiante, et en même temps exaltante, s'arrachant de justesse aux griffes de la mort. Elle se tourna vers le tigre deux fois plus grand qu'elle et fit claquer ses mâchoires en direction de son cou. La bête recula d'un air abasourdi et Ella se retourna vers Jake.

Non! aboya-t-elle alors que Goode se dressait sur ses pattes arrière pour dominer Jake de toute sa hauteur. Elle voyait déjà le ligre s'abattre sur son intrépide compagnon, l'écrasant et le déchiquetant. Il n'allait pas seulement tuer Jake, mais il le réduirait en lambeaux.

Brandissant sa branche comme une massue, Jake s'écarta et désigna la maison :

— Là-bas!

Elle avait envie de crier. Non, elle n'allait pas s'échapper pendant qu'il se sacrifiait pour elle. Et non, elle ne poursuivrait pas Burman qui s'enfonçait dans les bois. Elle voulait se battre aux côtés de Jake.

— Attrape-la ! cria-t-il.

Elle n'y comprenait rien. Qu'elle attrape quoi ?

Goode rugit en se ruant vers Jake.

Non ! hurla-t-elle.

— Attrape-la ! lança à nouveau Jake sur un ton désespéré.

Il était si insistant qu'elle regarda autour d'elle, essayant de comprendre ce dont il voulait parler. La binette contre le mur de la maison ? La cruche ébréchée, sous le porche ?

Là. Ça ! cria soudain sa renarde.

Un rayon de soleil traversa le jardin, faisant scintiller une lame métallique. La machette abandonnée sur une souche près du porche.

Ella se précipita, opérant la métamorphose la plus rapide de sa vie. Elle avait commencé sa course à quatre pattes pour terminer debout, sous forme humaine. Ses pattes se changèrent en mains. Dans un mouvement furieux, elle arracha la machette et retourna au combat.

— Jake !

Elle visait les rayures dans le dos de Goode.

Pendant ce temps, Jake enchaînait les coups de poing sur le museau du ligre, mais la bête l'avait plaqué au sol. Goode ouvrait les mâchoires. Ses crocs étaient d'un blanc pur et terrifiant.

— Non ! cria Ella en balançant la machette.

L'oreille du ligre bougea et il se laissa déconcentrer juste assez longtemps pour que Jake puisse le soulever. Il le hissa réellement avec une force surhumaine qui fit basculer son assaillant, puis suivit le mouvement de son corps jusqu'à ce que l'homme et la bête se retrouvent enchevêtrés, aux prises l'un avec l'autre.

Ella résista à la tentation de faucher les jambes du ligre. Cela ne suffirait pas à mettre un terme à ce combat. Seul un coup mortel y parviendrait, mais Jake était trop près du poitrail de Goode pour qu'elle fasse une tentative.

Jake ! cria-t-elle dans son esprit. *Écarte-toi. Il faut que tu te dégages !*

Elle l'imagina en train de lui adresser ce regard dépité qu'il maîtrisait si bien.

J'essaie.

Les griffes de Goode lacérèrent l'épaule de Jake, qui lâcha un grognement étouffé ; ce genre de réaction de dur à cuire qui indiquait qu'il était au bout de ses forces.

— Jake !

Elle canalisa dans sa voix tous ses espoirs et toutes ses promesses.

— Maintenant !

Jake poussa de toutes ses forces, déséquilibrant le tigre. Goode roula sur le côté, sa poitrine exposée. Sautant sur l'occasion, Ella plongea en une fraction de seconde et planta profondément la machette dans le cœur du monstre. Goode rugit, essayant de s'agripper à elle, mais Jake le repoussa.

Tourne-la ! hurla sa renarde. *Fais pivoter la lame !*

Ella fit glisser la machette sur le côté et ferma les yeux, cramponnée au manche. Elle n'avait jamais éprouvé de satisfaction à tuer, pas même une terreur comme Goode. Une mort atroce était encore pire, le genre de supplice qui la hanterait longtemps après que les secousses auraient cessé et que les halètements d'agonie se seraient éteints. Mais elle n'avait pas le choix. Goode avait déjà tué sans la moindre pitié auparavant, et il tuerait encore si elle ne l'arrêtait pas. Elle tourna farouchement la lame jusqu'à ce qu'il se vide de son sang au-delà de toute guérison possible, tout métamorphe qu'il soit. Même après que sa poitrine fut retombée dans un dernier soubresaut et que son corps fut devenu inerte, elle resta accrochée au manche, dégoûtée par ce que cette créature maléfique l'avait forcée à faire.

Pendant une seconde, un silence s'abattit dans le jardin à l'exception du hululement d'un des hiboux. Soudain, quelque chose tressaillit sous son corps et elle fut saisie de panique à l'idée que Goode ne soit pas mort.

— Ella.

C'était Jake, qui essayait de se dégager du corps de la bête.

Le temps de trois battements de cœur, ils se regardèrent fixement. Puis elle le hissa et le serra dans ses bras.

— Jake.

Ses mains impuissantes explorèrent avidement son corps. Le sang imprégnait tous ses vêtements en loques et son cœur se mit à sangloter. Jake allait-il se vider de son sang ?

Il la tenait avec force, un peu trop, et pendant un moment, elle redouta que ce soit l'étreinte d'un mourant. Mais quand ses mains bougèrent, elle constata avec soulagement que ses muscles étaient crispés par la vie.

— Alors, c'est ce qui nous séparait ? chuchota Jake.

Il affichait un grand sourire comme s'il ne sentait pas ses blessures. Elle avait vu certains soldats paraître shooté à l'adrénaline dans leur combat pour la vie contre la mort.

— Tu crois que je laisserais quatre pattes et une queue nous séparer ?

Il baissa les yeux sur le corps inanimé de Goode.

— Si je n'ai pas d'hallucinations. Dis-moi que je n'hallucine pas.

Elle secoua la tête.

— Nous sommes des métamorphes, Jake. Goode et ses hommes aussi. Et pas seulement eux. Kai. Hunter...

Il ouvrit grand les yeux.

— Kai est un tigre ?

Elle déglutit. Jake était-il prêt à entendre parler de dragons ?

— Il y a toutes sortes de métamorphes. Mais... Jake, ce n'est pas tout.

Il grimaça et elle était incapable de dire si ses blessures parvenaient enfin à sa conscience ou s'il redoutait ce qu'elle avait à dire.

— Vas-y, dis-moi. Merde, Ella. Si on peut vaincre ça, on peut tout vaincre.

Il désignait la scène autour d'eux et son estomac se noua. « Ça », en l'occurrence, c'était le combat des métamorphes, et les blessures de Jake étaient profondes. Pire encore, elles avaient été infligées par des métamorphes. Une infime minorité d'humains blessés par des métamorphes le devenaient eux aussi, épousant l'espèce de leur agresseur.

Sa renarde intérieure gémit.

Jake, un ligre ?

Merde. Elle détestait l'idée que Jake puisse se transformer en une sorte d'hybride monstrueux que même Mère Nature n'avait pas prévu. Mais c'était toujours mieux que l'autre option… la mort. La plupart des humains mouraient de blessures infligées par des métamorphes, tout comme la majorité de ceux qui s'accouplaient avec des femelles métamorphes. Leurs corps résistaient trop durement au changement.

Elle ferma les yeux et serra Jake encore plus fort, laissant couler ses larmes. Comment pouvait-elle le lui dire ? Et d'abord, que devait-elle lui expliquer ? Il semblait si fort maintenant, cependant l'essence de métamorphe circulait déjà dans son sang, prête à agir.

Mon compagnon, gémit sa renarde. *Mon pauvre compagnon.*

— Hé, fit-il en caressant sa peau nue. Ça va aller.

Elle secoua la tête contre son épaule indemne, la mouillant de larmes. C'était aussi ce que disait Brian, le compagnon de sa mère.

— Jake, murmura-t-elle sans savoir quoi dire d'autre.

Quelque chose lui brûla la hanche et elle baissa les yeux.

Il fit une grimace, glissant la main dans sa poche.

— Je sais. Ça brûle.

Elle regarda la pochette blanche qu'il avait sortie.

— Quoi donc ?

— Ça.

Il desserra la sangle et en sortit quelque chose.

— Je ne sais pas pourquoi. Ça ne paraissait pas chaud quand je l'ai trouvée.

Ella resta bouche bée devant la pierre ovale et lisse dans sa main. Elle était mouchetée de bleu, de rouge et de vert, des couleurs qui scintillaient à la surface d'un centre noir, comme si la pierre contenait plusieurs joyaux en même temps.

« Comme ça », lui avait dit Silas un jour en lui montrant l'illustration des Pierres d'Esprit. « C'est ce que nous cherchons. Une opale. La Pierre de Voûte. La pierre avec des pouvoirs magiques. La mère de toutes les Pierres d'Esprit. »

Elle referma la main autour de celle de Jake, redoutant de lui parler, de le toucher. Trop bouleversée pour penser correctement. L'opale était chaude et palpitait d'énergie.

Elle palpite de pouvoir, rectifia sa renarde.

— C'est bizarre, mais j'ai senti que ça me donnait de la force. Tu vois ?

Jake la fit rouler dans sa main.

Au même moment, une vague d'énergie électrisa tout son corps, mais il s'effondra en même temps.

— Jake ! cria-t-elle.

Ses yeux se révulsèrent et ses mains furent saisies de spasmes. Sa voix se changea en un murmure rauque et son visage devint blême comme la cendre.

— Ella... Je t'aime... tu...

— Jake !

Pendant un moment terrifiant, elle se contenta de le serrer dans ses bras, impuissante.

Rends-la-lui. Rends-lui la pierre, vite ! cria sa renarde.

Elle pressa l'opale dans sa paume et replia ses doigts autour.

— Tu sens ? Dis-moi que tu la sens. Jake, s'il te plaît...

Ses yeux bleus se fermèrent lentement, puis totalement. Il resta inerte.

— Non...

Ella refréna la panique qui montait en elle et referma sa main dans les siennes, gardant l'opale bien serrée dans son poing.

— S'il te plaît, chuchota-t-elle.

Ce n'était pas à Jake qu'elle s'adressait, mais au joyau.

— S'il te plaît, protège-le.

Les Pierres d'Esprit étaient censées avoir des pouvoirs incroyables, non ?

— Allez, réveille-toi, merde ! cria-t-elle à la pierre.

Les basses les plus graves et les plus faibles qu'elle ait jamais entendues murmurèrent dans son esprit.

J'ai un grand pouvoir. Mais ces blessures sont graves. Si ce guerrier veut survivre, il doit faire appel à sa puissance intérieure. C'est aussi ce que tu dois faire.

Elle se pelotonna contre lui et communiqua à Jake ce qu'il lui restait d'énergie, jusqu'à la dernière goutte, à chaque respiration. Elle ferma les yeux et songea à toutes les expériences qu'ils avaient partagées, tout ce qu'ils ne pouvaient *pas* vivre tous les deux, tout ce qu'ils ne devaient *pas* connaître. Pendant des mois, la frustration l'avait rongée, mais à présent, elle la laissait alimenter sa colère et sa détermination à s'accrocher.

Je te déteste, le destin, avait-elle envie de crier.

La voix ancestrale reprit dans son esprit. *Le destin récompense ceux qui en sont dignes.*

Jake en est digne ! s'écria-t-elle.

Il n'y eut aucune réponse, juste un silence sinistre qui en disait plus long que les mots. *Il est digne. Mais toi, est-ce que tu l'es ?*

Ella serra Jake dans ses bras, l'opale dans sa main. Elle avait envie que d'autres tigres émergent des broussailles rien que pour pouvoir se déchaîner. Le destin voulait qu'elle fasse ses preuves ? Très bien. Elle le ferait.

Mais il n'y avait plus d'ennemis dans le coin, aucune autre bataille que celle de l'intérieur. Soudain, elle comprit. C'était son amour qu'elle devait prouver, pas ses prouesses au combat. Mais comment ? Elle aimait Jake de tout son cœur. Elle l'avait toujours aimé.

Nous l'avons aussi rejeté, cria sa renarde, honteuse.

Mais c'était pour sa propre protection, non ?

Pour sa protection ou la tienne ? gémit sa renarde.

Cette pensée la renversa. N'aimait-elle pas Jake inconditionnellement ?

Tu le désirais inconditionnellement, ce n'est pas la même chose.

Elle ferma les yeux, essayant de repousser la douleur jusqu'à ce qu'elle comprenne. C'était peut-être son problème. Peut-être que la douleur faisait partie de l'amour et qu'elle devait l'accepter.

Mais je ne veux pas accepter ça ! avait-elle envie de crier. *Pourquoi l'amour serait-il forcément mêlé au chagrin ?*

Son esprit revint sur la dernière année et demie écoulée. Chaque fois qu'ils s'étaient séparés, c'était sur son insistance.

Jake, lui, l'avait toujours regardée avec des yeux de chien battu qui disaient qu'il croyait en eux.

Mais elle, y croyait-elle aussi ?

« Bien sûr que j'y crois », voulait-elle dire.

Alors, prouve-le, insista sa renarde.

Enfin, merde. Elle n'avait témoigné aucune émotion à personne depuis des années. Une femme qui travaillait dans les unités militaires les plus dures n'avait aucun sentiment et elle ne pouvait pas en déclencher sur commande.

Les hiboux voletaient dans les arbres. L'un d'eux hulula tristement, la ramenant plus loin dans le temps. À son adolescence, quand elle vivait dans cette maison avec ses frères adoptifs et Georgia Mae. Même à l'époque, elle avait déjà dressé des barrières émotionnelles. Elle avait joué les dures pour suivre Hunter et Kai, jurant à Georgia Mae qu'elle n'avait pas besoin de parler de trucs de filles ni même de sa mère.

Une grosse boule se forma dans sa gorge. Sa mère avait aimé et elle avait perdu. Ella avait peur de subir le même sort. Alors, elle s'était fermée à l'amour et avait repoussé Jake.

Elle ferma les yeux et le serra plus fort dans ses bras, essayant de débloquer cet endroit caché dans son âme.

— S'il te plaît, chuchota-t-elle, autant à Jake qu'à elle-même. S'il te plaît.

Lentement, les larmes commencèrent à couler. Des larmes qu'elle n'avait jamais montrées à personne. Elle frotta sa joue contre son épaule, étalant ses larmes sur sa peau.

— Je t'aime.

Elle se raccrocha à lui alors que la douleur lui gonflait le cœur.

Accepte-la, chuchota la Pierre de Voûte. *La douleur est l'amour.*

Elle pensa à Jake, allongé dans le lit la nuit précédente, tout en le dévisageant et caressant sa peau. Dans ses yeux bleus luisait un mélange de tristesse et d'espoir, la combinaison la plus courageuse de toutes. Elle le revit se racler la gorge, ce jour-là, sous le porche, et lui demander posément : « Qu'y a-t-il, Ella ? Qu'est-ce qui nous sépare ? »

Le courage. Cet homme en avait à revendre. Le genre de courage nécessaire pour faire face à un ennemi puissant... le genre de courage qui permet à un homme de mettre son cœur à nu.

Les larmes coulaient plus vite, plus librement. Elle aussi allait trouver le courage. Le courage d'affronter son amour pour Jake avec tout ce que cela impliquait : les hauts, les bas, les compromis. Et le pire de tout, le deuil.

— Je t'aime, chuchota-t-elle. Je t'aimerai toujours.

Elle recueillit son chagrin comme autant de fleurs dans un bouquet fané. Et enfin, elle pleura. Elle sanglota pour de bon, parce qu'elle y était. Voilà. C'était exactement ce que sa mère avait dû vivre. Le manque, la détresse. Le désespoir qui anéantit l'âme. L'interminable mélopée intérieure des « Pitié, pitié, pitié » tandis qu'un minuscule rayon d'espoir vacillait faiblement.

Jake était parfaitement immobile, à présent. Il respirait à peine. Était-il à l'agonie ?

Pitié ! cria-t-elle. *Pitié, pas lui !*

Dans ses prières silencieuses, elle évita de rappeler au destin qu'elle ne voulait pas le perdre. Il ne s'agissait pas de son bonheur. Il était question de la vie d'un homme honnête et honorable.

Pitié. Je vous en supplie. Faites qu'il survive.

De la chaleur se dégageait de la pierre, une chaleur et une énergie si intenses qu'elle les sentait à travers la main de Jake.

Pitié...

La chaleur redoubla jusqu'à frôler la brûlure, et soudain, Jake prit une vive inspiration. Il expira bruyamment, mais le souffle suivant était plus doux, tout comme celui d'après.

— Jake, chuchota-t-elle sans trop oser espérer.

Ses yeux s'ouvrirent, d'abord vitreux, avant de s'éclairer lentement tandis qu'il se concentrait sur elle et regardait sa paume avec étonnement.

— Je devrais peut-être la garder encore un peu dans ma main, marmonna-t-il d'une voix rauque.

Il referma les paupières, mais cette fois, sa poitrine continua à monter et descendre.

— Oh oui, garde-la, répondit Ella en essayant vainement d'être forte.

Elle bredouillait un millier de remerciements dans sa tête. Si l'épreuve transformait Jake en tigre, en lion ou même en ligre ? Qu'à cela ne tienne, Jake était Jake, et elle se réjouirait de sa survie pendant le reste de sa vie.

Réfléchis-y, murmura sa renarde. *Si la Pierre de Voûte le protège jusqu'au bout de ce changement, elle le protégera même d'une morsure d'union.*

Les yeux d'Ella s'ouvrirent brusquement et la renarde en elle remua furieusement la queue. Était-ce réaliste ?

Foutue renarde, se réprimanda-t-elle un moment plus tard.

Elle s'efforça de se ressaisir. Le pauvre Jake était couvert de sang et de blessures. Il avait connu la pire introduction possible au monde des métamorphes. Ce n'était pas le moment d'y penser.

Jake se redressa en position assise malgré ses protestations.

— Euh, Ella ?

Elle ravala la boule dans sa gorge en attendant la suite.

— Tu es... un peu... nue, observa-t-il.

À ces mots, elle le serra dans ses bras. Oh, elle avait encore tant de choses à lui expliquer sur le monde des métamorphes.

Elle essuya ses larmes.

— Apparemment, je ne peux pas m'en empêcher avec toi.

— Je ne peux pas dire que ça me dérange..., commença Jake avant de se raidir en regardant derrière elle.

Elle se retourna alors qu'un grognement montait à ses oreilles. Le lion était de retour et se dirigeait vers eux en boitillant, ses yeux rouges assoiffés de vengeance. Derrière lui, les buissons bruissèrent. Était-ce le tigre qui revenait aussi ?

— Oh, merde.

Ella se leva d'un bond et regarda autour d'elle. La machette était trop loin pour qu'elle s'en saisisse. Elle n'aurait pas d'autre choix que de se déplacer, et ce lion mesurait trois fois sa taille. Jake allait essayer de l'aider et il risquait de rouvrir ses plaies... dans le meilleur des cas. Au pire...

Tu vas mourir, gronda le lion.

Ella serra les poings, prête à se transformer. Il était hors de question qu'elle perde cette bataille maintenant.

Tout à coup, des pneus crissèrent sur le gravier quelque part. Elle tourna la tête, s'attendant à voir surgir un véhicule, cependant les pas lourds et précipités d'une énorme bête se firent entendre et elle aperçut une forme brune et floue qui approchait à travers les arbres.

Ella recula d'un pas pour protéger Jake.

— Oh, Seigneur, d'autres métamorphes maintenant...

Jake se releva péniblement et se balança, une main autour de l'opale.

— Encore des hommes de Goode ?

Un énorme grizzly apparut et fondit tout droit sur le lion.

— Hunter ! s'écria-t-elle avec des trémolos de soulagement dans la voix.

Le lion grogna de surprise et détala dans les bois avec Hunter sur ses talons. Le tigre était quelque part, lui aussi, toutefois l'agitation dans les buissons indiquait qu'il fuyait pour sauver sa peau.

— Hunter ? fit Jake, bouche bée. Putain, il y en a d'autres.

Il désignait deux tigres qui s'élançaient dans le jardin, poursuivant leurs assaillants.

Ella secoua la tête.

— Pas de panique. Ce sont Cruz et Jody.

Une Land Rover s'arrêta près du portail et Kai en sortit.

— Désolé, lança-t-il en accourant vers Ella. Je serais bien venu par le ciel, mais je ne pouvais pas prendre ce risque en plein jour.

— Rassure-moi, il parle de l'hélicoptère ? murmura Jake.

Ella décida de ne pas évoquer l'existence des dragons pour le moment.

— Tu vas bien, Jake ? fit Kai.

Il hocha faiblement la tête.

— Un peu déboussolé... mais ça va. Et Nina ?

Une fois de plus, Ella se sentit fondre. Tout naturellement, Jake pensait aux autres même dans un moment pareil.

Kai sourit.

— Tout se passe bien, d'après ce que j'ai entendu. Les jumeaux aussi vont bien. C'est Boone qui a failli s'évanouir.

Tout en parlant, Kai retira sa chemise et la tendit à Ella. Sa nudité était tout à fait normale en présence des métamorphes, néanmoins elle était quand même contente de se couvrir. Elle réserverait cette intimité à Jake uniquement.

— Alors, combien y en a-t-il ? Et où ? fit Kai en regardant le corps de Goode, la mine renfrognée.

Ella tendit le doigt vers la forêt.

— Un lion, un tigre. . .

Elle venait à peine de terminer ce mot qu'un rugissement félin à glacer le sang retentit dans les bois.

— Apparemment, plus qu'un lion, murmura Kai.

Le sous-bois s'agita et plusieurs grognements leur parvinrent. Puis un rugissement perçant et un autre cri. Après cela, le silence retomba dans la forêt.

Ella serra la main de Jake, cherchant un signe de vie entre les arbres. Enfin, Hunter, Jody et Cruz revinrent dans la clairière et elle s'autorisa à expirer.

— Merci, mon Dieu !

Jake lui serra la main.

— S'il te plaît, dis-moi qu'ils sont de notre côté.

— Oui, lui assura Ella, plus réjouie que jamais de voir ses amis.

Cruz et Jody, sous forme de tigres, revinrent en frottant leurs corps l'un contre l'autre dans de longues caresses réconfortantes qui commençaient par le museau et se terminaient par la queue. Hunter, quant à lui, décrivait des cercles autour du périmètre, marmonnant en langage d'ours.

Ella accompagna Jake avec douceur pour aller l'asseoir sur les marches et s'accroupit devant lui.

— Tu es sûr que tu vas bien ?

Il hocha la tête, visiblement plus choqué qu'autre chose.

Bon Dieu, mais comment a-t-il survécu à ça ? murmura Kai dans l'esprit d'Ella, d'une voix basse et inquiète alors que les autres avançaient, toujours sous forme animale.

Elle serra fermement les mains de Jake, s'assurant qu'il allait bien. Puis elle s'écarta pour que les autres puissent le voir et adressa un signe de tête à Jake.

— Montre-la. Mais ne la lâche pas.

Ses lèvres frémirent aux commissures.

— Crois-moi, j'ai bien l'intention de m'y accrocher pendant encore un moment.

Il ouvrit légèrement les mains, juste assez pour révéler l'opale.

Le soleil scintilla sur sa surface mouchetée, diffusant des rayons de lumière multicolores.

— Putain de merde.

Kai recula d'un pas.

Cruz lâcha un grognement surpris et Hunter sourit.

Jake jeta un regard appuyé aux animaux qui avaient traversé le jardin pour le regarder de plus près et répondit :

— Oui, on peut le dire.

Chapitre 17

Une semaine plus tard...

La semaine suivante, Jake alterna entre l'éveil et le pays des rêves. Des rêves agréables. Des rêves affreux. Des rêves confus, également. Et le plus troublant de tout ? Certains d'entre eux n'étaient peut-être même pas des rêves.

Il y avait aussi des rêves enfiévrés, au cours desquels il transpirait à grosses gouttes et combattait la mort ; non pas sur un champ de bataille, mais au fond d'un lit. Heureusement qu'Ella était là, à l'empêcher de sombrer dans le puits de ténèbres qui semblait vouloir l'engloutir. L'opale ne quittait pas la paume de sa main. Elle l'aidait à combattre la fièvre avec sa chaleur brûlante. Il passa beaucoup de temps allongé, immobile, alors qu'un tourbillon bouillonnait en lui. C'était comme une bataille qui opposait son corps à... autre chose. Quelque chose de dangereux, mais de séduisant aussi. Totalement inconnu, et en même temps parfaitement naturel.

— Ella, murmurait-il de temps à autre, attendant la pression rassurante de sa main.

Je suis là, lui faisait-elle comprendre. Je n'irai nulle part, McBride.

Peu à peu, la mort cessa d'envahir son espace pour reculer aux confins de la chambre, avant de renoncer et disparaître pour de bon. La fièvre retomba et ses rêves se changèrent en fantasmes agréables. Il s'imaginait toucher Ella, puis ses mains à elle sur lui. D'ailleurs, elle faisait bien plus que le toucher. C'était tellement bon. Dans ses rêveries, ils discu-

201

taient et c'était formidable, même si Ella semblait bien plus conflictuelle qu'il ne l'aurait voulu.

Jake, toi aussi, tu seras un métamorphe.

Un métamorphe. Sympa. Il aimait bien ce rêve.

Un renard, comme toi, avait-il répondu en hochant la tête, souriant comme si c'était la chose la plus normale du monde.

Tu seras peut-être différent, avait-elle dit d'une voix étrangement étranglée. *Tu pourrais être un ligre comme Gideon.*

Il se rappelait avoir secoué la tête avec détermination.

Je veux être un renard comme toi.

Les renards étaient robustes, agiles et pleins de ressources. Ils rôdaient dans les montagnes en toute liberté.

Ella avait dégluti et gardé le silence un moment avant de murmurer :

Je devrais te mordre avant que tes blessures ne fassent de toi un ligre.

Alors, mords-moi, avait-il répondu, ou rêvé, sans autre considération que l'envie d'être uni à Ella, quoi qu'il en coûte.

Ce n'était pas censé se passer comme ça, avait-elle pleuré, de véritables sanglots, en le touchant, penchée contre son cou. *Il fallait que ça se passe bien.*

Tout va bien, lui avait-il assuré.

C'était la vérité. Son corps tout contre le sien, ses lèvres sur sa peau. Même le frôlement de ses dents avait été agréable. La douleur avait fait une brève incursion avant qu'une déferlante chaude n'envahisse ses veines comme un éclair, excitant toutes ses terminaisons nerveuses. Ça avait été une véritable effervescence, infiniment agréable, et il avait fini par hisser Ella à califourchon sur lui, en cow-girl. Rapidement, elle avait gémi en oscillant, et il avait donné des coups de reins empreints d'une énergie et d'un désir inexplicables. Quand elle avait enfoncé les dents dans son cou pour la deuxième fois, il avait explosé en elle et hurlé de plaisir.

Alors... Rêve ? Fantasme ? Jake aurait juré que c'était irréel s'il n'avait pas découvert de petites cicatrices dans son cou. Les marques à peine visibles qu'il ne cessait de toucher et sur lesquelles il s'interrogeait.

Assommé pendant plusieurs jours, il était tombé dans un sommeil profond et naturel. Plus de cauchemars. Plus de fièvre. Plus besoin de s'accrocher à cette opale en permanence. À présent, son corps guérissait de lui-même. Chaque fois qu'il se réveillait, Ella était blottie contre lui et refusait de le lâcher.

Enfin, quelques jours plus tard, il s'éveilla pour la première fois parfaitement lucide et alerte. Il ouvrit les yeux sans bouger, juste au cas où. Où était-il ? Est-ce que tout allait bien ?

Il expira un instant plus tard. Ella était couchée en cuillère contre son torse, endormie. La lumière de l'aube qui se déversait à travers les baies vitrées était teintée de rose. Ella et lui se trouvaient dans un lit au sommier grinçant. On aurait dit la chambre d'Ella, dans la maison de la plantation à Koakea. Lentement, il leva sa main droite et l'observa attentivement, la paume comme le dos. Il serra plusieurs fois le poing pour vérifier qu'il était en forme. Il avait fait des rêves étranges dans lesquels ses mains ressemblaient à des pattes avec des touffes de poils cuivrés. Ella et lui couraient… non, gambadaient dans un paysage ouest-américain, à quatre pattes, leurs queues au vent.

Il ouvrit et ferma le poing. Se transformait-il vraiment en animal ou devenait-il simplement fou ?

Un petit rire aux allures d'aboiement résonna quelque part au fond de son âme, avant de chuchoter si faiblement qu'il dut tendre l'oreille pour l'entendre.

Tu ne deviens pas fou. Tu me découvres, c'est tout.

Découvrir qui ?

Moi. Toi. Nous sommes les mêmes.

Les rideaux bruissaient dans une légère brise et les arbres oscillaient de l'autre côté de la fenêtre, lui donnant un aperçu de la lune qui déclinait vers l'horizon, à l'ouest. Cela lui confirma combien de temps s'était écoulé, parce que la dernière fois qu'il y avait prêté attention, la lune était bien plus fine. Quelque chose gonfla sa poitrine et il se surprit à fredonner. Pourquoi, il n'en avait aucune idée. Mais ça lui faisait du bien. Il continua, essayant de trouver un air qui sonnait juste. Enfin, il opta pour une note longue et grave, un peu comme un hurlement.

Ce qui signifiait probablement qu'il était bel et bien en train de devenir fou. Mais *waouh !* Il ne s'était pas senti aussi équilibré et aussi paisible depuis des années. Comme s'il avait traversé une décennie en accéléré, parvenant enfin à mettre en sourdine ses démons intérieurs. Même quand la lune eut disparu, il ressentait encore sa gravité réconfortante.

— Hmm.

Ella se tourna lentement dans ses bras.

Jake se blottit contre son épaule, reniflant profondément. Son parfum de rose des sables lui paraissait plus riche, plus intense qu'avant, tout comme celui des fleurs tropicales qui flottait par les fenêtres ouvertes. L'air iodé lui chatouillait le nez et ses oreilles percevaient des bruissements légers – le frottement des branches d'arbres sur le toit, mais aussi le mouvement des insectes à l'extérieur.

— C'est une matinée parfaite, murmura Ella.

Parfaite pour une course, souffla sa mystérieuse voix intérieure.

C'était ridicule. Pourquoi aller courir alors qu'il pouvait se prélasser au lit avec la femme de ses rêves ?

Pourquoi se prélasser quand on peut courir avec la femme de nos rêves ? rétorqua la voix.

— Tu vas bien ? chuchota Ella.

Il acquiesça lentement.

— J'essaie seulement de comprendre ce qui est réel et ce qui n'était qu'un rêve.

Elle déposa un baiser sur les jointures de ses doigts. Ses sourcils étaient froncés et ses lèvres pincées.

— Les métamorphes sont bien réels. Tout est réel, Jake.

Il récupéra ses mains.

— Alors... tu peux te transformer à la pleine lune ?

La voix intérieure au fond de lui se moqua :

Bien sûr que non.

— *Tu* peux te transformer, répondit Ella. Enfin, tu en seras bientôt capable. Chaque fois que tu en auras envie. Ça ne dépend pas de la lune.

Il regarda par la fenêtre. Curieux. Il aurait juré qu'il pouvait la sentir, là dehors. Elle l'appelait comme une sirène au chant irrésistible, le suppliant de venir s'ébattre.

Ella suivit son regard.

— La lune nous guide parfois. C'est subtil, tout comme elle affecte les humains, j'imagine.

— Et les morsures ? demanda-t-il en se touchant le cou.

Les cicatrices agissaient comme un interrupteur pour son désir et il étreignit Ella de plus belle. Il lui caressa le cou avant de descendre jusqu'à sa poitrine, dans un mouvement qui le rendit fou de désir.

Marque-la, grogna sa voix intérieure. *Elle doit nous appartenir.*

— La morsure nous rend solidaires, dit-elle, allongée, en le laissant explorer son corps. Liés pour toujours. J'espère que tu es d'accord.

Il ricana contre sa peau. Oh oui, il était parfaitement d'accord avec ça.

— J'aimerais juste qu'on puisse recommencer.

Ella lui répondit avec un sourire lascif.

— Bien sûr qu'on peut. Quand tu veux. Tu dois encore me mordre, McBride. Ça complétera le rituel. Ça nous complétera.

Son pouls s'emballa et ses sourcils remontèrent sur son front.

— J'aime entendre ça. Mais ça me fait peur. Et si je me trompais ?

Elle sourit.

— Si tu écoutes ton instinct, tu ne peux pas te tromper.

L'instinct ? C'était donc ça, la voix qu'il entendait ?

— Quand ? chuchota-t-il.

— Quand tu veux. Quand tu seras prêt. L'avantage, c'est qu'on peut le faire chaque fois qu'on en a envie.

Cela aurait dû lui sembler terrifiant, mais il était étrangement tenté... et résolument excité.

— Alors, c'est un peu comme un mariage, mais puissance mille ? plaisanta-t-il.

Ella secoua la tête et prit ses joues dans ses mains, plongeant son regard dans le sien.

— L'union, c'est plus que ça, Jake. C'est plus qu'une promesse ou une feuille de papier. C'est pour toujours... vraiment pour toujours.

Il sourit.

— Pour toujours, ça peut faire peur. Mais avec toi ? Avec joie.

Elle se blottit à nouveau contre son torse, source de chaleur et de soulagement.

— Il y a tant de choses que je dois t'expliquer.

— Oui, j'imagine. Mais chaque chose en son temps. Pour toujours, ça me plaît pour commencer.

Il la câlina un peu plus longtemps, tenté de lui faire l'amour. Après tout, si elle lui appartenait, ils pouvaient le faire aussi souvent qu'ils le souhaitaient, et il devait se faire pardonner. Mais l'envie de courir était encore plus forte, à tel point qu'il ne pouvait plus l'ignorer. Il se redressa lentement et avec soin, étonné de ne pas se sentir trop mal.

Pas mal. Besoin de mouvement. De métamorphose.

— Jake ?

Ella se redressa en lui touchant la cuisse.

Il avait envie de s'arrêter et de l'embrasser, de passer les doigts dans ses cheveux et de vénérer ce corps glorieusement nu pendant des heures. Cependant le besoin de bouger était de plus en plus pressant et il finit par poser les pieds au sol.

— Juste une seconde, murmura-t-il sans trop savoir quel instinct il suivait, seulement mû par la conviction qu'il devait le faire tout de suite.

Il se dirigea vers la porte et sortit sous le porche tout en longueur, un peu hébété. Pourquoi son corps était-il si à l'aise et endolori à la fois ?

— Tu vas bien ? lui parvint la voix d'Ella.

Il hocha la tête, réticent à la laisser derrière lui, mais impatient d'enfoncer ses orteils dans la terre. Le besoin était si intense que même après avoir descendu les marches du porche et senti le sol humide sous ses pieds, il en voulait plus.

Continue. Renifle. Cours. Roule par terre, l'encourageait sa voix intérieure.

La sensation agréable dans son dos céda la place à une raideur incroyable et il se voûta. C'était mieux.

— Jake ! s'écria Ella en accourant.

Il avait envie de se retourner pour lui assurer que tout allait bien. Au lieu de quoi, il tomba à genoux, se retenant sur les bras. Il ne s'effondrait pas, seulement...

La métamorphose, insista la voix rauque au fond de lui. *Laisse-moi sortir.*

— Jake, dit Ella en lui caressant le dos.

Hmm. Agréable, susurra la voix.

En effet, c'était agréable. Il ferma les yeux et rentra son menton contre sa poitrine, se déplaçant sous sa main.

— Ça alors, déjà ? murmura Ella.

Il n'avait aucune idée de ce qui se passait, mais il en avait assez de résister à ce qui se trouvait dans son corps. Il prit une grande inspiration, absorbant un tout nouveau monde d'odeurs et de sons.

Ella le caressait toujours. C'était une bonne initiative, car toutes ses articulations le faisaient souffrir le martyre et sa peau le démangeait.

— Montre-moi, mon compagnon, chuchota-t-elle.

Lui montrer quoi ? Jusqu'où allait sa folie ?

C'est moi que tu dois lui montrer, souffla sa voix intérieure.

— Ça ne te fera mal qu'une seconde, lui dit Ella d'une voix qui semblait lointaine.

Il grogna. En effet, c'était douloureux. Mais comme elle l'avait dit, cela ne dura qu'une seconde aveuglante. Après cela, tout ce qu'il ressentit, ce fut la sensation follement délicieuse des doigts d'Ella dans son dos.

— Waouh. Jake.

Il avait toujours les yeux fermés, mais « waouh » était bien le mot juste. Il sentait l'odeur des fleurs et de l'herbe, par vagues successives. Une terre riche et délectable sous ses quatre pieds, parfaite pour y planter ses griffes...

Son esprit s'enflamma.

Holà. Combien de pieds ?

Mais Ella le caressait toujours.

— Tu as réussi, Jake. Regarde.

Il cligna des yeux à plusieurs reprises, puis éternua. La couleur s'était infiltrée dans le paysage tropical et de petits rubans d'ombre ondulaient lorsqu'il bougeait la tête.

Ella éclata de rire et lui caressa les oreilles. Des oreilles qui se dressaient sur le dessus, pas sur les côtés de sa tête.

— Allez, regarde.

Il inclina la tête vers elle, puis se figea. Son nez était bien en avant de sa tête. Le bout était sombre et des moustaches dépassaient des deux côtés.

— Le plus beau des renards, commenta Ella en souriant.

Le plus beau des *quoi*? Il voulait crier, mais tout ce qui sortit de sa gueule fut un aboiement de surprise.

— Tu vois? dit Ella en prenant sa queue de renard dans sa main.

Jake demeura parfaitement immobile. Une queue? Depuis quand?

« Les métamorphes sont bien réels. Tout est réel, Jake », lui avait-elle dit.

C'était une chose d'entendre quelqu'un le dire. Mais le vivre, c'était de la folie.

Ella le saisit à bras-le-corps pour un énorme câlin plein de bonheur. Quant à lui, il hésitait entre le rire et les larmes. Il voulait la serrer dans ses bras à son tour, néanmoins il se contenta de lécher son oreille avec une langue effroyablement longue. Plus sa queue remuait, plus ses hanches oscillaient. Il se retourna pour regarder. Waouh. Il avait vraiment une queue.

— Tu es exactement comme je l'avais rêvé, murmura Ella dans sa fourrure.

Apparemment, elle avait rêvé de quelque chose qui ressemblait beaucoup à un loup, mais avec une queue plus touffue et une fourrure plus rousse, à en juger par l'interprétation des nuances de gris offertes par sa vision. Il était aussi grand qu'un loup, un loup imposant, mais avec un museau plus étroit. Il cligna plusieurs fois des yeux.

Pas un loup. Un renard, idiot, grogna la voix.

En se retournant, il faillit trébucher sur ses propres pattes. Lesquelles étaient censées bouger en premier ?

Ella arborait un sourire jusqu'aux oreilles.

— Attends, je vais te montrer.

Une seconde plus tard, elle se pencha pour se transformer. Ce fut une métamorphose simple et fluide, au cours de laquelle ses traits humains s'estompèrent progressivement pour laisser la place à un corps lisse et velu, avec une queue qui frétillait joyeusement.

Ella ! s'exclama-t-il avec surprise, sous forme de glapissement.

Elle répondit par un jappement et ils restèrent là un moment, deux renards l'un face à l'autre. Ses yeux étaient brillants et son museau frémissait. Sans même y penser, il commença à lui tourner autour, reniflant chaque centimètre de son corps. *Waouh*, il pouvait sentir son enthousiasme, sa joie... et même un soupçon de désir. Mieux encore, il sentait sa propre odeur sur elle... et la sienne sur lui.

Compagne, gronda la voix intérieure profonde. *Ma compagne.*

Il voulait se frotter contre elle, la lécher, se promener dans la plantation à ses côtés. Il voulait tout à la fois. Mais il avait encore du mal à coordonner ses pattes.

Ella poussa un hurlement de joie avant de danser autour de lui avec délice. Il était si joyeux et excité, lui aussi, qu'il entreprit de danser à son tour.

Un renard ! Tu es un renard ! Sa voix résonnait dans son esprit.

Les yeux bruns et orange d'Ella brillaient et sa fourrure miroitait sous le soleil du matin, exactement comme ses cheveux humains. Elle avait la même façon de pencher la tête quand elle le regardait. Ella restait fidèle à elle-même... tandis qu'il en était une version XXL plus sombre. Il tourna plusieurs fois en rond en essayant de se regarder, manquant trébucher sur ses propres pattes. Décidément, il avait beaucoup à apprendre.

Allez !

Ella s'élança comme si c'était facile. Aussi facile qu'il semblait l'être pour son esprit de traduire ses jappements en mots.

Une seconde plus tard, cette idée le frappa. Un instant, comment cela fonctionnait-il au juste ?

Est-ce que tu m'entends ? Il essaya de faire passer ses pensées dans son esprit.

Bien sûr que oui.

Il renifla. Bien sûr ? Il allait vraiment devoir s'habituer à tout ça.

Il fit un pas bancal, puis un autre, tandis qu'Ella trottinait en rond autour de lui, frôlant sa fourrure.

C'est très facile, fredonnait-elle, se lovant à nouveau autour de son corps.

Plus elle le touchait, le déconcentrant délicieusement, moins il pensait à la mécanique de la marche et plus il se déplaçait en douceur. En peu de temps, il trottait à son tour, esquivant les branchages qui lui chatouillaient le pelage et éternuant tant le parfum des fleurs exotiques lui piquait les narines.

C'est l'heure, on se dépêche, soldat, le taquina Ella en s'élançant.

Attrape-la, insista sa voix intérieure. *Rattrape notre compagne.*

Il se rua à sa poursuite, bien déterminé à la rattraper, et en même temps, distrait par son nouveau corps. Sa langue était-elle censée pendre sur le côté de sa gueule ou devait-elle rester au milieu ? Sa queue était-elle trop haute ou trop basse ?

Peu importe, lui dit sa voix intérieure. *Contente-toi de courir.*

Il redoubla de vitesse à la poursuite de sa compagne. Une fois qu'il se fut habitué à la démarche à quatre pattes, il obtint la vitesse nécessaire pour rattraper Ella. Mais elle était agile, et chaque fois qu'il parvenait presque à toucher le bout de sa queue, elle l'esquivait d'un mouvement vif qu'il avait du mal à suivre. C'était très amusant, le genre de plaisir enfantin, hors d'haleine et en pleine nature, qu'il n'avait pas connu depuis des années. La plantation où il avait patrouillé si souvent était devenue un véritable terrain de jeu, source de joie et d'émerveillement : le sol riche et humide, les brins d'herbe rêches, le champ de taro envahi par la végétation dans lequel Ella et lui s'ébattaient. Tant de détails qu'il n'avait jamais remarqués auparavant prenaient vie. Comment avait-il pu passer à côté de tant de choses ?

Soudain, il s'arrêta dans un grognement, tous les poils de son corps hérissés. Quelque chose n'allait pas. Pas du tout.

Que se passe-t-il ? demanda Ella en se retournant pour revenir à côté de lui.

Il fit un pas de côté, essayant de garder son corps entre Ella et l'intrus qu'il sentait. Il renifla et gratta le sol, cherchant à situer l'odeur.

Ella renifla à son tour, près de ses pattes, et elle éclata de rire.

Ce n'est que Boone.

Mais Jake grognait toujours. Boone était quelqu'un de bien, mais l'idée d'un loup mâle empiétant sur son territoire activait au maximum ses instincts surprotecteurs.

Ella enroula son corps autour du sien, le rassurant tant bien que mal.

Tu connais ces hommes aussi bien que moi. Tout va bien.

Il lâcha un autre grondement grave. Non, un mâle à proximité de sa compagne, ça n'allait *pas* bien.

Il faut terminer le processus d'union. Il faut absolument la faire nôtre, gronda son renard dans ses pensées.

La marque de morsure dans son cou le démangeait et il dévisagea Ella. Elle avait dit qu'il devait encore la mordre, alors peut-être...

« Quand tu voudras », avait-elle dit. « Quand tu seras prêt. Si tu écoutes ton instinct, tu ne peux pas te tromper. »

Putain, il se sentait prêt. Désespérément.

Mords-la. Achève le rituel, disait sa voix intérieure. *Pour plus de sécurité.*

La notion de morsure dans le cou et celle de sécurité n'allaient pas naturellement de pair, et pourtant, son corps se réchauffa à cette idée.

Ella tourna la tête vers l'ouest.

Ce coin de forêt, là-bas, est chargé d'odeurs d'ours, et de l'autre côté de Koa Point, tu sentiras le tigre. Après tout, nous sommes chez eux. Tu deviens possessif avec moi ?

Il se rapprocha et frotta son cou contre le sien.

Je ne suis pas sûr de pouvoir m'en empêcher.

D'un côté, il se rebellait contre cette idée. Une femme n'était pas un objet à posséder, surtout une femme comme Ella. Mais d'un autre côté, son côté renard, sans doute, il était totalement séduit.

Elle pourrait être à nous pour toujours. Personne ne pourra nous séparer.

Jake aimait cette partie. Et Ella l'avait mordu, après tout, ce qui signifiait qu'elle était d'accord avec la partie « pour toujours » de l'équation.

Elle remua la queue en sautillant.

Si tu me veux, tu vas devoir m'attraper, dit-elle en s'élançant à nouveau.

Jake fit claquer sa queue dans un mouvement simple, mais dont il était ridiculement fier, puis se rua à sa poursuite. Cette fois, elle ne s'échapperait pas.

Laisse-moi seulement m'occuper de la course, gronda son côté renard.

Jake devait bien admettre que c'était plus logique que de trébucher sur ses propres pattes. Un jour, il maîtriserait cet enchaînement. Mais pour l'instant, tout ce qui comptait, c'était sa compagne.

Ses pattes martelaient le sol et les branches lui fouettaient les épaules. La queue d'Ella s'agitait comme un drapeau alors qu'elle l'entraînait dans une course folle à travers la plantation. À deux reprises, il s'approcha suffisamment pour bondir, mais chaque fois, elle s'enfuyait en riant.

Je serai dans l'eau avant toi, lança Ella en filant vers la plage.

Jake serra les dents et ravala sa réponse. Non, elle ne le battrait pas. Pas s'il faisait un effort. Il se mit à courir, réduisant la distance qui les séparait au moment où Ella atteignait l'affleurement rocheux délimitant la plage.

Maintenant ! cria-t-il à son renard, synchronisant son saut.

Ella fit une feinte sur la droite comme il l'avait prévu et il l'attrapa au vol avant de la plaquer à terre. Une seconde plus tard, ils roulaient l'un sur l'autre. Lorsqu'ils s'arrêtèrent, il avait le dessus et il pantelait.

Je t'ai eue !

Je l'ai eue, renchérit son renard avec un jappement joyeux.

Oh, tu crois ? répondit Ella avec malice. *Et si je fais ça ?*

Elle se trémoussa un peu et l'air autour d'elle se mit à chatoyer. En un clin d'œil, elle reprit forme humaine sous son corps. Elle resta allongée, entièrement nue, une intention malicieuse dans son regard brillant.

Jake se figea, sans savoir ce qu'il devait faire.

Il est temps pour toi de prendre le relais, lui dit son renard. *Sois attentif au moment de la morsure.*

Le retour à la forme humaine s'effectua si rapidement qu'il ne comprit pas ce qui se passait avant de tomber sur Ella, se retenant sur les coudes et les genoux. Il se baissa jusqu'à ce que sa poitrine se presse contre la sienne. Ses yeux irradiaient de désir et d'amour et, pour tout mouvement, elle déplaça ses jambes afin de lui donner plus d'espace.

— Je t'ai eue, dit-il d'une voix rauque.

— Tu m'as eue.

Ses yeux étaient plus que brillants, ils étaient étincelants.

— Pas mal pour ta première fois, McBride.

Si elle parlait de première fois, cela impliquait d'autres occasions pour s'adonner à nouveau à ce genre d'amusement. S'il avait encore sa queue, il l'aurait remuée fougueusement.

Les palmiers se balançaient, projetant des ombres sur leurs corps. La fine couche de sable sur laquelle ils avaient atterri formait un matelas ferme sous eux et le vent bruissait dans les feuilles au-dessus.

— Je crois que tu t'es laissé attraper, Kitt.

— Oh, je ne ferais jamais une chose pareille.

Elle passa son talon le long de sa jambe, propageant des éclats de chaleur dans toutes ses veines.

— Et où cela nous mènerait-il ?

— Par exemple, nus, tous les deux, seuls sur la plage ? proposa-t-il en riant.

Ella rentra le menton et contempla leurs corps.

— Hmm. Nus et seuls. Et maintenant ?

Il sourit et déplaça son poids, lui faisant sentir la rigidité de son membre.

— J'ai bien ma petite idée.

— On peut savoir quoi, soldat ?

Elle étira les bras au-dessus de sa tête, un sourcil levé. Son parfum l'enveloppait, imprégné de désir.

— Je pensais à un baiser, des caresses.

Il laissa ses lèvres jouer sur sa clavicule.

— Ça a l'air tellement sage, dit Ella.

En même temps, elle se cambrait sous son corps, l'invitant à l'exploration.

Il glissa sa main droite le long de ses côtes. Lentement et avec douceur, il effleura le gonflement de sa poitrine en descendant, puis remonta plus vigoureusement. Lorsqu'il l'embrassa, elle lui rendit son baiser avec passion. Après avoir passé sa langue sur la sienne, il s'écarta assez longtemps pour haleter :

— Je peux te garantir que ça n'aura rien de sage.

— Tant mieux, répondit-elle, l'attirant dans un autre baiser profond et avide.

L'air s'épaissit, chargé d'un parfum sucré et moite traduisant une intense luxure, et le corps d'Ella se tendit sous le sien. Ses jambes se refermèrent autour de sa taille. Il fit glisser son pouce sur son mamelon, qui pointa aussitôt.

Bientôt, murmura sa voix intérieure alors qu'il glissait sur son corps, une paume sur son sein rebondi. Il le suça avec avidité jusqu'à ce qu'Ella gémisse d'envie.

— Oui…, murmura-t-elle en passant les doigts dans ses cheveux.

Elle avait si bon goût. Il vénérait jusqu'à son odeur et le son de sa voix.

À moi ! hurla son renard. *Elle est à moi !*

Il descendit la main, se rapprochant de sa chaleur humide. Son doigt s'enfonça directement dans ses replis, puis il la pénétra encore plus et le fit tourner en elle, lui arrachant un gémissement.

— Oui…

Il n'était jamais passé aussi vite de la tentation au besoin aveugle et furieux. Jamais il n'avait ressenti une telle impatience de s'unir à une femme.

Elle doit être à nous. Pour toujours, insista sa voix intérieure.

Il lui mordilla la poitrine avant de remonter dans son cou, se concentrant sur cet endroit qui l'attirait irrémédiablement.

— Oui, chuchota Ella. Juste ici.

Lorsqu'il passa les dents sur sa peau, elle se plaqua contre lui.

— Fais-le. S'il te plaît. Je te fais confiance.

Elle inclina la tête, lui offrant son cou.

Jake lui écarta les jambes avec un genou, se positionnant entre ses cuisses, et il laissa son instinct prendre le dessus.

Je m'en occupe, lui assura son renard. *Mais d'abord, tu dois. . .*

Il rua, plongeant profondément en elle. Surprise, Ella poussa un cri d'extase.

Oui, il savait très bien ce qu'il devait faire en premier. Un corps-à-corps torride et furieux avec la femme qu'il aimait.

Je gère, marmonna-t-il. Pour cette partie, il n'avait pas besoin d'aide. Il se retira, le corps endolori, avant de revenir à la charge.

Elle haleta et resserra les jambes autour de lui, tandis qu'il lui répétait combien elle était délicieuse.

Il allait et venait sans relâche, à présent, adoptant un rythme à peine contrôlé, regardant Ella sans vraiment la voir. Les sensations étaient si intenses. La régularité des vagues qui déferlaient sur le sable derrière lui l'incitait à continuer, aussi urgemment qu'Ella avec ses mains et sa voix.

— Plus fort. S'il te plaît. Plus fort. . .

Il ramena sa jambe plus haut le long de son corps et poussa plus profondément encore, ralentissant seulement pour savourer chaque centimètre moite et serré.

Là, dit soudain son renard, rapportant son attention vers son cou.

Sa vision s'étrécit, son point de mire réduit sur l'entaille, sur le côté de sa gorge, et il entreprit de lui sucer la peau.

— Oui. . ., gémit-elle, le guidant encore plus haut.

Ses gencives devinrent brûlantes et ses canines s'étirèrent, mais il n'en fut pas alarmé. Au contraire, il se sentait bien, tout comme son sexe était parfaitement à son aise entre les parois d'Ella. Lorsqu'il passa les dents dans son cou pour la deuxième fois, son corps s'embrasa sous l'effet d'un besoin primaire.

Là. Mords profondément. Marque-la comme tienne, lui intima la voix à l'intérieur de sa tête.

— Jake..., gémit Ella.

Son corps se crispa tout entier alors qu'elle montait en flèche vers un orgasme puissant. Il se retira et marqua une pause avant de revenir, lui donnant ce dont elle avait besoin. Une fois, deux fois...

— Oui !

Ella cria et son corps se mit à trembler.

Au moment où Jake explosait, balayé par son propre orgasme, il plongea les dents dans son cou. Une lumière blanche aveuglante effaça le reste du monde, à l'exception de la sensation de leurs deux corps mêlés et du faible pouls d'Ella sous ses dents.

Attends. Garde tes lèvres scellées, ordonna sa voix intérieure.

Des directives que Jake suivit scrupuleusement. Oh putain, était-ce vraiment en train d'arriver ?

Accroche-toi. Mords plus profondément, reprit la voix. *Laisse-toi aller.*

Il fit ce qu'on lui demandait, savourant l'euphorie incroyable qui s'emparait de lui. Ella se tordait d'extase, son corps comme électrisé. Le plaisir la rendait vivante.

Il resta ainsi encore un moment, remarquant vaguement que le plaisir cédait la place à une douce béatitude. Longtemps après que ses dents se furent retirées, il garda les lèvres serrées.

— Oui...

Ella se crispa dans un dernier spasme de plaisir avant de devenir alanguie.

Jake passa la langue sur les traces de morsures, s'assurant que les blessures soient bien refermées avant de la libérer et de se laisser tomber sur sa poitrine, le souffle court. Il craignait d'écraser Ella, mais elle ne semblait pas s'en soucier.

Ça ne me dérange absolument pas, murmura-t-elle, lisant visiblement dans ses pensées. Elle passa les mains sur son dos avec un faible roucoulement, comme un oiseau satisfait dans son nid.

À moi, gronda le renard de Jake.

— À moi, haleta-t-il dans son cou.

Son ancienne vie lui semblait à des milliers de kilomètres. Un avenir radieux s'offrait à lui, lui donnant des aperçus du genre d'existence à laquelle il s'était à peine autorisé à rêver. Une vie entière avec Ella, ensemble. Pour toujours.

— À moi, acquiesça-t-elle en l'étreignant avec les bras et les jambes. Pour toujours.

Chapitre 18

— Je suis comment ? demanda Ella en se tournant vers Jake, trois jours plus tard.

Il affichait cette expression un peu gauche qui signifiait : « Tu es toujours superbe », mais qui ne l'aidait pas vraiment, même si elle se sentait aussi précieuse qu'un million de dollars. Ses yeux étincelèrent alors, révélant le renard en lui qui grogna :

Tu es à moi, voilà comment tu es.

Toi aussi, tu es à moi, susurra sa renarde en réaction.

C'était incroyable comme en seulement quelques jours, et même en quelques minutes, sa vie avait basculé. Jake avait survécu au combat et à la transformation qui avait fait de lui un métamorphe. Il avait entièrement récupéré et s'était rapidement changé en renard, à sa plus grande joie. Bien sûr, elle l'aurait aimé, quelle que soit sa forme animale, cependant le découvrir en renard, c'était la cerise sur le gâteau. Elle avait vécu la majeure partie de sa vie parmi d'autres espèces de métamorphes et c'était un bonheur très spécial d'avoir enfin quelqu'un de sa propre espèce. Ils pouvaient courir ensemble, jouer à se pourchasser côte à côte et explorer le monde, car ils le percevaient de la même manière.

— Tu es belle, lui dit Jake à voix basse.

Ce cher Jake, qui l'avait toujours comprise mieux que quiconque. Il savait qu'elle n'était pas à l'aise avec les compliments excessifs, pas plus qu'avec de belles choses comme de jolies robes, à l'image de celle qu'elle portait en ce moment même, la robe jaune que Lily avait insisté pour qu'elle achète pendant leur virée shopping.

Jake portait lui aussi ce qu'il avait acheté en prévision de leur voyage de noces, un pantalon décontracté de couleur sable qui mettait en valeur ses fesses parfaites et un polo bleu épousant son torse à merveille. Elle aurait pu jurer que cet homme avait été mannequin dans une vie antérieure.

— Toi, tu es superbe, répondit-elle.

Jake se regarda et, alors qu'il basculait son poids sur l'autre hanche, il perçut dans son reflet un côté campagnard.

— C'est assez bien pour un mariage ?

— Ils ont dit décontracté.

Elle gloussa en se rapprochant, caressant son col tout en lui chuchotant à l'oreille :

— Tu es assez beau pour que je te dévore... ou te déshabille sur place avant qu'on prenne notre pied.

Putain, elle était très tentée, mais ils l'avaient déjà fait plus tôt dans la journée. L'union avait augmenté leur appétit insatiable pour le sexe et ils s'étaient livrés à de longues et délicieuses parties de jambes en l'air à toute heure de la journée. Heureusement qu'ils n'étaient plus en mission de sécurité.

— Ça me plairait bien, répondit Jake d'une voix rauque tout en faisant courir ses doigts le long de ses côtes, chatouillant presque sa poitrine.

Sa renarde intérieure susurra.

À moi aussi, ça me plairait bien.

Ella s'arrêta avant d'enrouler sa jambe autour de celle de Jake et elle s'écarta sagement.

— Allez, on ne peut pas être en retard.

— Oui, c'est vrai.

Il cligna des yeux plusieurs fois, repoussant son côté animal.

— Je n'en reviens pas que Silas et Cassandra aient retardé leur mariage pour nous. Mais après toute cette effervescence et les bébés...

Elle lui prit la main et l'entraîna dans l'escalier de la maison de la plantation pour se diriger vers le chemin sinueux conduisant à Koa Point.

— C'est comme ça qu'une meute fonctionne, dit-elle avant de rire. Ou un clan, ou une troupe, peu importe comment tu l'appelles.

Jake secoua la tête.

— Un jour, il faudra que je retienne le vocabulaire de chaque espèce.

Ella éclata de rire. C'était ce qu'il y avait de beau, à Koa Point, le mélange de métamorphes. Chacun se fichait éperdument de la dénomination de leur petit groupe éclectique.

— Peu importe comment ça s'appelle, nous sommes plus soudés que la plupart des familles.

Jake acquiesça avec enthousiasme et elle devina ce qu'il pensait. Que les meutes de métamorphes avaient beaucoup de points communs avec les unités militaires.

— Je peux le comprendre, dit-il avant de soupirer. Mais j'ai encore beaucoup de choses à apprendre.

Elle glissa une main autour de sa taille, l'enfonçant dans sa poche arrière.

— Je me ferai un plaisir de t'enseigner.

Il sourit et passa le bras sur ses épaules.

— Et moi un plaisir d'apprendre.

Ella vivait un autre de ces moments de bonheur, du genre « pincez-moi, je rêve », et elle leva les yeux vers le ciel. Si bleu, si parfait. Plus qu'elle n'aurait jamais osé le rêver. Elle était blottie contre son compagnon prédestiné, qui ne lui avait jamais paru aussi joyeux et détendu qu'en cet instant. Bien sûr, il lui faudrait un certain temps avant que Jake accepte tous ses démons, mais il était sur la bonne voie.

On arrive, lança sa renarde alors qu'ils se dirigeaient vers le chemin pour aider leurs amis les plus proches à fêter ce jour de joie.

De joie, c'était le mot, et à plus d'un titre.

Des pleurs de bébé dérivèrent dans l'air une fois qu'Ella et Jake eurent franchi les quatre cents mètres de distance jusqu'à Koa Point et se furent approchés de la salle commune. Apparemment, l'un des jumeaux venait de se réveiller. Le nourrisson s'arrêta un moment plus tard, apaisé par un faible bourdonnement.

Ella réprima un rire lorsqu'ils émergèrent à l'air libre.

— Boone papa, chuchota-t-elle à Jake. Qui l'aurait cru ?

Elle désigna Boone, qui faisait les cent pas le long de la salle commune tout en fredonnant, un petit paquet rose sur son épaule. Keiki le suivait de près, essayant de sauter sur le bord de la couverture de bébé qui traînait au sol.

Jake sourit.

— Il faut croire que les gens changent quand le bon moment est venu.

Ella baissa les yeux sur sa robe, puis sur sa main, toujours serrée dans celle de Jake. Les gens ne changeaient peut-être pas vraiment, mais du moins, ils laissaient transparaître une partie de leur face cachée.

Tout est pour le mieux, lui assura sa renarde.

Kai leva les yeux et les salua.

— Ah, vous êtes enfin sortis du lit assez longtemps pour nous rejoindre, à ce que je vois ?

Tessa donna une petite tape à son compagnon à la place d'Ella et elle posa les mains sur ses hanches.

— Je crois me souvenir d'un certain dragon qui se prélassait dans le lit ce matin même. Qu'est-ce qu'il disait, déjà ? Ah, oui.

Tessa baissa la voix pour imiter celle de Kai :

— « Bébé, on a tout notre temps ».

— Je me souviens de cette époque, dit Boone en feignant de soupirer.

— C'est ça. Comme si tu avais horreur du rôle de père, répondit Ella.

Boone afficha un immense sourire et tendit la petite Luna pour qu'Ella puisse l'admirer.

— Elle n'est pas formidable ?

Il avait passé la semaine précédente à changer les couches, à faire faire les rots et à câliner ses jumeaux avec enthousiasme, laissant à peine les autres profiter de leurs nouveaux rôles d'oncles et de tantes. Même les réveils nocturnes ne semblaient pas perturber Boone.

— Elle est magnifique, dit Ella, qui parvenait à peine à discerner un petit nez dans cet emballage.

Elle alla ensuite voir Nina qui était assise sur le canapé avec Kale, l'autre jumeau.

— Ça va ?

— À merveille, répondit Nina, rayonnante. Encore une fois, désolée pour le timing, mais je vais bien. Et ce petit gars aussi.

Elle écarta le bord de la couverture bleue pour révéler son fils.

Une fois de plus, le cœur d'Ella se mit à fondre.

— Trop mignon.

Quand Ella glissa son auriculaire dans le poing minuscule, son doigt paraissait gigantesque en comparaison avec les siens.

— Dommage pour la Ferrari, vieux, plaisanta Kai. Pas de place pour les bébés. Tu es abonné aux monospaces maintenant.

Boone haussa les épaules.

— On a la Ferrari des monospaces, de toute façon.

Ella s'esclaffa. Le nouveau monospace de Boone était rouge, mais c'était à peu près tout ce qu'il avait de commun avec la Ferrari.

Le petit Kale se mit à hurler et il s'empressa de venir échanger sa fille contre son fils.

— Je te jure que tu vas trop les gâter, dit Nina en essayant de paraître sévère.

— Impossible, insista Boone. Pas mes bébés.

— Eh bien, tante Tessa a l'intention de les gâter, elle aussi, dès que Boone lui laissera une chance, annonça cette dernière.

Elle était restée près de Kai, lançant à son compagnon un regard furtif et secret qu'Ella intercepta, le genre de regard qui signifiait : « Fais attention, chéri. Nous sommes les prochains. »

Kai passa la main dans le dos de Tessa et lui fit un clin d'œil, ses yeux brillants comme pour lui exprimer son assentiment.

Ella jeta un regard circulaire. En fin de compte, ses camarades des forces spéciales durs et coriaces n'avaient pas changé. Ils continuaient à se taquiner, à se lancer des blagues et, par moments, à bomber le torse. Pourtant, à d'autres égards, ils avaient grandi... beaucoup. Ils adoraient leurs compagnes et n'hésitaient pas à les complimenter avec une grande tendresse... en public, qui plus est. Ils gâtaient Keiki et rivalisaient pour avoir la chance de porter les bébés, tout comme les femmes de Koa Point. Leur subtile transformation ne se limitait pas à cela, cependant, même si elle avait du mal à trouver un terme précis.

Ils sont posés, heureux, calmes, expliqua sa renarde. Comme des civils.

Voilà, c'était ça. Ils avaient appris à mettre en marche et à éteindre leur côté militaire ultra-vigilant pour profiter de la vie.

Elle prit la main de Jake et la serra contre elle. Lui aussi avait parcouru un long chemin. Alors, un jour… qui sait ? Il connaîtrait peut-être à son tour ce calme intérieur.

Jake passa les lèvres sur sa joue et une voix murmura au fond de sa tête. C'était la voix du destin, ancestrale et sage.

Vous y arriverez tous les deux.

Moi ? Elle avait envie de protester. Ce n'était pas elle qui cherchait quoi faire de sa vie et où habiter.

Sa renarde émit un grognement désapprobateur et une foule d'images lui traversèrent l'esprit. Toutes ces nuits à courir seule dans le désert de l'Arizona. Toutes les fois où elle avait refusé des propositions de soirées au ranch de Twin Moon pour rester sous le porche de sa maison vide à contempler les mesas. Toutes les fois où elle s'était retournée dans son lit pour essayer de s'endormir.

Bon, d'accord, Jake n'était pas le seul à avoir des fantômes dans la tête. Mais maintenant qu'elle avait trouvé son compagnon, le monde semblait avoir ralenti à un rythme plus confortable, avec une ambiance bien plus légère.

Elle se tourna vers Jake. Il avait penché la tête en arrière et humait la brise marine. Il profitait de la paix, à la fois intérieure et extérieure. Quand il ouvrit les yeux, il lui sourit. C'était un sourire immense qui venait du cœur. Il l'attira à ses côtés. Ses instincts possessifs de métamorphe reprenaient le dessus, et honnêtement, Ella ne s'en souciait pas le moins du monde.

Boone murmura quelque chose à Kale tout en le berçant pendant qu'il se promenait.

— Et vous qui disiez que ça ne servait à rien que je fasse les cent pas, marmonna Cruz en arrivant avec Jody.

— Ça ne sert à rien de faire les cent pas. Comme ça, c'est mieux. Maintenant, tais-toi et laisse mon bébé dormir.

— Est-ce que Boone aurait enfin grandi ? fit Kai.

Boone secoua la tête.

— Mûri, comme du bon vin. Maintenant, passe-moi ce hochet, abruti.

Mûri. C'était le bon mot, décida Ella. Au fond, ils n'étaient pas beaucoup plus vieux ni très différents. Ils avaient seulement adopté de nouveaux rôles.

Silas et Cassandra apparurent au bord de la pelouse et s'avancèrent, main dans la main, preuve supplémentaire du chemin parcouru par les métamorphes de Koa Point. Silas, la définition même du dragon réservé et taciturne, arborait à présent un immense sourire. Il paraissait plus jeune de dix ans et cent fois plus détendu qu'elle ne l'avait jamais vu. C'était étonnant, car « Silas » et « détendu » étaient deux mots qui apparaissaient rarement dans une même phrase, en temps normal, sauf pour dire : « Hé, Silas, tu devrais être un peu plus détendu, tu sais ! »

En tout cas, voilà, c'était enfin arrivé. Ella prit une profonde inspiration. C'était aussi le cas pour eux.

— Quoi ? chuchota Jake alors que tout le monde saluait l'heureux couple.

Ella essaya de ravaler la boule qui lui obstruait la gorge, en vain.

— Je n'arrive pas à croire que tout se soit bien terminé.

Jake l'attira à lui et prit son visage entre ses mains, passant les pouces sur ses joues.

— Moi si, j'y crois.

Elle inspira. Jake était merveilleux. Il s'accrochait à l'espoir alors même qu'elle avait baissé les bras. Cet homme était destiné à devenir métamorphe, avec sa confiance inébranlable en l'amour.

Le destin, chuchota sa renarde.

Elle l'étreignit avant de se tourner vers le brouhaha derrière elle. Tout le monde riait, plaisantait et parlait en même temps. Hunter gratifia Silas d'une tape dans le dos. Dawn admirait la robe de Cassandra. Boone portait le petit Kale et Tessa ajustait la fine cravate noire de Kai pendant que Silas et Cassandra saluaient tout le monde.

— Tu as l'air en forme, McBride, dit Silas en lui serrant chaleureusement la main.

Le sourire d'Ella s'agrandit. Oui, son compagnon avait l'air très en forme.

— Ça va super, répondit Jake en lui jetant un coup d'œil comme pour dire que c'était grâce à sa compagne.

Silas allait assener à Ella son habituelle tape bourrue sur l'épaule, mais il se retint pour bredouiller :

— Oh, et puis zut.

À la place, il lui donna une bise sur la joue.

— J'ai le droit de faire ça maintenant ?

Ella éclata de rire et la boule dans sa gorge finit par s'alléger.

— Peut-être, pour les occasions spéciales.

Tout le monde riait et souriait… surtout Ella. Cela paraissait tellement facile de vivre dans sa peau. Toute sa vie, elle s'était battue pour faire ses preuves. Elle en était très fière, bien sûr, mais ça lui faisait du bien d'être simplement elle-même et de se détendre un peu.

— Désolé d'avoir retardé le grand jour, dit Jake.

Cassandra se contenta de hausser les épaules.

— Ce n'est pas grave.

— Pas grave ? C'est ton mariage ! bafouilla Ella.

— Un tout petit mariage, répondit-elle en riant, entre amis et en famille seulement, comme on le voulait. C'est facile de changer une date en petit comité.

— On tenait à votre présence, ajouta Silas.

— Comme on l'a dit. Rien que les amis et la famille.

Cassandra souligna ce dernier mot avec un clin d'œil à Jake.

— En parlant de votre présence…, commença Silas.

Cassandra secoua la tête et leva les yeux au ciel.

— Et voilà, il va recommencer à parler affaires.

Silas leva les deux mains.

— Seulement un peu. Je voulais vous demander à tous les deux de rester. Je veux dire, de rester pour de bon. D'intégrer notre clan.

— Notre meute, murmura Boone, corrigeant Silas comme toujours.

Silas l'ignora, comme toujours aussi, et tout le monde se rassembla pour l'écouter.

— Ella a toujours fait partie de notre clan. Jake s'y intègre aussi et on aimerait vraiment que vous restiez. Vous pourriez vous installer dans la maison de la plantation. Peut-être même, la rénover. Et continuer à nous aider avec la sécurité. Ce besoin n'a pas changé. Bien sûr, vous n'aurez plus à faire semblant d'être en voyage de noces.

— Ah, ça fait un bout de temps qu'ils ne font plus semblant, pouffa Kai.

Boone sourit.

— Je dois dire que c'était plutôt drôle.

Ella pointa le loup du doigt.

— Je te ferais ta fête si tu n'avais pas un bébé dans les bras, Hawthorne.

Elle plaisantait, bien sûr. Et honnêtement, elle avait encore l'impression d'être en voyage de noces. Elle était sur un petit nuage et flottait dans l'amour.

— On avait raison de dire que vous étiez parfaits ensemble, n'est-ce pas ? lança Boone.

Ça, elle devait le lui accorder.

— Vous voulez dire..., commença Jake, son regard passant de Boone à Kai, puis Hunter.

Elle soupira.

— On dirait que les garçons ont joué les entremetteurs plus qu'on ne le pensait. Je ne sais pas si je dois les punir ou laisser couler.

Jake réfléchit pendant une minute avant de hausser les épaules.

— On va peut-être les laisser s'en tirer pour cette fois.

Le regard qu'il lança aux autres signifiait à la fois « merci » et « évitez de trop taquiner ma compagne, à l'avenir ».

Tessa hocha la tête avec enthousiasme.

— Ce serait formidable de vous avoir ici.

— Oui, ajouta Jody. Tu pourrais nous aider à discipliner les mecs.

La poitrine d'Ella se gonfla et elle poussa un énorme soupir. Ça lui faisait un bien fou d'être désirée. Son premier instinct était de sauter sur l'occasion, mais quand elle prenait le temps d'y réfléchir...

Elle regarda Jake dont le regard en disait long. Vivre à Maui avec le groupe de personnes qui les comprenait le mieux au monde, ce serait merveilleux, mais ils étaient tous les deux attirés par le désert du sud-ouest.

— C'est une bonne proposition..., commença Jake.

— Une excellente proposition, s'empressa-t-elle d'ajouter.

Silas pencha la tête.

— Mais ?

Ella se mordit la lèvre. Comment l'expliquer ?

— On aimerait beaucoup. Vraiment. Mais il y a cette petite maison près d'un ranch en Arizona... Des milliers d'hectares de campagne...

Silas ricana.

— Assez d'espace pour qu'un jeune couple de renards puisse gambader, c'est ça ?

Elle hocha rapidement la tête. Elle aimait Koa Point, mais elle aimait aussi le ranch de Twin Moon. Jake s'y plairait. La paix. La solitude. Ils auraient des emplois stables et patrouilleraient sur les terres du vaste ranch dans un paysage qui était dans leur sang depuis la naissance. Sans compter tout le temps qu'ils passeraient ensemble.

Une vie entière.

Sa renarde poussa un soupir rêveur.

— On pourra vous rendre visite ? demanda-t-elle alors que la brise changeait de direction, charriant ce parfum qui rendait Koa Point si spécial.

Les fleurs. L'océan. Les bons amis.

— Aussi souvent que vous le voudrez.

— Oh, vous pourriez séjourner à Pu'u Pu'eo, proposa Kai, maintenant qu'on a décidé de ne pas vendre la propriété. Je n'en reviens pas qu'on ait pu envisager de s'en séparer.

Ella fit la grimace.

— Surtout pour la vendre à un type comme Goode. Je n'arrive toujours pas à croire qu'il nous ait suivis jusque là-bas.

Kai fronça les sourcils.

— On dirait bien qu'on n'est pas les seuls à avoir fait un travail de détective. Quoi qu'il en soit, l'acte de propriété est modifié en ce moment même pour éviter que ça se reproduise.

— Goode, renifla Jake. Tu parles d'un nom.

Ella secoua la tête. Elle n'arrivait pas à s'y faire. Au cours de la semaine qui s'était écoulée, Kai et Silas avaient mené l'enquête pour trouver le fin mot de l'histoire. Goode était l'un des nombreux pseudonymes que le ligre avait employés. Les marchands d'armes le connaissaient sous le nom de Geoff LeBonn, comme Kai l'avait découvert. Dans tous les cas, c'était bien l'homme que soupçonnait Hoover, le camarade de Jake. En tant qu'entrepreneur privé au bras long et aux contacts douteux, Goode avait exploité la souffrance humaine dans des régions du monde déchirées par la guerre pour en tirer un profit personnel. Moira s'était sûrement frotté les mains en le rencontrant, l'homme parfait pour effectuer son sale boulot. Elle voulait se venger des métamorphes de Koa Point et Goode de Jake pour avoir commis le « crime » de faire capoter involontairement une transaction lucrative.

« C'est bien cet enfoiré ! Tu l'as eu ? » avait aboyé Hoover au téléphone quand Jake l'avait appelé, deux jours plus tôt.

Oh, oui, et plutôt deux fois qu'une, avait entonné son renard intérieur.

Kai et Silas s'étaient débrouillés pour que leurs contacts sur le continent enquêtent sur les informations dont disposait Ella afin de mettre un terme aux opérations illégales de Goode ; trafic d'armes, trafic de drogue et prostitution. Les femmes avaient été libérées et les derniers membres de l'unité de Jake pouvaient enfin respirer en paix et faire le deuil de leurs camarades tombés au combat.

Jake hocha vivement la tête.

— Je regrette seulement qu'on ne l'ait pas eu plus tôt.

Ella faillit ajouter qu'elle aurait aimé avoir Moira aussi, mais ce n'était ni le moment ni l'endroit. Elle ne devait pas non plus s'en vouloir d'avoir cru que Goode et son groupe de métamorphes félins avaient un rapport avec Silas. En fin de compte, ce dernier avait seulement prévu de les rencontrer pour la visite immobilière, rien de plus. Elle prit la main de Jake et la serra fermement.

— Ne regarde pas le passé, McBride. Seulement l'avenir.

Il se fendit d'un petit sourire et acquiesça.

— L'avenir, ça me plaît.

— En parlant de ça..., commença Cassandra avant de s'éclaircir la voix. Il y a quelque chose de prévu dans notre avenir proche. Très proche.

Elle se tourna vers Silas.

— Tu as des doutes ou tu es prêt pour ce mariage ?

Silas éclata de rire, une sonorité naturelle et chaleureuse qu'Ella ne lui connaissait pas.

— Oh, que oui.

Dans l'hilarité générale, Tessa et Jody accoururent avec des guirlandes roses, jaunes et blanches. Chacun en reçut une autour du cou, avec une version plus luxueuse pour Cassandra.

— Oh ! C'est magnifique.

La mariée se pencha pour laisser Tessa lui passer un *lei* autour du cou et lui déposer une somptueuse couronne de fleurs sur la tête.

— C'est Dawn qui les a faits, expliqua Jody. Moi, j'ai essayé, mais c'était un désastre.

— Ils sont parfaits, commenta Cruz en effleurant le *lei* artisanal un peu chiffonné qu'il avait passé.

— Voilà pour toi, et toi, et toi..., disait Tessa tout en distribuant les guirlandes à la ronde.

Jake donna un coup de coude à Ella et elle hocha la tête.

— Les cadeaux. C'est vrai. On a quelque chose à vous offrir.

— Il ne fallait pas, répondit Silas en regardant Cassandra avec des yeux brillants. On a tout ce dont on peut rêver, tout ce dont on a besoin.

Ella comprenait ce qu'il ressentait, mais elle continua.

— Eh bien, considérez que c'est un bonus.

Elle regarda Jake, qui sortit l'opale de sa poche pour la montrer à tout le monde.

Pendant un moment, le silence retomba parmi eux. Puis Kai souffla :

— Oh, pu...

— 'Tain ! conclut Boone.

Nina lui décocha un coup de coude dans les côtes.

— Pas devant les bébés, Boone.

— Désolé. Oh, punaise !

Chacun était admiratif. Ils étaient tous au courant de l'existence de la pierre qui avait donné à Jake la force de combattre Goode, cependant Ella avait insisté pour la laisser auprès de son compagnon pendant sa convalescence. Maintenant qu'il avait recouvré ses forces, il était temps de faire ce qu'il fallait.

— La Pierre de Voûte, chuchota Cassandra. C'est vraiment elle ?

Ella n'avait pas besoin de répondre. Un courant d'énergie faisait vibrer l'air tout autour de l'opale.

— La pierre qui a donné leur pouvoir aux autres, dit Silas.

Et la pierre qui avait donné son pouvoir à Jake. Une fois de plus, Ella remercia en silence le destin.

— Attendez.

Tessa sortit de sous son chemisier un collier avec une émeraude en pendentif. Le vert étincela, irradiant de mille feux lorsque Nina déplaça le bébé dans ses bras pour révéler son rubis.

— Waouh.

Le rubis brillait tout autant.

— C'est bien réel, souffla Dawn en sortant une améthyste.

Lorsque Jody tendit à son tour un saphir et Cassandra le diamant qu'elle avait autour du cou, Ella retint son souffle.

— Les Pierres d'Esprit. Les six, chuchota Cassandra.

Un faisceau lumineux scintilla sur le diamant, éclairant le centre du cercle qu'elles avaient formé.

— Waouh, souffla Kai alors qu'un rayon vert éclatant traversait le premier.

D'autres lumières fusèrent à mesure que les autres Pierres d'Esprit prenaient vie. Chacun des joyaux émettait son propre rayon tandis que le kaléidoscope de couleurs de l'opale brillait de mille feux en retour.

— Je ne suis pas la seule à ressentir ça, n'est-ce pas ? chuchota Jody.

Ella secoua lentement la tête. Elle le sentait vraiment : la chaleur qui s'infiltrait dans son corps, le pouvoir et toute cette énergie.

La gorge de Jake tressauta, mais sa main ne tremblait pas sous l'opale.

— Qu'est-ce que c'est ?

— Comme les légendes le disent..., expliqua Silas dans le silence.

L'intensité des faisceaux lumineux qui se croisaient redoubla d'éclat tandis que l'air était chargé de puissance... une puissance qui s'étendait et tourbillonnait tout autour d'eux. Les joues d'Ella s'embrasèrent et elle se surprit à inspirer profondément, à se redresser, plus droite. Elle tendit légèrement les bras, s'imprégnant de cette sensation de puissance. Même la petite Keiki regardait, ronronnant follement depuis son perchoir sur l'épaule volumineuse de Hunter.

— Voilà qui ressemble plus à ce que j'attendais de l'union des Pierres d'Esprit, commenta Boone sur un ton inhabituel.

Silas agita lentement la main à travers les faisceaux de lumière, secouant la tête avec étonnement.

Ella ferma les yeux. La sensation qui l'envahit était semblable à une drogue. Elle se sentait puissante, et même invincible, prête à affronter n'importe quel ennemi.

Sa renarde balançait la queue d'un côté à l'autre.

Qu'ils viennent. N'importe qui. Tout le monde. On peut arrêter n'importe quel ennemi, n'importe quand.

Ce pouvoir mystique était incroyable, enivrant, presque terrifiant.

— Waouh, souffla Cassandra en refermant lentement la main autour du diamant.

Le rayon de lumière blanche s'éteignit, et un par un, les autres en firent de même, jusqu'à ce qu'il ne reste plus qu'un faible bourdonnement d'énergie.

— Eh bien, je suis content que les méchants ne soient pas en possession de cette pierre, murmura Boone dans le silence qui suivit.

Jake referma la main, aussi émerveillé que les autres, et tendit l'opale à Silas.

— Comme je l'ai dit, c'est un cadeau.

Silas regarda Ella, qui hocha la tête. Oui, Jake était sincère. La Pierre de Voûte devait rester à Koa Point avec les autres Pierres d'Esprit. Ella et lui étaient retournés au bord de la route pour interroger la femme qui avait vendu le casse-tête à Jake, mais elle était partie.

« Aucune idée de là où elle est allée », leur avait dit le propriétaire du food truck. « Elle n'était là que le jour où vous êtes venus. Je ne l'avais jamais vue avant et je ne l'ai jamais revue depuis. »

Le destin, avait murmuré la renarde d'Ella, impressionnée.

Elle prit une profonde inspiration tout en réfléchissant. Peut-être que le destin était de son côté depuis plus longtemps qu'elle ne le pensait.

— Tu es sérieux, murmura Silas, abasourdi.

Jake esquissa un petit sourire, s'efforçant de rester léger :

— Mais je garde la boîte qui la contenait.

— Mais ça..., commença Silas.

Jake pencha la tête vers Ella.

— J'ai tout ce que je veux. Tout ce dont j'ai besoin.

Ella s'attendait à ce que Boone fasse une remarque ou que Silas lance l'une de ses réparties habituelles bien senties. Mais ils ne dirent pas un mot. Lentement, Silas accepta la Pierre de Voûte et la prit dans ses mains.

Le silence retomba, un silence intense, et Ella sentit les émotions à l'œuvre. Le soulagement d'avoir trouvé ce qu'ils cherchaient depuis si longtemps, le respect pour Jake et pour le pouvoir de l'opale qui amplifiait l'effet des Pierres d'Esprit, et peut-être même un peu de nervosité. Après tout, ce genre de pouvoir impliquait une grande responsabilité.

Silas hocha gravement la tête.

— Tant de pouvoir. C'est presque trop.

Mais son regard se dirigea ensuite vers le bébé Kale, qui dormait paisiblement sur l'épaule de Boone, et la petite Luna dans les bras de Nina.

— Peut-être juste assez, observa Jake à mi-voix. Au cas où.

Ella suivit son regard vers les bébés, si impuissants, si innocents. Personne n'évoquait Moira, mais elle voyait bien que la dragonne était dans tous les esprits. La véhémence de cette femme envers les métamorphes de Koa Point s'atténuerait-elle un jour ? Engagerait-elle un autre mercenaire ou frapperait-elle en personne ? À moins qu'elle finisse par abandonner et les laisser en paix ?

Ella regarda Jake, et immédiatement, il lui serra la main.

Si on a survécu au ligre, on peut survivre à tout.

Elle hocha lentement la tête. Goode avait été un ennemi particulièrement redoutable, aux motivations rejoignant celles de Moira. Au moins, il ne faisait plus partie de l'équation. Moira était toujours en liberté, néanmoins les métamorphes de Koa Point avaient gagné cette manche. Ella et Jake resteraient aussi longtemps que nécessaire, et même après leur déménagement en Arizona, ils reviendraient souvent pour les aider.

Elle inspira profondément et regarda les palmiers qui se balançaient et son cercle d'amis proches. La vie regorgeait de beauté, mais le mal existait aussi. Le monde des métamorphes était en proie à des conflits séculaires, convoité par des ennemis qui s'étaient déjà approchés de ce sanctuaire paisible à de nombreuses reprises. Alors, oui. « Au cas où », on pouvait le dire. Le pouvoir des Pierres d'Esprit réunies rendrait les puissants métamorphes de Koa Point presque invincibles.

Seulement, juste au cas où...

Elle regarda la Pierre de Voûte, puis Silas.

— Garde-la. Personne ne la protégera mieux que toi, et personne ne peut mieux utiliser son pouvoir en cas de besoin.

Silas se tourna vers Jake, et tout à coup, leurs rôles se trouvèrent inversés. Jake était l'alpha généreux, et Silas, l'homme hésitant quant à l'avenir.

— Tu en es sûr ?

— Absolument certain.

Silas prit une grande inspiration.

— Alors, dans ce cas, je pense qu'il vaudrait mieux l'enfermer quelque part.

Cassandra hocha vigoureusement la tête.

— Tu as raison. Et maintenant, on se dépêche. Un mariage nous attend.

Voilà qui rompit le charme. Les sourires revinrent sur tous les visages. Silas donna à Jake la poignée de main la plus chaleureuse qu'Ella ait jamais vue, lui communiquant sa reconnaissance par bien plus que des mots. Il embrassa ensuite Cassandra et s'éloigna vers sa maison et l'antre caché où il gardait ses trésors.

— Alors comme ça, vous partez en Arizona ? demanda Dawn.

Jake regarda Ella avec un sourire complice.

— L'Arizona, c'est parfait.

Immédiatement, Boone acquiesça, mais Cruz grommela :

— L'Arizona ? Il n'y a pas d'eau, là-bas.

Ella leva une main et fit mine de désigner un paysage imaginaire, remplaçant les pentes luxuriantes de Maui par un panorama immense à ciel ouvert, avec des roches rouges, des canyons à couper le souffle et des montagnes majestueuses aux contours pourpres. Jake et elle pourraient explorer les vallées, escalader les mesas, compter les étoiles. Comment exprimer cette liesse par des mots ?

C'est très simple, lui dit sa renarde. *Chez nous.*

— Il n'y a pas beaucoup d'eau, mais beaucoup d'espace, observa-t-elle.

Boone prit un air un peu rêveur.

— Le ranch de Twin Moon est plutôt génial.

Cruz les regarda comme s'ils étaient fous, mais Jody leva le pouce avant de dire à Ella :

— Ça a l'air super.

Kai soupira.

— Alors, pour nous, c'est retour à la case départ. Enfin, pas tout à fait, ajouta-t-il avec un sourire à Jake et Ella. Mais nous avons toujours besoin de quelqu'un pour rénover la maison de la plantation et pour aider à la sécurité ici.

Jake leva les mains.

— Nous resterons tant que vous n'aurez pas trouvé quelqu'un.

— La question est de savoir qui...

— Les frères Hoving, répondit aussitôt Boone.

— Tous les trois ?

Kai avait l'air dubitatif.

— Est-ce que ce sera suffisant ?

— Ce sont des métamorphes. Et ils sont frères, alors ils ne vont pas tomber amoureux les uns des autres du jour au lendemain, commenta Boone avec un sourire taquin à Ella et Jake.

Elle faillit lui faire remarquer qu'elle était tombée amoureuse de Jake des années plus tôt. Elle avait attendu son compagnon pendant si longtemps...

Elle ferma les yeux sans trop savoir si elle devait effacer la solitude et le désespoir de ses souvenirs ou s'y raccrocher pour apprécier encore plus son compagnon.

Apprécier encore plus mon compagnon, roucoula sa renarde alors que Jake la prenait dans ses bras.

— Et c'est reparti, soupira Boone avant que Nina ne le frappe sur le bras.

— Comme si tu étais mieux quand on est ensemble, loup.

Boone se pencha pour embrasser sa compagne et le moment resta suspendu. Tout le monde sembla perdu dans ses rêveries pendant un moment, jusqu'à ce que Kai revienne sur le sujet :

— Les frères Hoving seraient parfaits. Et ils vont bientôt quitter le service, non ?

— Qui va bientôt quitter le service ? s'enquit Silas, de retour aux côtés de sa compagne en un temps record.

— Les frères Hoving.

Silas gémit.

— Tu as entendu ce qu'ils ont fait la semaine dernière ?

Ella se rapprocha. Elle n'en avait pas entendu parler, mais les Hoving, trois jeunes professionnels de la gâchette arrogants bien connus du monde des métamorphes, avaient toujours eu l'art de s'attirer des ennuis.

Kai se gratta la tête.

— Il vaudrait peut-être mieux les faire venir ici. Ils pourront garder un œil sur la propriété et nous sur eux, par la même occasion.

Silas leva les yeux au ciel.

— Il y a quelqu'un d'autre que j'ai en tête. Un métamorphe qui serait parfait pour ce travail. Quelqu'un qui réfléchit avant d'agir.

— Qui ? demanda Kai alors que tout le monde levait les yeux au ciel.

La brise se déplaça, soulevant les cheveux de Cassandra, et Silas arbora ce regard distrait du type : « Je suis tellement amoureux de ma compagne. »

— C'est une longue histoire, et elle sera pour une autre fois. Pour l'instant, je dois me rendre à un mariage.

À point nommé, l'interphone de la porte d'entrée bourdonna et une voix joyeuse se fit entendre :

— Ohé ! Il y a quelqu'un ? Est-ce que cet engin fonctionne au moins ? Youhou !

Dawn éclata de rire.

— Lily. Elle n'a toujours pas compris comment ça marche.

— *Allô ?* cria Lily. *Vous m'entendez ?*

— Entre ! lança Hunter en appuyant sur la télécommande du portail.

Tout le monde se tourna vers l'allée pour l'attendre et une vieille Nissan cabossée apparut, Lily agitant la main vers eux depuis le siège du conducteur. Dès qu'elle eut garé le véhicule, elle en sortit d'un bond et se précipita, son *mu'umu'u* coloré flottant autour de ses courbes généreuses.

— Allez, venez, vous ! lança Lily au pasteur chauve qui émergea de la voiture derrière elle.

C'était un homme en chemise blanche amidonnée et au costume noir qui aurait pu sortir tout droit des pages d'un livre d'Histoire sur les missionnaires venus à Maui, un siècle auparavant.

— Nous avons un mariage à célébrer, ajouta-t-elle.

Lily s'extasia devant la robe de Cassandra, embrassa Dawn sur les deux joues et offrit trois bises à Hunter – droite, gauche, droite – en terminant par un clin d'œil. Elle se rua ensuite vers Ella et la serra dans ses bras à la manière de Georgia Mae, autrefois.

— Oh, ma chérie. Je suis tellement heureuse pour toi. Et pour toi aussi, ajouta Lily en attirant la tête de Jake pour lui planter un baiser sur la joue. Petite chanceuse.

Avec un clin d'œil à Ella, elle reprit :

— Lui aussi, c'est un sacré veinard.

Le plus chanceux du monde, exprima le regard de Jake.

La plus chanceuse du monde, voulut ajouter Ella.

Plus chanceuse qu'elle ne pouvait parfois l'imaginer. Elle toucha le collier en argent que Jake avait trouvé et lui avait rendu. Sa mère et Brian n'avaient jamais connu ce moment, mais leur amour continuerait à vivre en elle.

Lily prit Cassandra par un coude puis Silas de l'autre, et les entraîna vers la plage.

— Bon, à propos de ce mariage. Prêt, Ernie ?

Une bourrasque souleva le chapeau du pasteur, cependant Cruz le récupéra au vol et l'homme s'en étonna. Cruz le lui remit avec un sourire amusé ; un sourire de tigre. Ella les suivit en s'interrogeant sur Lily pour la centième fois. Que savait-elle au juste sur les métamorphes ? Cette femme pouvait-elle être une descendante de la royauté hawaïenne ? Elle avait une façon de prendre en charge chaque situation tout en répandant la bonne humeur autour d'elle.

— Cette femme est une vraie tornade, murmura Jake alors que tout le monde se plaçait en rangs derrière Lily.

— J'ai entendu, jeune homme, lança l'intéressée d'une voix chantante. Maintenant, tu me dois une danse... si ta femme me l'autorise.

Ella éclata de rire. Si c'était Lily, elle voulait bien la lui accorder. Mais n'importe quelle autre femme... pas question.

— Oh, mon Dieu ! s'exclama Cassandra lorsqu'ils arrivèrent en vue de la plage.

— Waouh !

Ella s'arrêta net. En temps normal, elle n'appréciait pas spécialement les fleurs, mais là ! Une rangée de bouquets conduisait vers une arche tissée de fleurs blanches parfumées ; une arche juste assez grande pour que deux amoureux béats puissent s'y tenir. En arrière-plan, l'eau turquoise peu profonde scintillait et au-delà s'étendait l'azur du ciel.

— Ça vous plaît ? demanda Tessa, tapant dans ses mains avec enthousiasme. On a passé la matinée dessus.

— C'est magnifique, souffla Cassandra.

Silas avait l'air impressionné, lui aussi, et Lily les fit passer tous les deux sous l'arche. Puis elle poussa le pasteur à son poste et lui adressa un signe de tête déterminé.

— Allez-y, Ernie.

Peu de métamorphes se mariaient, car l'union suffisait pour les lier éternellement, et les cérémonies humaines... Disons qu'elles ne représentaient pas des liens aussi profonds. Cassandra avait d'abord plaisanté en disant que le but premier du mariage était d'empêcher les jeunes célibataires de la région de courir après Silas, toutefois il était clair que le rituel était important à ses yeux. Même Ella avait lâché un soupir devant les émotions que cette scène classique déclenchait en elle.

Tu penses à ce que je pense ? demanda Jake, murmurant dans son esprit. *Une seconde chance, je veux dire ?*

Ella sourit. Officiellement, Jake et elle étaient mariés : après tout, ils avaient déjà prononcé leurs vœux dans ce mariage précipité sur Oahu. Bien sûr, tout cela n'était qu'une ruse. Mais cette fois, ils prenaient conscience de ce que cela signifiait. Les cicatrices de l'union dans son cou la démangèrent quand elle regarda son compagnon.

Mariée et unie à mon compagnon. C'est presque trop de chance pour une seule personne, répondit-elle au moment où le pasteur entamait la cérémonie.

— Mes chers amis...

Tout le monde s'empressa de se mettre en rangs. Kai et Tessa se tenaient sur la droite, rayonnants, main dans la main. Ella et Jake étaient debout derrière eux, tandis que Hunter et Dawn occupaient le flanc gauche. Cruz et Jody formaient une deuxième rangée. Enfin, Nina et Boone étaient à l'arrière, en train de bercer les bébés, le regard aussi émerveillé que les autres.

Ella jeta un œil autour d'elle en se mordant la lèvre. Elle faisait partie du groupe à tous égards : elle n'était plus à part, mais bien intégrée, aux côtés de son compagnon. Son mari. Son héros.

— Pince-moi, chuchota-t-elle lorsque le pasteur commença à prononcer les paroles rituelles.

Jake sourit et se pinça à la place.

— Silas Llewellyn, voulez-vous..., déclama le pasteur.

Ella remplaça ses mots par le nom de Jake, puis le sien. Parfois, elle écoutait attentivement les paroles, mais par moments, elle inventait les siennes. Elle avait du mal à se concentrer sur autre chose que son compagnon et la chance qu'elle avait. Jake avait survécu. Il était à elle. Et elle était à lui.

Pour toujours, ajouta sa renarde d'une voix subjuguée.

— De vous aimer et de vous soutenir...

Jake lui serra la main, comme pour lui faire comprendre que oui, il la soutiendrait toujours. Pour le reste de sa vie.

— Dans la richesse et la pauvreté...

Elle imaginait la vieille forge en bordure du ranch de Twin Moon, avec son vieux moulin à vent grinçant et son porche orienté vers l'ouest. Ce cadre de vie avait été agréable ces derniers mois, mais ce serait encore plus formidable en compagnie de Jake. Contempler ensemble les couchers de soleil flamboyants de l'Arizona, patrouiller sur le ranch, écrire un nouveau chapitre de leur vie.

— Dans la maladie et la santé...

Elle serra la main de Jake encore plus fort. Ils avaient déjà survécu à la maladie, et quelque chose lui disait qu'ils avaient de nombreuses années de bonheur et de santé devant eux.

L'un des bébés émit un roucoulement et elle y jeta un œil.

Notre compagnon ferait un excellent père, soupira sa renarde.

Ella prit une grande inspiration. C'était vrai, bien sûr, mais elle allait avoir besoin d'un peu de temps pour se faire à cette idée. Heureusement qu'ils n'étaient pas pressés.

— Je vous déclare maintenant...

Ella cligna des paupières à plusieurs reprises, essayant de ne pas perdre le fil. Elle avait failli oublier de lancer ses fleurs à temps, tant elle était noyée dans les yeux bleus immenses de Jake.

Tout le monde applaudit. On aurait dit qu'ils l'encourageaient. Et d'une certaine manière, c'était le cas. Chaque couple rayonnait, enthousiaste, et échangeait des baisers dans une ode à l'amour qui flottait partout autour d'eux.

— Je t'aime, chuchota Ella en se tournant vers Jake.

Il lui prit les deux mains et l'attira pour un baiser intense et prolongé.

— Je t'aime aussi, ma compagne.

À l'entendre, on aurait dit qu'il était familier du concept de l'amour éternel chez les métamorphes.

— Tu es à moi pour toujours, murmura-t-elle.

Jake comprenait-il vraiment cette notion ?

— Pour toujours, c'est ce que je préfère, Kitt, répondit-il avec un sourire.

Il l'embrassa à nouveau et elle se ferma au reste du monde, à l'exception de la voix de sa renarde, qui murmurait à l'intérieur :

Pour toujours et à jamais.

Aperçu: Veilleuses de feu : Paris

Paris ! Ville de rêve... ou cauchemar de métamorphes ?

Natalie Brewer est venue à Paris pour vivre un rêve, pas un cauchemar. Une attaque de vampires lui révèle une toute nouvelle facette de la Ville Lumière... ainsi que sa propre lignée. Avant même de s'en rendre compte, elle est entraînée dans un monde qu'elle n'avait jamais imaginé, peuplé de gargouilles, de loups-garous et de dragons qui lui assurent qu'elle descend d'une légendaire reine métamorphe. Aujourd'hui, sa vie est en danger, et elle ne sait pas à qui faire confiance, si ce n'est au mystérieux inconnu qui ne cesse de risquer sa propre vie pour elle.

Après une décennie passée dans la Légion étrangère, tout ce que veut Tristan Chevalier, un dragon métamorphe, c'est mener une vie civile, avec un nouveau travail. Sa mission : faire ses preuves auprès des Gardiens de Paris et protéger la ville. Mais tout est menacé lorsqu'une femme innocente fait irruption dans sa vie... et dans son cœur.

Sa mission de garde du corps auprès d'elle est à la fois une bénédiction et une malédiction, car Natalie est catégoriquement interdite, résolument inaccessible en dépit du désir ardent qu'ils éprouvent l'un pour l'autre. Pire encore, elle est la cible de tous les métamorphes de Paris, des vampires assoiffés de sang aux dragons avides de pouvoir, en passant par les rivaux jaloux. Pour Tristan, c'est l'épreuve d'une vie, dont l'issue affectera le destin de toute une ville.

Par Anna Lowe

Aloha Shifters : Les Joyaux du cœur

L'appel du dragon (Tome 1)

L'appel du loup (Tome 2)

L'appel de l'ours (Tome 3)

L'appel du tigre (Tome 4)

L'amour du dragon (Tome 5)

L'appel du renard (Tome 6)

Aloha Shifters : Les Perles du désir

Dragon rebelle (Tome 1)

Ours rebelle (Tome 2)

Lion rebelle (Tome 3)

Loup rebelle (Tome 4)

Cœur rebelle (Tome 5)

Alpha rebelle (Tome 6)

Les Veilleuses du feu : Milliardaires et Gardiens

Les Veilleuses du feu : Paris (Tome 1)

Les Veilleuses du feu : Londres (Tome 2)

Les Veilleuses du feu : Rome (Tome 3)

Les Veilleuses du feu : Portugal (Tome 4)

Les Veilleuses du feu : Irlande (Tome 5)

Les Veilleuses du feu : Écosse (Tome 6)

Les Veilleuses du feu : Venise (Tome 7)

Les Veilleuses du feu : Grèce (Tome 8)

Les Veilleuses du feu : Suisse (Tome 9)

Les Loups de Twin Moon Ranch

Desert Hunt (Tome 1)

Desert Moon (Tome 2)

Desert Blood (Tome 3)

Desert Fate (Tome 4)

Desert Yule (Tome 5)

Desert Heart (Tome 6)

Desert Rose (Tome 7)

Desert Roots (Tome 8)

Sasquatch Surprise (Tome 9)

Blue Moon Saloon

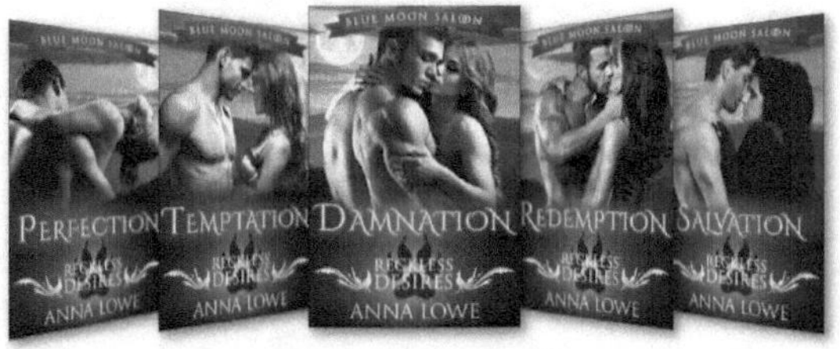

Perfection (Tome 0)

Damnation (Tome 1)

Temptation (Tome 2)

Redemption (Tome 3)

Salvation (Tome 4)

Deception (Tome 5)

Celebration (Tome 6)

Shifters in Vegas

Paranormal romance with a zany twist

Gambling on Trouble

Gambling on Her Dragon

Gambling on Her Bear

Gambling on Her Panther

Off the Charts

Uncharted

Entangled

Windswept

Adrift

Travel Romance

Veiled Fantasies

Island Fantasies

www.annalowe.fr

À propos d'Anna Lowe

Anna Lowe, auteure de best-sellers aux classements USA Today et Amazon, adore rappeler que les héroïnes sont des héros au féminin et faire naître des histoires d'amour passionnées dans des décors enchanteurs. Elle aime les chiens, le sport et les voyages – où elle puise ses inspirations. Si elle n'est pas concentrée sur son ordinateur, à travailler sur sa toute dernière histoire, vous la trouverez en randonnée dans les montagnes ou à vélo sur les routes de campagne. Et sa journée se terminera toujours par un carré de chocolat noir et une bonne lecture.

Visitez **www.annalowe.fr**.